岩波文庫

31-225-1

岩波書店

目次

次郎物語　第一部

一　お猿《さる》さん……7
二　お玉杓子《たまじゃくし》……14
三　耳たぶ……22
四　提灯《ちょうちん》……28
五　寝《ね》小便《しょうべん》……42
六　飯《めし》びつ……47
七　玉子焼《たまごや》き……54
八　水泳……71
九　雑嚢《ざつのう》……78
一〇　お使い……85
一一　蠟小屋《ろうごや》……94
一二　押《お》し入《い》れ……103
一三　窮鼠《きゅうそ》……114
一四　ちび……128
一五　地鶏《じどり》……136
一六　土橋《どばし》……141
一七　そろばん……150
一八　菓子折《かしお》り……165

一九　校舎移転……173
二〇　旧校舎……181
二一　土台石……187
二二　カステラ……191
二三　蝗《いなご》の首……201
二四　乱《らん》闘《とう》……206
二五　姉《ねえ》ちゃん……216
二六　没《ぼっ》落《らく》……221
二七　長持ち……227
二八　売り立て……233
二九　北極星……240
三〇　十五夜……252
三一　新生活……263
三二　土《ど》蔵《ぞう》の窓……272
三三　看《かん》病《びょう》……284
三四　牛肉……295
三五　薬局……304
三六　火《や》傷《けど》……319
三七　母の顔……329
三八　再会……338
三九　母の臨終《りんじゅう》……348
「次郎物語　第一部」あとがき　357

次郎物語

第一部

一　お猿《さる》さん

「しゃくにさわるったら、ありゃしない。」と、乳母《うば》のお浜《はま》が、台所の上《あ》がり框《がまち》に腰《こし》をかけながら言う。

「まったくさ。いくら気がきついたって、奥《おく》さんもあんまりだよ。まるで人情というものをふみつけにしているんだもの。」と、竈《かまど》の前で、あばた面《づら》をほてらしながら、お糸婆《いとばあ》さんが、能弁《のうべん》にあいづちをうつ。

「お前たち、何を言っているんだよ。」と、その時、台所と茶《ちゃ》の間《ま》を仕切る障子《しょうじ》が、がらりと開いて、お民《たみ》のかん高い声が、鋭《するど》く二人の耳をうつ。

お糸婆さんは、そ知らぬ顔をする。お浜は、どうせやけくそだ、といったように、まともにお民の顔を見かえす。見返されて、お民はいよいよきっとなる。

「お浜、あたしあれほど事《こと》をわけて言っているのに、お前まだわからないのかい。恭《きょう》一《いち》は何と言っても総領《そうりょう》なんだからね。どうせあの子を、そういつまでも、お前の家にあずけとくわけにはいかないじゃないか。」

「そんなこと、もうわかっていますわ。どうせご無理ごもっともでしょうからね。」

「お前何ということをお言いだい、私に向かって。……お前それですむと思うの。」

「すむかすまないかわかりませんわ。まるでだましうちにあったんですもの。」

「だましうちだって。」

「そうじゃございませんか。恭《きょう》さんをちょっと連れて来いとおっしゃるから、つれてあがると、すぐにお祖母《ばあ》さんに連れ出さしておいて、そのあとで、こんなお話なんですもの。」

「それで、お前すねたというのだね。」

「すねたくもなろうじゃありませんか。私にも人情っていうものがございますからね。」

「すると、恭一の代《か》わりに、次郎《じろう》をあずかるのは、どうしてもいやだとお言いなのかい。」

お浜はそっぽを向いて黙《だま》りこむ。

「何というわからずやだろうね。私に乳《ちち》がないばっかりにこうして頼《たの》んでいるのに、やさしく言えばつけあがってさ。……いやならいやでいいよ、もうお前にはどの子も頼まないから。その代わりこの家とはこれっきり縁《えん》を切るから、そうお思い。飯米《はんまい》に困るなんてまた泣きついて来たって知らないよ。恭一にだって、これからはどんな事があってもあわせるこっちゃない。」

お民は、そう言ってぴしゃりと障子《しょうじ》をしめた。

「奥さん、そりゃあんまりです。あんまりです。」

お浜はしめられた障子のそとでわめきたてた。

「何があんまりだよ。」

「あんまりですわ。やっと恭さんを一年あまりもお育てしたところを、だしぬけに、今度《こんど》の赤ちゃんのような、あんな……」

「あんな、何だえ。」と、また障子ががらりと開く。

「………」

「はっきりお言い。」

「まあまあ、奥さん、わたしからお浜どんにはよう言って聞かせましょうで……」と、お糸婆さんが、やっとなだめにかかる。

「言って聞かせるもないもんだよ。年寄りのくせに、お浜にあいづちばかりうっていてさ。」

「へへへへ。」お糸婆さんは、お歯黒《はぐろ》のはげた歯をむき出して、変な笑いかたをする。

その時、奥のほうから赤ん坊《あかんぼう》の泣き声がきこえた。お民は障子《しょうじ》をしめながら、二人をぐっと睨《ね》めつけておいて、そのほうに立って行く。

「どうせお前さんの思うとおりにゃなりっこないよ。あきらめたらどうだね。」と、お糸婆さんはお浜に寄りそって小声《こごえ》で言った。

「やっぱり今度の赤ちゃんをあずかるのさ。飯米のこともあるしね。」

「あたしゃ、飯米のことなんか、どうだっていいっていう気がするんだよ。」

「そりゃ、お前さんの今の気持ちはそうだろうともさ。だけど飯米もふいになるし、恭さんにもこれからあえないとなりゃ……」

「ほんとうにあわせない気だろうかね。」

「そりゃ、あの奥さんのことだもの。……お前さんもずいぶん勝ち気だが、奥さんにあっちゃかないっこないよ。こうと決めたら、てこでも動くこっちゃないからね。」

「そのうちには、恭さんもわたしたちを忘れてしまうだろうね。」

「そりゃ、なんといってもね。……だから、やっぱり今のうちに、お前さんのほうで折れたほうが何かとぐあいがいいんだよ。」

「でも、恭さんの代わりにあんな猿《さる》みたいな子をあずかるのかと思うと……」

「そんなこと言うのは、およし。聞こえたらどうする。」

「だって、本当だろう。お前さん、そうは思わないかい。」

「それほどにも思わないよ。そりゃ恭さんとはくらべものにならないけれど。」

「恭さんは、そりゃ生まれた時から品《ひん》があったよ。」

「今度の赤ちゃんだって、育てていりゃ、そのうちかわゆくなるさ。」

「あんなお猿さんみたいな顔でもかい。」

「およしったら。ほんとうに聞こえたら知らないよ。」

「聞こえたら、聞こえたでかまわないさ。」

「でも、それじゃ、何もかもだめになるじゃないかね、第一、恭さんにも一生あえなくなるよ。それでもいいのかい。」

「ああ、ああ、しゃくでも、やっぱりあずかることにしようかね。」

「そうおし、飯米のこともあるしね。」

「また飯米のことかい。よしておくれよ。あたしゃ、恭さんがかわいいばっかりに、あんな猿みたいな赤ちゃんでも、あずかってみようというんだよ。」

「おやおや、えらいご奮発《ふんぱつ》だね。でも、あずかる気になってくれて、わたしも奥さんに申しわけがたつというわけさ、……どうれ、また気が変わらないうちに、奥さんに知らしてあげようか。」

お糸婆さんは、にたにた笑いながら奥に行った。そして、お民にさんざんかみつかれながらも、ともかくもうまく話をまとめた。

そこで次郎はその日から、恭一に代わって、お浜の家に里子《さとご》に行くことになったわけなのである。

だが、お浜が次郎をいつまでもお猿さん扱《あつか》いにしてきらっていたかというと、そうではない。三、四か月もたつと、彼女の愛情は、もうすっかり恭一から次郎のほうへ移ってしまっていたのである。

お民は、次郎が次男坊《じなんぼう》なためか、あるいはお浜が言ったように、実際猿みたいな顔をしていたためなのか、恭一をあずけていたころにくらべて何かにつけ冷淡《れいたん》だった。お浜にはそれがしゃくだった。そして、それがかえって彼女《かのじょ》の次郎に対する愛着を増す原因のひとつでもあったのである。

ある日、お浜は次郎の大きくなったのを、お民に見せたいと思って、しばらくぶりでやって来た。するといきなりこんな会話が始まった。

お民——「おかげで、お猿さんもずいぶん大きくなったわね。」

お浜——「まあ、お猿さんですって？」

お民――「そう言っちゃ、いけなかったのかい。」
お浜――「だって、ご自分のお子様《こさま》じゃございませんか。」
お民――「でも、お猿さんって言うのは、お前がつけてくれた名だっていうじゃないの。ちゃんと婆さんに聞いて知っているのよ。」
お浜――「あの時は、あの時ですわ。いつまでもそんな……」
お民――「少しは人間らしい顔に見えて来たと、お言いなのかい。」
お浜――「奥さんたら、わたし、くやしいっ。」
お民――「おや、泣いてるの、ついからかってみたくなったのだよ。すまなかったわね。」
お浜――「からかうのも、事によりますわ。奥さんがそんなお気持ちでしたら、私にも考えがあります。」

お浜は、ぷんぷん怒《おこ》って、次郎を抱《だ》いて帰ってしまった。そして、それっきり、お民から何度《なんど》使いをやっても顔を見せなかったばかりか、月々《つきづき》の飯米さえ受け取りに来ようとしなかった。で、とうとうお民のほうが根負《こんま》けして、自分でお浜の家に出かけることになった。

今度は、むろんお猿の話なんか、どちらからも出なかった。それどころか、お民はこんなことを言って、お浜のきげんをとったのである。

「この子は八月十五夜のちょうど月の出に生まれたんだよ。だから、きっと今に偉《えら》くなると思うわ。」

お浜は、それですっかり気をよくした。そして、それ以来、「八月十五夜の月の出」が、いつも二人の話の種《たね》になった。話の種になっても、それはちっとも不都合《ふつごう》ではなかったのである。と言うのは、次郎の生まれた時刻は、実際そのとおりだったのだから。もっとも、その時刻に生まれたことが、はたして次郎にとって幸福であったかどうかは、疑《うたが》わしい。それはおいおいと話していくうちにわかることである。

二　お玉杓子《たまじゃくし》

次郎は、お浜《はま》の娘《むすめ》のお兼《かね》とお鶴《つる》とを相手に、地べたにむしろを敷《し》いて、ままごと遊びをしている。場所は古ぼけた小学校の校庭だが、しんかんとして物音《ものおと》一つしない。周囲は、見渡《みわた》すかぎり、こがね色の稲田《いなだ》である。午後の陽《ひ》がぽかぽかとあたたかい。

この光景《こうけい》は、次郎の心に、おりおりよみがえって来る、最も古い記憶《きおく》の一つで、たぶん、彼の五歳《さい》ごろのことだったろうと思われる。

お浜一家は、村の小学校の校番をしていた。老夫婦《ろうふうふ》にお浜夫婦、それにお兼とお鶴、つごう六人の家族が、教員室のすぐ隣《となり》の、うす暗い畳《たたみじ》敷きの部屋《へや》と、その次の板の間《いたま》を自分たちの住家《すみか》にしていたのである。そしてそこへ割りこまされたのが次郎であった。

全体、恭一《きょういち》にせよ、次郎にせよ、何でわざわざこんな家を選んであずけられたのかというと、それは、母のお民《たみ》が、子供の教育について、一《ひと》かどの見識家《けんしきか》だったからである。彼女は、槍一筋《やりひとすじ》の武士の娘であった。そして、幼いころから幾《いく》十回となく、孟母三遷《もうぼさんせん》の教えというものを聞かされて、それになみなみならぬ感激《かんげき》を覚えていた。で、自分に子供ができたら、機会を見つけてそれに似たようなことを実行してみたいと、かねて心に期《き》していたのである。

こうした抱負《ほうふ》をもった彼女にとって、お浜一家が学校の中に寝起《ねお》きしているということが、大きな魅力《みりょく》にならないわけはなかった。この魅力の前には、校番の部屋が狭《せま》くて不潔《ふけつ》であろうと、お浜本人が、以前三味線《しゃみせん》の門付《かどづ》けをしていた女であろうと、また、彼女の亭主《ていしゅ》の勘作《かんさく》が、どこかの炭坑《たんこう》かせぎにあぶれて、この村に流れこんで来た者であろうと、そんなことはまるで問題ではなかったのである。

そこで、三人のひなたぼっこの話にもどる。

次郎はむしろの中央に殿様《とのさま》のように座を占《し》めて、お兼とお鶴とが、左右からつぎつぎにブリキの皿《さら》に盛《も》ってさし出す草の実や、砂饅頭《すなまんじゅう》に箸《はし》をつけるまねをしていた。しかし、もう同じような遊びを小半時《こはんとき》も続けていたので、少しあきが来たところだった。あきが来ると、次郎はいつもお兼だけをのけ者にしてお鶴と二人きりで遊びたい気持ちになるのであった。お兼は恭一と同い年《おないどし》、お鶴は次郎と同い年で、これが次郎をして自然お兼よりもお鶴のほうに親しませる理由だったらしい。が、同時に、色の黒い、やぶにらみのお兼にくらべて、ふっくらした頰《ほお》とくるくるした眼《め》をもったお鶴のほうが、より大きな魅力であったことも否《いな》みがたい事実であった。

ところが、次郎にとって、ここに一つの悲しむべきことがあった。それはお鶴のふっくらした左頰に、形も大きさも、お玉杓子《たまじゃくし》そっくりなあざが一つくっついていたことである。次郎はいつもそれが気になってしかたがなかった。その日も、ままごとにあくと、お兼にくるりと尻《しり》を向けてお鶴と差し向かいになったが、その時、さっそく眼についたのがそのお玉杓子であった。

お鶴は、次郎のそんなしぐさにはちっとも気がつかないで、相変《あいか》わらず草の葉をきざんでは、せっせとそれをブリキ缶《かん》の中にためこんでいたが、ながいこと陽《ひ》に照らされて、ピンク色に染まったその頰の上に、あざやかに浮《う》き出《だ》したお玉杓子が、次郎の眼には、いかにも血がかよって動いているように見えたのである。

次郎は変に心が落ちつかなくなった。そして、しばらくの間は、むずむずした気分で、それに見入っていた。そのうちに、彼の右手の人差し指がいつのまにかそろそろと伸《の》びていって、こわいものにでも触《ふ》れるように、そっとお鶴の頬をかすめたのである。

お鶴には、次郎が何でそんなことをするのかわからなかった。で、彼女は相変わらずお玉杓子《たまじゃくし》を頬にくっつけたまま、きょとんとして次郎の顔をみつめた。

お兼は、やぶにらみの眼をいっそうやぶにらみにして「ひっひっ」と次郎のうしろで笑った。

次郎は、その笑い声をきくと、何か非常に悪いことでもしたように思って、きまり悪くなった。ところで、男の子供というものは、きまり悪くなると、時として、妙《みょう》に乱暴《らんぼう》な気分になるものである。彼は急に立ちあがって、あたりにあるままごと道具を、めちゃくちゃに足でけちらしはじめた。

お兼がまた「ひっひっ」と笑った。

すると、次郎は何と思ったのか、今度《こんど》はいきなりお鶴のほうに飛びかかって行って、お玉杓子のくっついている頬を、ねじ切るようにつねりあげたのである。

お鶴は火がついたように泣きだした。

「父《と》っちゃん」と、お兼は金切《かなき》り声《ごえ》をあげて、校番室のほうに走りだした。そして、それから、一、二分の後には、次郎の両手は、勘作の木の根のような掌《てのひら》の中に、しっかりと握《にぎ》りしめられていたのである。

「何しやがるんだい、こいつ。」と、勘作の怒《おこ》った声。

同時に、次郎の体は、乱暴に宙《ちゅう》につりあげられた。手首《てくび》と肩《かた》のつけ根とがむしょうに痛い。

次郎は、それでも、泣き声をたてなかった。彼は両足をばたばたさせながら、めちゃくちゃに勘作の下腹をけった。

「この餓鬼《がき》め。」

次郎は、いきなりうつ伏《ぶ》せに地べたに放り出された。掌と、唇《くちびる》と、鼻柱《はなばしら》と、膝頭《ひざがしら》とが、その瞬間《しゅんかん》に、打ちくだかれたような痛みを覚えた。彼は四、五秒の間突《つ》っ伏《ぷ》したまま、身じろぎもしなかったが、次の瞬間には、地の底で鵞鳥《がちょう》がしめ殺されるような泣き声をたてた。

お鶴も仰向《あおむ》けになってまだ泣いていたが、次郎の泣き声を聞くと、いっそう大きな声を出して泣いた。そしてそれから二人はせり合うように、代《か》わる代《が》わる泣き声をはりあげた。

勘作は突っ立ったままじっと次郎を睨《ね》めつけていた。

「どうしたんだね。」と、そこへお浜が掃除《そうじ》をしていたらしく、竹箒《たけぼうき》を持ったままやって来た。

「何だか知らねえが、こいつ、お鶴のほっぺたを、ひどくつねっていやがったんでね。」

「それでお前さんは、坊《ぼっ》ちゃんをなげとばしたとお言いなのかい。」

「そうだよ。」

「そうだよもないもんだ。たかが子供のけんかじゃないかね。仕事なしだとは言いながら、大の男が、子供のけんかを買って出るなんて、そんな話がどこの世界にあるもんか。」

「お浜、おめえ、自分の子がかわいくはねえのか、こんな目にあわされても。」

「何言ってるんだよ。ばかばかしい。かわいけりゃこそ、こうやって私の手一つで育てているんじゃないかね。お前さんこそ、子供がかわいくないんだろう。毎日毎日ぶらぶらして、びた一文《いちもん》こさえて来るではなしさ。」

勘作はそっぽを向いて、黙《だま》ってしまった。

それまで、気のぬけた泣き声を出しながら、二人の言いあいに聞き耳をたてていた次郎は、どうやらお浜のほうが優勢《ゆうせい》らしいのを知って、ほっとした。そして、もう一度お浜の同情を求めるために、大きな声をたてた。するとお鶴のほうも、それに負けないでわめきたてた。

「いつまでも泣くんじゃない。」

お浜は、お鶴をかろくたしなめてから、次郎の突っ伏しているそばにやって来た。

「次郎ちゃん。かんにんなさいね。」

お浜は他の人に向かっては、次郎のことを「坊ちゃん」と呼ぶのだが、次郎本人に対しては、いつも「次郎ちゃん」と呼ぶことにしているのである。

「次郎ちゃんは、もう大きくなったんだから、お偉《えら》いでしょう。さあ、自分で起《お》っきするんですよ。」

次郎は、しかし、お浜にそう言われて、足をばたばたさせながら、もう一度激《はげ》しくわめきたてた。すると、お浜は、うろたえたように、持っていた箒《ほうき》を地べたに置き、彼を抱《だ》き起《お》こしにかかった。

「おやっ。」

次郎を抱き起こしたお浜は、土埃《つちぼこり》にまみれた彼の鼻と唇のあたりに、ほんのわずかではあったが血がにじんでいるのを見つけたのである。

「お前さん坊ちゃんのお顔に傷をつけたんだね。」

彼女は、きっとなって、もう一度勘作のほうに向き直った。

勘作は、その時、お鶴のほうを抱き起こしてちりを払《はら》ってやっていたが、お浜のけんまくを見ると、そ知らぬ顔をして、さっさと校番室のほうに歩きだした。

「お待ちっ。」

お浜はそう叫《さけ》ぶと同時に、竹箒《たけぼうき》を取りあげて、うしろから思うさま勘作の頭をなぐりつけた。

「何しやがるんだい。」

勘作も、さすがに恐《おそ》ろしい眼つきをして向き直った。

「何もくそもあるもんか、大事な坊ちゃんの顔に傷をつけやがってさ。」

お浜は、まるで気が狂《くる》ったように、箒をふりまわして、勘作の顔といわず、手といわず、めくらめっぽうに打ってかかった。勘作は、突っ立ったまま、しばらく両手でそれを払いのけていたが、お浜のけんまくはますます激しくなるばかりであった。

「ちえっ。」と、勘作は舌打ちをした。そして、くるりと向きをかえると、校庭の溝《みぞ》をとび越えて、畦道《あぜみち》のほうに逃《に》げだした。

「ぐうたらの、恩知《おんし》らずめ。」

お浜はそう叫びながら、あとを追った。しかし、溝のところまで行くと、さすがにそれを飛びこしかねたらしく、そこに立ち止まったまま、いつまでも口ぎたなく勘作をののしっていた。

次郎とお鶴とは、ぽかんとしてこの光景《こうけい》に眼を見はった。

二人の眼からは涙《なみだ》はすっかり乾《かわ》いていたが、彼らの顔は、涙でねった土埃《つちぼこり》でまっ黒によごれていた。

お鶴の頬のお玉杓子《たまじゃくし》もどうやら行方不明《ゆくえふめい》になっていた。同時に、次郎も、すっかりそれを忘れてしまっていたのである。

三　耳たぶ

ある夏の日暮《ひぐ》れである。次郎は直吉《なおきち》の肩車《かたぐるま》に乗って、校番の部屋《へや》から畦道《あぜみち》に出た——直吉は二十二、三歳《さい》の青年で、次郎の実家の雇《やと》い人《にん》である。今日《きょう》はお民《たみ》に言いつかって、次郎を迎《むか》えに来たのであった。

次郎は肩車が好きだった。このごろ勘作《かんさく》がいよいよ自分をかまいつけてくれなくなり、もうながいこと肩車に乗らなかったところへ、ひょっくり直吉がやって来て、お浜《はま》と何か二言三言《ふたことみこと》ささやきあったあと、肩車にのせてやろうと言ったので、彼《かれ》は大喜びだった。校門を出て一町《いっちょう》ほど北に行くと大きな沢《さわ》がある。そこにはもう毎晩蛍《ほたる》が飛んでいるころだ。次郎はよくそのことを知っている。だから、彼は肩車に乗って、そこに連れて行ってもらうつもりだったのである。

ところが直吉は、校門を出ると、すぐ南の方角《ほうがく》に歩きだした。この南の方角というのが、次郎にとっては、あまり好ましい方角ではなかったのだ。というのは、その方角に、彼の父母や、祖父母や、兄弟《きょうだい》たちが住んでいる家があったのだから。

お民は、孟母三遷《もうぼさんせん》の教えにヒントを得て、次郎を校番の家にあずけはしたものの、彼がもの心つくにつれて、どうやらお浜に親しみすぎる傾向《けいこう》があり、それに、孟子《もうし》の場合とちがって、学校というものの感化力が思ったほどでない、ということをだんだん知りはじめたので、このごろでは、お浜が次郎をつれてやって来るごとに、彼女《かのじょ》を説《と》きつけて、こっそり一人で帰ってもらうことにしていたのである。

次郎にとって、それが大きな試練であったことはいうまでもない。彼はそんな時には、きまって恐《おそ》ろしい沈黙家《ちんもくか》になり、小食家《しょうしょくか》になり、おまけに不安から来る寝小便《ねしょうべん》をすらもらしたのであった。

彼にとっては、第一、家があまりに広すぎた。狭《せま》っくるしい部屋の中で、むせるような生活をしなれて来た彼は、こんな広い家にはいると、急にすべての人間が自分から遠のいてしまうような気がして、妙《みょう》な肌寒《はださむ》さを感じた。お浜がそばについている間ですらそうであったのに、まして、彼女がこっそり姿を消してしまったあとの頼《たよ》りなさといったらなかったのである。

むろん、お浜が去ったあとでは、お民をはじめ、みんなで彼を取りまいて、いろいろと言葉をかけてくれた。しかしそれらの言葉は、彼の耳には、学校の先生が教壇《きょうだん》の上からものを言っているようにきこえて、何だか身がすくむようだった。とりわけお民の言葉にはそんな調子がひどかった。お民としてはそれはやむを得《え》ないことだったかもしれない。というのは、彼女は、こんご次郎の悪癖《あくへき》を矯《た》め、彼に上品な礼儀《れいぎ》を教えこむという、母として重大な責務《せきむ》を負《お》っていたのだから。

恭一《きょういち》は大してこわい兄とは思えなかった。しかし、その生白《なまじろ》い顔と、いやにしとやかな動作とが、どうも次郎にしっくりしなかった。弟の俊三《しゅんぞう》はまだ生まれて三年たらずではあったが、末っ子で、はじめから母の乳房《ちぶさ》で育ったためか、だれに対しても無遠慮《ぶえんりょ》なふるまいがあり、次郎の眼《め》には、彼こそ第一の強敵のように映《うつ》った。

祖父と父とは、遠くから冷《ひや》やかに彼を眺《なが》めている、といったふうであった。祖母はばかに彼にちやほやするかと思うと、すぐ突《つ》っけんどんになった。

こんなふうで、彼の実家はどんな角度から見ても、彼にとって愉快《ゆかい》なものではなかった。で、彼がお浜に置《お》き去《ざ》りを食《く》ったあと、沈黙家になり、小食家になり、寝小便をもらすのは余儀《よぎ》ない次第《しだい》であった。いわばそれは彼の自衛本能《じえいほんのう》ともいうべきものだったのである。そして、この本能の命令に従うことは、いつも事柄《ことがら》を次郎の有利なように展開させた。というのは、彼は結局家中の者にもてあまされて、再びお浜の手に引《ひ》き渡《わた》されることになったからである。

次郎は最近二十日あまりも寝小便もたらさないで、お浜のもとに落ちついていた。そしてそろそろ実家の記憶《きおく》もうすらぎかけたところであった。ところが、今日《きょう》はだしぬけに、お浜といっしょですらきらいな方角に、大して親しみもない直吉によって、運び去られようとするのである。これは次郎にとっては、まったく思いがけないできごとであった。

直吉の肩の上で、彼の小さな胸はどきどきしだした。

「いやあよ、いやあよ、あっちだい。」

彼は、彼の両手で、直吉の顔をうしろのほうにねじ向けようとした。しかし、直吉の顔は、がんとして南のほうを向いたきりで、どうにもならなかった。どうにもならないどころか、直吉の足は、かえってそのために、いっそう速くなる傾向《けいこう》さえあった。

次郎はしくしく泣きだした。泣きだしても、直吉はいっこう平気らしかった。彼はずんずん南のほうに歩くだけで、口一つきこうとしない。次郎は泣きながらうしろをふりかえった。学校の建物が夕暮《ゆうぐ》れの光の中に、一歩一歩と遠ざかっていくのが、たまらなく寂《さび》しい。

こうなると、次郎はあきらめてしまうか、戦うか、二つに一つを選ばなければならなかった。彼は決然として後者を選んだ。――元来《がんらい》、次郎の勇気は学校との距離《きょり》に反比例《はんぴれい》し、実家との距離に正比例《せいひれい》することになっていたので、戦うならなるべく早いほうが歩《ぶ》がよかったのである。

なお、彼が肩車に乗っていたことも、彼にとっては、有利な条件だった。それは、直吉の髪《かみ》の毛《け》や耳たぶを、自由につかむことができたからである。しかも幸《さいわ》いなことには、直吉の髪の毛は相当《そうとう》長かった。彼はさっそく髪の毛をむしることにした。

「痛いっ。」

直吉はとんきょうに叫《さけ》んだ。しかし、彼の歩いて行く方向は、依然《いぜん》として変わらない。したがって、次郎の進む方向にも一向《いっこう》変化がないのである。

今度《こんど》は思い切って耳たぶをつかんだ。少々すべっこくて、頼りない感じがする。次郎は総身《そうみ》の力をその小さな爪先《つめさき》にこめて、直吉の耳たぶをもみくちゃにした。

「ひいっ、ちくしょうっ。」

直吉は悲鳴をあげた。同時に、今まで次郎の足にかけていた両手を思わず放してしまった。

とたんに次郎の体はうしろのほうにぐらついた。次郎の十本の指は、直吉の耳たぶをつかんだままだったが、彼の体の重みを支えるには少し弱すぎたらしく、次の瞬間《しゅんかん》には、彼の体は、砂利《じゃり》で固まった道の上に、ほとんどまっさかさまに落っこちた。

彼は、後頭部と肩のあたりに花火が爆発《ばくはつ》したような震動《しんどう》を感じて、ぼうっとなった。しかし、この瞬間は彼にとって大事な一瞬《いっしゅん》であった。彼はまりが弾《は》ねるように起きあがった。そして、まっしぐらに学校のほうに走りだした。

ものの半丁《はんちょう》ばかりは、まるで夢中《むちゅう》だった。しかし彼は、直吉が追っかけて来るかどうかを確かめずにはおれない気がした。で、走りながら、ちょっとうしろを振《ふ》り向《む》いた。すると直吉は、両手で耳たぶを押《お》さえながら、うらめしそうにこちらをにらんで立っていた。

次郎はいくらか安心した。同時に、ちらと見た直吉の様子《ようす》が妙に恐ろしくなった。そして、急に名状《めいじょう》しがたい悲しさがこみ上げて来た。彼は、走りながら、せいいっぱいの声を出して泣きだした。

校門までくると、そこにはお浜が身を忍《しの》ばせるようにして、彼を待っていた。彼はもう一度大声をあげて泣きながら彼女に飛びついた。お浜は黙《だま》って身をこごめながら、彼に頰《ほお》ずりした。

次郎の涙《なみだ》は、そろそろ甘《あま》いものに変わっていった。そして心が落ちつくにつれて、彼はお浜に抱《だ》きついている自分の両手の指先が、妙にぬるぬるするのに気づきだした。彼は涙のたまった眼をしばだたきながら、そっと指先をのぞいて見た。血だ。どす黒い血のかたまりだ。

彼は、それをお浜に見られてはならないような気がした。で、甘ったれた息《いき》ずすりをしながら、そっと指先をお浜の着物になすりつけてしまったのである。

四　提《ちょう》灯《ちん》

耳たぶ一件以来、次郎の警戒心《けいかいしん》は急に強くなった。たといお浜《はま》といっしょであっても、もし彼女が校門を出て南の方角《ほうがく》に行きそうになると、彼はすぐ握《にぎ》られた手を振《ふ》り放《はな》した。また彼は、それっきり、どんなに誘《さそ》いをかけられても、よその人におんぶされたり、その肩車《かたぐるま》に乗ったりはしなくなった。

「もうそんなことをするのが恥《は》ずかしいんですよ。やっぱり年が教えるんですね。」

お浜は、よくそんなことを得意《とくい》らしく言っては、次郎の警戒心のいいわけをしなければならなかった。

お民《たみ》のほうからは、それ以来、三日にあげず、いろいろの人が次郎を迎《むか》えに来た。中には、お浜が飯米欲《はんまいほ》しさに次郎を手放したがらないのだ、といったような口ぶりをもらして、彼女を怒《おこ》らすものもあった。

お浜にしてみると、次郎を手放すのは、つらいにはつらかった。しかし、次郎がさきざき実家でどんな立場に立つだろうかと考えると、内心不安を感じずにはおれなかったので、お民からの使いに対しても、ひどく反感を持つようなことはなかった。むしろ、最近では、なぜもっと早く次郎をかえしてしまわなかったろうかと、それを後悔《こうかい》しているくらいであった。

ことに、飯米欲しさに次郎を手放さない、などと言われることは、彼女の気性《きしょう》として、がまんのできないことであった。そんな時には、ついかっとなって、次郎を、使いに来た人のほうに無理に押《お》しやるようなまねをすることさえあった。しかし、次郎に泣きつかれたり、逃《に》げられたりすると、いつもそのままになってしまうのであった。

ところが、ある晩だしぬけに、お民自身が迎えにやって来た。これはお浜もまったく予期《よき》しなかったことであった。

次郎は、その時、もう寝床《ねどこ》にはいっていた。真夏《まなつ》のころで、寝床といっても莫蓙《ござ》一枚だった。むれ臭《くさ》い蚊帳《かや》のそとでは、蚊《か》がものすごいうなりをたてていた。

次郎のそばには校番の弥作爺《やさくじい》さんが寝《ね》ていた。――爺さんは、人を笑わせるような短い話をいくつも知っていたので、次郎は、このごろ、お浜のそばよりも、爺さんのそばに寝るのが好きになっていたのである。

爺さんは、ゆっくりゆっくり話をすすめながら、おりおり大きなあくびをした。すると、そのたんびに、しょぼしょぼした眼尻《めじり》から、ねばっこい涙《なみだ》がたらたらと流れ出して、耳のほうに這《は》っていった。次郎は、指先で、自分の好きな方向に、涙に道をつけてやるのが、また一つの楽しみであった。

その楽しみの最中に、お民がやって来たのである。

彼女は中にははいって来なかった。しかし、次郎は、声を聞いただけで、すぐそれがだれだか、そして何の用で来たかが、はっきりわかった。彼は小さい胸をどきつかせながら、眠《ねむ》ったふりをして耳をすました。

話し声は、戸外《こがい》の縁台《えんだい》から、団扇《うちわ》の音にまじって聞こえて来る。

「そりゃ、私だって、今では一日も早くおかえししたい、とは思っていますが……」

お浜の声である。

「やっぱり帰ろうとは言わないのかい。」

「ええ、ちょいと門を出るのでさえ、このごろでは、おずおずしていらっしゃるようで、そりゃおかわいそうなんですの。」

「でも、私から、じかに言って聞かしたら、納得《なっとく》しないわけはないと思うのだがね。」

「そうだと結構でございますが……」

「親身《しんみ》の親が言ってきかしても、だめだとお言いなのかい。」

と、少しとげのあるものの言いかたである。それが次郎にもよくわかる。

「そりゃ、しかたがございませんわ。」

お浜のつっぱる声。次郎はそれでいくらか気が強くなる。

「困った子になってしまったわ。」

次郎は、胸のしんに異様な圧迫《あっぱく》を感じた。お浜は返事をしない。しばらくは、団扇《うちわ》の音だけが、ばたばたと聞こえる。

「とにかく、今夜《こんや》はどんなことがあっても、つれて帰るつもりでやって来たんだからね。……まだ寝ついてはいないんだろう。」

急に団扇《うちわ》の音がやんで、だれかが立ちあがるような気配《けはい》がした。

次郎はつばをこくりとのんで、爺さんのほうに寝がえりをうった。そしていびきをかくまねをした。しかし、彼のまぶたはぶるぶるふるえて、心臓の鼓動《こどう》が乱調子《らんちょうし》なのを物語っている。

「明日になすったらどうでしょう。こんなに暮《く》れてからでは、よけいおかわいそうですわ。」

「いつだって同じさ。まさかこわいことはあるまいよ。男の子だもの。」

「でも、こんなことは、やっぱり昼間のほうがようございますわ。明日になったら、今度《こんど》こそ本当にご得心《とくしん》がいくように、私から申しましょうから。」

「だめよ、お前では。……いつも、あべこべに引きとめるようなことばかり、言って聞かすんだろう。」

「そんなことはありませんわ。とにかく明日までお待ちくださいまし。私もほんとうに腹をきめているのですから。」

次郎は寂《さび》しかった。彼のいびきはふるえがちであった。

「どうだか……」お民は、もう敷居《しきい》をまたいでいるらしい。次郎のいびきはひとりでに止まってしまった。

「おやおや、奥《おく》さんでいらっしゃいますか。」

爺《じい》さんが、褌《ふんどし》一つのしわだらけの体をのろのろと蚊帳《かや》の中で起こした。

「坊《ぼっ》ちゃん、おっ母《か》さんだよ、ほら。」

爺さんの手が次郎の肩《かた》をゆすぶる。

「ううん。……ううん。」

次郎はもう一度寝返りをうって、自分の顔をお民からかくした。彼の耳は、その間にも、鋭敏《えいびん》に周囲を偵察《ていさつ》している。

しかし、彼のあらゆる努力も結局むだに終わった。次の瞬間《しゅんかん》には、お民の手が蚊帳の中に伸《の》びて来て、有無《うむ》を言わせず、彼の体をずるずると板《いた》の間《ま》に引き出してしまったのである。

「まあ、そんなに乱暴《らんぼう》になさらなくても……」

お浜の少し怒《いか》りを帯びた声が、戸口から聞こえた。もうその時には、次郎は、まる裸《はだか》のまま板の間にすわって、眼をこすったり、腕《うで》をかいたりしていた。

彼は泣かなかった。あきらめとも悲壮《ひそう》な決心ともつかないようなものが、この時、彼の心を支配したのである。

「奥さん、どうなさいますので……」

そう言って、爺さんは蚊帳《かや》の中からのそのそと出て来た。そして次郎にたかって来る蚊《か》を団扇《うちわ》でおってやった。

戸外の縁台《えんだい》からは、お浜のあとについて、お作婆《さくばあ》さんや、勘作《かんさく》や、お兼《かね》や、お鶴《つる》が、ぞろぞろとはいって来た。みんな土間《どま》に突《つ》っ立《た》ったまま、黙《だま》りこくってお民と次郎とを見くらべている。その中で、お浜の眼だけが、かなり険《けわ》しく光っていた。ほかの人たちは、ただあっけにとられたといったふうであった。

それからお民は、女教師のような口ぶりで、何やらながながと次郎に話して聞かした。しかし、それは次郎の耳にはほとんど一言《ひとこと》もはいらなかった。彼は、その間、お浜の表情だけを、注意深くうかがっていた。その表情から、彼は彼女が本当に自分を実家に帰してしまう気でいるかを読みたかったのである。しかしお浜の眼は、険しく光って、じろじろと彼とお民とを見くらべているだけで、彼には何の暗示《あんじ》も与《あた》えなかった。

「わかったね。」

と、お民は、長い説教のあとで、念《ねん》を押すように言った。次郎はそれに対して、無表情にうなずいた。

彼は心の中で、この時、自分の眼の前に二人の敵を見ていたのである。一人は正面の敵であるお民、もう一人は、裏切り者としてのお浜であった。

「裸ではしようがないわ、何か着物を着せておくれよ。」

正面の敵が裏切り者を顧《かえり》みて言った。しかし、裏切り者は、相変《あいか》わらず険しい眼つきをしたまま動かなかった。

次郎は、横目で裏切り者の顔をちらとのぞいたが、その顔からは何の合《あ》い図《ず》もなかった。彼はすてばちのような気になって、急に立ちあがると、蚊帳の隅《すみ》にくたくたにまるめてあった汗《あせ》くさい浴衣《ゆかた》を自分で着て、くるくると帯をしめた。

「偉《えら》いね。」

と、正面の敵が言った。

次郎は上《あ》がり框《がまち》の下にうつ伏《ぶ》しになって、自分の草履《ぞうり》を捜《さが》しながら、眼がしらの熱くなるのを、じっとこらえた。

その間に、お民は提灯《ちょうちん》に火を入れた。

二人が戸口を出る時、みんなは、芝居《しばい》の幕がおりるときのように、静かであった。ただ、お作婆さんだけが、両手を腰《こし》に組んで、二人のあとを、一間《いっけん》ほどはなれ、校門のところまでついて来て、言った。

「坊ちゃん、さようなら。」

次郎は、しかし、ふり向きもしなかった。彼はあふれ出る涙を歯でかみしめて、お民のあとに従った。

「こわかあないかい。」

一町《いっちょう》ほど行った時に、お民が言った。その時次郎はお民の左うしろについて歩いていた。

次郎は返事をしなかった。やや湿《しめ》りを帯びた彼の草履《ぞうり》が、闇《やみ》の中でぴたぴたと異様な音をたてた。

「こわけりゃ、先においで。」

次郎は、ちっともこわくはなかった。しかし、言われるままに、小走《こばし》りしてお民のさきに立った。自分の体が、お民のさげている提灯《ちょうちん》のあかりを道一《いっ》ぱいにさえぎって、前がまっ暗になる。左右の稲田《いなだ》が、ぼうっと明るく、両方の眼尻にうつる。眼尻にうつるというよりは、じかに脳髄《のうずい》に映《うつ》ると言ったほうが適当である。

「先に行くなら、提灯をお持ち。」

次郎は提灯を持った。提灯は弓張《ゆみは》りだった。あたりまえにさげると、その底が地べたをこするので、彼は手《て》首《くび》を胸の辺まで上げていなければならなかった。

彼の草履がぴたぴたと鳴る。それが、ともすると、お民には妙《みょう》な方向から響《ひび》いてくるように思える。

「次郎、お前やっぱり後からおいで、足が速すぎていけないよ。」

次郎は提灯をまたお民に渡《わた》して、うしろから草履の音をぴたぴたとたてる。

「向こうからだれか来るようだね。」

お民はだしぬけにそう言って立ちどまった。次郎もいっしょに立ちどまったが、しんとして人の来る気配《けはい》はない。

「僕《ぼく》、先に行ってみるよ。」

次郎は、変に皮肉《ひにく》な気持ちになって、提灯を母の手からとると、小走りに走りだした。

「次郎っ。」

お民の声は、少しふるえていた。次郎は二、三間《げん》先に立って、提灯を上げたり下げたりした。その拍子《ひょうし》に、ふっと灯《ひ》が消えて、闇がのしかかるように二人をおさえた。

「まあ、次郎。」

お民の声は、すっかりおびえきっている。

次郎は、闇をすかしながら、道の端《はし》っこにしゃがんだ。

「次郎、次郎や、どこにいるの。」

次郎は息を殺した。そして、逃《に》げだすなら今だと思った。

しかし、彼は立ちあがらなかった。それは、お民が、その時、すぐそばに立っているからばかりではなかった。彼は、お浜のことを思《おも》い浮《う》かべてみても、いつものように心が熱くならなかったのである。彼はまっ暗な中で、ぽつんと寂《さび》しくしゃがんでいた。

「次郎や、次郎ったら。」

お民の声は、妙《みょう》にすごかった。恐怖《きょうふ》と怒《いか》りとがごっちゃになっているような声だった。次郎はそれでも身《み》じろがなかった。そして、お民の口からもれる激《はげ》しい息づかいに、じっと耳をすましていた。

そのうちに二人の眼が、だんだんと闇《やみ》になれて来た。お民は浮《う》き腰《ごし》で地面をすかしていたが、次郎を見つけると恐《おそ》ろしい勢いで飛びついて来た。そのために次郎のもっていた提灯《ちょうちん》は、地べたに押されて、ひしゃげそうになった。

「なんてずうずうしい子なんだろう。……さあ提灯をおよこし。」

お民は、ひったくるように提灯をとると、その中に手を突《つ》っこんで、マッチを取り出した。

ぱっとともるマッチの火に照らされたお民の顔は、気味《きみ》わるくこわばっていた。

どこかで、煩悩鷺《ぼんのうさぎ》がほうほうと鳴いた。

提灯をとも し終わると、お民は次郎の手をわしづかみにして、引きずるように歩きだした。その足どりがやけに速い。次郎は、何度《なんど》も引《ひ》き倒《たお》されそうになったが、息をはずませながら、やっとついて行った。草履《ぞうり》の音と、下駄《げた》の音とが騒《さわ》がしく入り乱れる。村にはいると、お民の足どりが急に落ちついて来た。同時に握《にぎ》っていた次郎の手を放した。

村といっても、一本筋の場末町《ばすえまち》みたいなところで、駄菓子《だがし》屋、豆腐《とうふ》屋、散髪《さんぱつ》屋、鍛冶《かじ》屋、薬屋、さかな屋などが曲がりくねって、でこぼこにつづいている。その間に、種油《たねあぶら》をしぼる家が、何軒《なんげん》もあって、その前を通ると香《こう》ばしい匂《にお》いが鼻をうった。

どの家からも、蚊遣《かや》りの煙《けむり》がもうもうと流れ出している。次郎は、それが自分の汗《あせ》ばんだ顔にこびりつくようで息苦しかった。

家《や》なみがとぎれて、また一町ばかり闇が続いた。寺である。墓地《ぼち》の一部が、じかに道に沿っている。古い石塔《せきとう》が、提灯の火で煙のように見える。

次郎は、これまでお浜につれられて、夜ここを通る時には、非常にこわいところだと思っていたが、今日《きょう》はそんな気がちっともしなかった。むしろ、ほっとしたような気にすらなった。そして、この墓地を通りすぎて明るいところに出ると、まもなく自分の連れて行かれる家があるのだ、と思うと、彼はいつまでも暗いところにじっとしていたかった。彼は急にぴたりと足をとめた。

「おやっ。」

暗いところに来て、再び足どりがせっかちになっていたお民は、次郎の草履《ぞうり》の音が急に聞こえなくなったので、ぎょっとして振《ふ》りかえった。

「どうしたというんだよ。」

彼女は、提灯《ちょうちん》をさし上げて闇《やみ》をすかした。しかし、次郎はすでにその時、道に近い大きな石塔のかげに身をひそめていたので、お民はどこにも彼の姿を見いだすことができなかった。

「次……次郎っ。」

お民は、なかばしゃがれた声で、そう叫《さけ》びながら、提灯をさし上げて、一間ばかりのところを行ったり来たりした。しかし、墓地にはいって捜《さが》してみようとは決してしなかった。次郎は、石塔のかげから、じっとその様子《ようす》を見守っていた。すると提灯の火は、まもなく、ぶかぶかと闇を走って、一町ほど先の家《や》なみの明るい中に消えていった。

次郎の心はしいんとなった。同時に、蚊《か》がぶんぶんと自分の体のまわりにたかって来るのを感じた。

彼は、しかし、これからどうしていいのか、少しも見当《けんとう》がつかなかった。彼の心からは、すべての人間が見失われて、足をはこぶ目当《めあ》てがなくなっていた。彼は墓石に腰をおろしたまま、じっと闇を見つめた。

十分あまりの時間が、蚊のうなり声の中ですぎた。

「もう逃げて行ったかもしれないが、ちょっとそこいらを見ておくれ。」

お民の声である。

「この中をですかい。まさか子供一人で……」

直吉《なおきち》らしい。

「でも、いやに押しの強い子供だから、いるかもしれないよ。」

「そうでしょうか。」

どしんどしんと足音がして、提灯の火が次郎の目の前にゆれて来た。

「あっ、いたっ。」

一間ほどおいて、提灯はぴたりと止まった。容易《ようい》に近寄ろうとはしない。声の主《ぬし》はたしかに直吉である。顔はよく見えない。

「いたら、引っぱり出したらいいじゃないかね。」

お民の声が鋭《するど》く道から響く。

「次郎さん、そんなことをして、ばかだね。」

直吉はおずおず寄って来て、次郎の手をとった。

それからあと、次郎は何が何やらわからなかった。彼はお民と直吉に両手を握られて、ぐんぐんと明るいところに引っぱられて行った。

彼が自分を取りもどして、自分の周囲を見まわすことができたのは、広い座敷《ざしき》のまん中にすわらされて、先生のような態度をしたお民から、さんざん説教をされている時であった。

五　寝小便《ねしょうべん》

お民《たみ》は存分《ぞんぶん》説教をしたあと、少しばかりの駄菓子《だがし》を紙に包んで、次郎の手に握《にぎ》らせた。それは彼女《かのじょ》の教育的見地からであった。しかし次郎は決してそれを口にしなかった。彼《かれ》が寝床《ねどこ》にはいったあとでも、その紙包は、ぽつんと部屋《へや》のまん中に置かれたままであった。

お民の右側に恭一《きょういち》、左側に俊三《しゅんぞう》が寝《ね》た。次郎の寝床は俊三のつぎに並《なら》べて敷《し》かれてあった。

次郎はながいこと眠《ねむ》れなかった。そのうちに、そろそろ小便をもよおして来た。お浜《はま》の家では、寝しなには、きっと便所に行く習慣だったが、今夜《こんや》はいろいろと事情がちがっていたために、ついそれを怠《おこた》っていたのである。彼は苦しくなるにつれて、多少それを悔《く》いた。しかし、起きあがって便所に行く気にはなれない。ここの便所は廊下《ろうか》づたいで少し遠すぎるし、それに、どこかで鼠《ねずみ》がかさこそと音をたてていて気味《きみ》がわるい。

そのうちに、彼はふと妙《みょう》なことを思いついた。そしてぱっちりと眼《め》をあいて母のほうをのぞいて見た。蚊帳《かや》の中はまっ暗で見えないが、よく寝ているらしい。彼は寝返りをするまねをして俊三によりそった。そしてながいことこらえていた小便を、その脇腹《わきばら》のあたりに少しずつ放射《ほうしゃ》した。

放射が終わるとまたもとの位置にかえって、心地《ここち》よくぐっすりと眠ってしまった。どのくらい眠ったのか、はっきりしなかったが、彼は、だしぬけにお民に両足をつかまれて蚊帳の外に引き出されたので、眼がさめた。部屋の中はまだまっ暗だった。彼はさかさにつり下げられているような気がして、眼を覚ました瞬間《しゅんかん》は、まるで世界の見当《けんとう》がつかなかった。

「何という情《なさけ》ない子だろう。もう六つにもなって。」

同時に彼の腰《こし》から下が、どたりと畳《たたみ》の上に落ちた。右足のくるぶしの落ちた辺が、ちょうど敷居《しきい》の上だったらしく、ごつんと音がして、かなり強い痛みを覚えた。

彼はしかし、まだ眼がさめないふりをして、そのまま動かなかった。しばらく沈黙《ちんもく》がつづいた。

「まあ、あきれた子だね。」

お民は平手《ひらて》で、三つ四つ彼の臀《しり》をたたいた。それでも彼は、小豚《こぶた》の死骸《しがい》のように転がったままでいた。そのうちに灯火《あかり》がぱっとともった。瞼《まぶた》をとおして来る赤い光線の刺激《しげき》で、おのずと眉根《まゆね》がよる。

「ううーん。」

次郎は寝返りをうつ格好《かっこう》をして、光線をよけた。

「次郎、お前、寝たふりをする気かい。……よろしい。いつまでもそうしておいで。」

お民は、灯火をつけ放しにしたまま、そう言って蚊帳《かや》の中にはいった。あたりがしいんとなる。蚊《か》のうなり声が、急に次郎の耳につきだした。と思うと、もう体じゅうがちくりちくりとやられている。

お民は、まだきっと蚊帳の中から自分をのぞいているに相違《そうい》ない。——そう思うと、自由に動くわけにもゆかない。彼はつらかったが辛抱《しんぼう》した。

そのうちに彼はまた一つの知恵を恵まれた。それは、寝返りをうつまねをしてだんだんと蚊帳の中にころがり込《こ》むことだった。彼は蚊帳に近づくまでは、かなり巧《たく》みにそれを実行した。しかし、いざ蚊帳の裾《すそ》をまくるという段になって彼は当惑《とうわく》した。あまり手を使いすぎると、眼をさましていることが発覚しそうである。彼はまず頭のほうからはいる計画をたてた。しかし、何度《なんど》転んでみても、いつも頭が蚊帳の裾に乗っかって、うまくいかない。で、今度《こんど》は足のほうからはいることにした。これも容易《ようい》には成功しなかったが、それでも頭ほどに不便ではなかった。それは、下駄《げた》をはく時の要領《ようりょう》で、うまく足指を使うことができたからである。

こうして、ともかくも、彼は腰の辺まで蚊帳の中にはいることができた。蚊の襲撃《しゅうげき》から完全にのがれるためには、あとわずかな努力が残されているのみであった。彼はその努力の機会をねらって、一息《ひといき》入れながら、かすかに眼を開いて母の様子《ようす》をうかがった。するとどうだろう、蚊帳の内側では、母がきちんとすわって、眼を皿《さら》のようにして自分のほうを見つめているではないか。

次郎はもうこれ以上身動きしてはならないと思った。

実は母にのぞかれているという意識があったればこそ、こんな手も使ったのであるが、こうまともに見られているのだとは、夢《ゆめ》にも思わなかったのである。

しかし、その間にも、蚊はようしゃなく彼の上半身を襲《おそ》って、彼の忍耐力《にんたいりょく》に挑戦《ちょうせん》した。彼はそのたびに思わず芋虫《いもむし》のように体を左右にまげた。そして最後にとうとう両手を使って、いっきょに蚊帳《かや》の裾《すそ》を頭のほうに引っぱってしまった。

「次郎や。」

この時、気味わるく落ちついた母の声が、彼の耳をうった。

「お前、だれにそんな芸当を教《おそ》わったの。」

次郎は返事をする代《か》わりに、軽いいびきをしてみせた。

「次郎ったら。」

母の声は急に鋭《するど》くなった。次郎はびくっとしたが、いまさらどうすることもできなかった。すると次の瞬間には、お民の指が彼の耳たぶをつかんで、再び彼を蚊帳の外に引きずった。

次郎は、かつて直吉《なおきち》の耳たぶに、全身の重みを託《たく》そうとしたことがあった。しかし、自分自身の耳たぶに自分の体を託した経験は、まったくはじめてである。彼は思わず悲鳴をあげた。両手は思わず母の手を握《にぎ》った。それで耳たぶの痛みはいくらか減じたが、その代わりらくらくと蚊帳のそとに引きずり出されてしまったのである。

「そこに夜どおしで、そうしているんだよ。」

母はあらあらしい息づかいをしながら、寝床にはいった。

次郎の眼からは、ぼろぼろと涙《なみだ》がこぼれた。しかし彼は喉《のど》にこみあげてくる泣き声を、じっとかみ殺した。そして、とうとう夜があけるまで、蚊《か》にさされながら、蚊帳の外を芋虫《いもむし》のようにころげまわっていた。

六　飯《めし》びつ

「ご飯《はん》だよ。」

翌朝次郎《じろう》が、ぽつねんと人気《ひとけ》のない座敷《ざしき》の縁《えん》に腰《こし》をかけて、庭石《にわいし》を見つめていた時に、台所のほうから母の声がきこえた。しかし、彼は動かなかった。それは、その声が彼を呼んでいるようには聞こえなかったし、かりに彼を呼んでいるとしても、そんな遠方《えんぽう》からの呼び声に応じて出て行くのが変に思えたからである。

やがて、家じゅうの者が茶《ちゃ》の間《ま》に集まったらしく、話し声がにぎやかになり、茶碗《ちゃわん》のふれる音や、鍋《なべ》をかする音などが聞こえて来た。

次郎は、だれかが気づいて自分を呼びに来るのを、心待《こころま》ちに待っていた。しかし、呼びに来ても、飛びついて行くようなふうは見せたくない、と思っていた。

ところが、十分たっても、二十分たっても、だれも彼を呼びには来なかった。そして、そのうちに、恭一《きょういち》と俊三《しゅんぞう》とは、すでに飯《めし》をすましたらしく、口端《くちばた》を手でこすりながら彼のほうに走って来た。

「ご飯どうして食べない。」

恭一は次郎のそばまで来るとたずねた。次郎は庭のほうを見たきり、振《ふ》り向《む》こうともしなかった。

「ご飯たべない、ばかあ――」

俊三の声である。次郎はそれでも黙《だま》っていた。すると俊三は、ちょこちょこと寄って来て、うしろから片手を次郎の肩《かた》にかけ、その耳元で、

「ばかやあい。」

と言った。次郎はいきなり右臂《みぎひじ》で俊三を突《つ》きのけた。俊三はよろよろと縁《えん》をよろけて、敷居《しきい》につまずき、座敷の畳《たたみ》の上にあおむけに倒《たお》れた。

彼の泣き声は、家じゅうに響《ひび》き渡《わた》った。

お民《たみ》が出て来て、恭一に言った。

「どうしたんだえ。」

「次郎ちゃんが突き倒したんだい。」

「次郎が？　どうして？」

「僕《ぼく》知らないよ。」

恭一は神経質らしく、お民と次郎とを見比べながら答えた。

お民は、しばらく次郎をうしろからじっと睨《ね》めつけていたが、何と思ったのか、そのまま俊三を抱《だ》き起《お》こして、茶の間のほうに行ってしまった。

恭一もすぐそのあとについた。

次郎は、また一人でぽつねんと庭を眺《なが》めた。

そのうちに、彼はゆうべの寝不足《ねぶそく》のため、うつらうつらしだした。そうしてとうとう縁側《えんがわ》から地べたにすべり落ちてしまった。

幸《さいわ》いに大した痛みを覚えなかった。彼は起きあがってあたりを見まわしたが、だれもいなかったので、安心した。そして、はだしのまま植《う》え込《こ》みをぬけて、隣《となり》との境になっている孟宗竹《もうそうだけ》の藪《やぶ》にはいると、そのままごろりと寝ころんだ。

そこで彼は涼《すず》しい風に吹かれながら、ぐっすり眠《ねむ》った。眼《め》がさめたのは昼すぎだった。腹がげっそりと減《へ》っている。それに何よりものどが乾《かわ》いて堪《た》えられないほどだ。

彼は起きあがると、八方に眼を配りながら、座敷の縁に忍《しの》びよった。そして縁板《えんいた》に足のよごれをにじりつけてから、足音をたてないように茶の間のほうに行った。

そこにはだれもいなかった。もう昼飯《ひるめし》がすんだあとらしく、ちゃぶ台の上には薬缶《やかん》と飯櫃《おひつ》だけが残されていて、蠅《はえ》が五、六匹《ぴき》しずかにとまっている。

彼はあたりを見まわしてから、薬缶《やかん》から口づけに、冷えた渋茶《しぶちゃ》をがぶがぶと飲んだ。それから飯櫃のふたをとって、いきなりそのなかに手を突っこんだ。

「だれだい。」

だしぬけに台所からお民の声がきこえた。次郎はびっくりして手を引いたが、その五本の指には飯が一握《ひとにぎ》りつかまれていた。彼はあわててそれを口に押《お》しこみながら、座敷のほうに逃《に》げだそうとした。

しかし、もうそれは遅《おそ》かった。座敷の敷居《しきい》をまたぐか、またがないかに、彼は襟首《えりくび》をお民につかまれていたのである。

「お前は、お前は……。」

お民の声は、怒《いか》りとも悲しみともつかぬ感情で、ふるえていた。

それから次郎は、ちゃぶ台の前に引きすえられて、ながいことお民と対座《たいざ》しなければならなかった。

「ここはお前の生まれた家なんだよ。」

説教は、彼が昨夜来何度《さくやらいなんど》も聞かされた言葉で始まった。

「ここの家はね、こんな田舎《いなか》に住んでいても、れっきとした士族《しぞく》なんだよ。」

これも次郎が聞きあきるほど聞いた文句《もんく》であった。もっとも士族が何だかは、今だにはっきりしない。

「士族の子ともあろうものが、何という情《なさけ》ないまねをするんだよ。……強情《ごうじょう》で食べないつもりなら、いっそ二日でも三日でも食べないでいたらいいじゃないの。ご飯時《はんどき》には寄りつかないで、竹藪《たけやぶ》の中に寝たりしているくせに、こっそり忍んで来て手づかみで食べるなんて、思っただけでも、このお母《かあ》さんはぞっとするよ。」

次郎は、まだ指先にくっついている飯粒《めしつぶ》を、どう始末《しまつ》していいかわからないで、もじもじと手を動かした。

「それ、その手をごらん、それを見たら、ちっとは自分でも恥《は》ずかしい気がするだろう。」

次郎は何と思ったか、ぴたりと手を動かすのをやめてしまった。

「お前はね……」

と、急にお民の声がやさしくなった。

「ちょうど八月十五夜の月が出るころに生まれたので、今にきっと恭一よりも俊三よりも偉《えら》くなるだろうって、お父《とう》さんはじめ、みんなでおっしゃっているんだよ。」

次郎は、これまでお浜《はま》が人の顔さえ見ると、よくそんなことを言っていたのを覚えている。そして彼は、そんな話が出ると、いつも内心得意《とくい》になっていたが、母の口から今はじめてそれを聞かされて、急にそれがつまらないことのように思われだした。同時に、彼は校番のむさ苦しい部屋《へや》が、無性《むしょう》に恋《こい》しくなって来た。

（偉くならなくてもいい。）

そんな感じが、はっきりとではないが、彼の心を支配した。一人ぼっちで、しかも、どちらを向いても突きあたるような気持ちでいるのが、彼にはたまらなくいやだったのである。

「お浜のところへは、もうどんな事があっても帰さないよ。それも、みんなお前に偉くなってもらいたいと思うからのことだよ。……このお母《かあ》さんの心が、お前にわかるかい。」

次郎には、もうお浜のところに帰れないということだけがわかった。

彼はいまさらのように悲しくなって、思わず涙《なみだ》をぽたぽたと膝《ひざ》の上に落とした。飯粒のついた指が、急いでそれをふいた。

お民は昨夜来はじめて次郎の涙を見て、それを自分の説教の効果だと信じた。そこで、簡単に説教のしめくくりをつけると、すぐ立ちあがって、次郎のために椀《わん》と皿《さら》と箸《はし》を用意した。

次郎の涙は容易《ようい》にとまらなかった。彼は飯《めし》をかき込みながら、しきりに息《いき》ずすりした。袖口《そでぐち》と手の甲が、涙と鼻汁《はなじる》とで、ぐしょぐしょに濡《ぬ》れた。お副食《かず》には小魚の煮《に》たのをつけてもらったが、泣きじゃくってうまくむしれなかったので、ちょっと箸をつけたぎりだった。それでも飯だけは四杯《はい》かえた。

お民は、その間そばにすわって、次郎のために飯をよそってやった。それはむろん彼女の母としての愛情を示すためであった。しかし次郎のほうから言うと、それはちっともありがたいことではなかった。なぜなら、もし彼女がそばにいなかったら、彼は四杯どころか、五杯でも六杯でも食べたであろうから。

何よりも次郎の心を刺激《しげき》したのは、恭一と俊三とが手をつないでやって来て、縁側から、珍《めずら》しそうにその場の様子《ようす》を眺めていたことであった。

「お前たちは、あっちに行っておいで。」

お民は何度《なんど》も二人をたしなめたが、二人は平気な顔をして、ちっとも動こうとはしなかった。飯が存分《ぞんぶん》に食べられなかったのは、一つはそのためでもあったのである。

飯がすむと、次郎はまたしばらくの間、母の説教をきいた。説教をきいている間に、涙がひとりでに乾《かわ》いて、彼の心は妙《みょう》に落ちついて来た。同時に、恭一と俊三とに対する憎悪《ぞうお》の念《ねん》が、冷たく彼の胸の底ににじむのを覚えた。

七　玉子焼《たまごや》き

「次郎、また一人でそんな所にいるのかい。ほんとに、どうしたっていうんだね。早くこちらに来て、お父《とう》さんにごあいさつをするんですよ。」

お民《たみ》に、そう声をかけられた時には、次郎は、暮《く》れかかった庭の木立《こだ》ちの間を、一人でぶらつきまわっていたのであった。

父の俊亮《しゅんすけ》は、猿股《さるまた》一つになって、お民に蚊《か》を追わせながら、座敷《ざしき》の縁《えん》で酒をのんでいた。そのそばには恭一《きょういち》も俊三《しゅんぞう》もすわっていた。

次郎にとっては、彼《かれ》の父は、まだ何とも見当《けんとう》のつかない存在であった。というのは、父は、この村から三、四里《り》も離《はな》れたある町で小《こ》役人を勤めていて、土曜から日曜にかけてしか帰って来なかったので、次郎は里子《さとご》時代に、めったに彼と顔をあわせる機会がなかったし、まして、彼に言葉をかけてもらった記憶《きおく》などほとんどなかったからである。

次郎は、しかし、父の顔つきだけは、いつとはなしに、はっきり覚えこんでいた。そして、その顔は、たしかに家じゅうのだれよりも親しみやすい顔だった。むろん、お浜《はま》の亭主《ていしゅ》の勘作《かんさく》などにくらべると、ずっとやさしそうに思えたのである。

で、次郎は、今日《きょう》母から、

「夕方にはお父さんが帰っていらっしゃるんだよ。次郎がここに帰って来てから初めてだね。」

と言われた時には、一刻《いっこく》も早くあってみたいような気になった。

そして、いよいよ夕方になって、父を迎《むか》えるために、みんなが庭に打ち水を始めた時には、次郎は珍《めずら》しく恭一のあとについて、柄杓《ひしゃく》で庭石《にわいし》に水をまいて歩いたりしたのだった。

それでも、彼は、いざ父が帰ったと聞くと、妙《みょう》に気おくれがして、みんなといっしょに玄関《げんかん》にとび出して行こうとはしなかった。それどころか、彼はその騒《さわ》ぎの間に、一人でこっそり、庭の植《う》え込《こ》みにはいりこんでしまったのである。そして、父が服を脱《ぬ》いだり、湯殿《ゆどの》にはいったり、母がお膳《ぜん》のしたくをして、それを座敷の縁側《えんがわ》に運んだり、恭一と俊三とがはしゃぎまわったりしている様子《ようす》を、じっとそこからのぞいていた。

しかしのぞいているうちに、彼はだんだんつまらなくなって来た。もともと彼は、父に隠《かく》れる気など少しもなかったのだが、つい妙なはずみで、こんなことになってしまった。それに、困ったことには、だれも自分が見えないのを気にかけている様子がない。

かといって、いまさら植え込みの中から、のこのこ出て行くのも変だ。彼は自分が庭にいるのを、何とかして皆《みな》に気づかせたいと思った。で、父がいよいよ晩酌《ばんしゃく》をはじめたころに、わざと足音をたてて庭をうろつきだしていたのである。

彼は母に声をかけられたときには、しめたと思った。それなら、その声に応じてすぐ出て行くのかと思うと、そうでもなかった。母の言葉は彼がすなおに出て行くには、少し強すぎたのである。

彼は母の声をきくと、すぐ、くるりと座敷のほうに背《せ》を向けて立ち木によりかかってしまった。

「次郎ちゃん、父《とう》ちゃんが帰ったようっ。」

恭一が彼を呼んだ。

「父ちゃんが帰ったようっ。」

俊三がそれをまねた。

次郎は皆の視線を自分の背中に感じていよいよ動けなくなってしまった。

「すぐあれなんですもの。……まったくどうしたらいいのか、私、わからなくなっちまいますわ。」

「なあに、今日は、はじめてなもんだから、きまり悪がってるんだよ。」

「そんなしおらしい子ですと、私ちっとも心配いたしませんけど、なかなかそんなじゃありませんわ。」

「やはり家になじまないからさ。そのうち、おいおいよくなるだろう。」

「そうでしょうかしら。」

「何しろ、あれにとっては、この家はまるで他人の家も同然だろうからね。」

「そりゃ、そうですけれど。……でも、あんまりですもの、何かお浜に強く言って聞かされて来たんではないかと思いますの。」

「まさか。……かりに言って聞かされたにしても、あんな子供に、そううまく芝居《しばい》がうてるもんじゃない。」

「すると、あの子の性質なんでしょうか。」

「性質ということもあるまいが、自然ああなるんだね、これまでのいきさつから。」

「このままでいいのでしょうか。」

「いいこともあるまいが、当分《とうぶん》しかたがないさ。」

「まあ、あなたはのんきですわ。あたし、一刻《いっこく》もじっとしておれない気がするんですのに。」

「そんなにやきもきするからなおいけないんだよ。」

「では、どうすればいいんですの。」

「つまり、教育しすぎないことだね。」

「だって、私には放ってなんかおけませんわ。第一あの子の将来を考えますと……」

「将来を考えるから、無理な教育をしないがいいと言うんだよ。」

「でも……そりゃあさましいまねをするんですよ。人が見ていない時に、飯櫃《おひつ》に手を突《つ》っこんで、ご飯《はん》を食べたりして。」

「何もかも、もうしばらく眼《め》をつぶるんだね。それよりか、差別待遇《さべつたいぐう》をしないように気をつけることだ。」

「そんなご心配はいりませんわ。」

「形の上だけでは、どうなり公平にやっていても、何しろこんな事は気持ちがたいせつだからね。」

「気持ちって言いますと？」

「つまり親としての自然の愛情さ。」

「まああなたはそんなことを心配していらっしゃるの。次郎だって自分の腹を痛めた子じゃありませんか。」

「自分の子でも、乳《ちち》を与《あた》えない子は親しみがうすいって言うじゃないか。」

「私には、そんなことありませんわ。そりゃ教育のない人のことでしょう。」

「そうか。……ところでお祖母《ばあ》さんはどうだね、あれに対して。」

「そりゃ、あの子を家に呼ぶのでさえ、こころよく思っていらっしゃらなかったくらいですから……」

「女は何と言っても感情的だからね。」

「すると、私もお祖母さんと同じだとおっしゃるの。」

「お祖母さんとはいくらか違《ちが》うだろうが……」

「いくらかですって？……あなたは私をそんなに不信用なすっていらっしゃるの。」

「そうむきになるなよ。あれに聞こえても悪い。それよりか、もう一度呼んでみたらどうだね。」

「あなたの、公平なお声で呼んでみてくだすったら、どう？」

「…………」

次郎は全身の神経を耳に集中して、二人の話を聞こうとしたが、その大部分は聞きとれなかった。聞こえてもその意味をはっきりつかむことはできなかっただろう。しかし、彼は何かしら、父が自分に対して好意を寄せているような気がしてならなかった。彼は父が今にも声をかけてくれるかと、ひそかに待っていたが、だめだった。

で、彼はそっと向きをかえて座敷《ざしき》のほうをうかがった。――もうその時には、日はとっぷりと暮れて、向こうから見られる心配がなかったのである。

父は黙《だま》りこくって酒を飲んでいる。

母はそっぽを向いて、やけに団扇《うちわ》だけをばたばたさせている。

「恭一、お前次郎をつれて来い。」

だしぬけに父の声が、大きく聞こえた。

恭一は、気味《きみ》わるそうに、しばらく植《う》え込《こ》みをすかしていたが、しぶしぶ立ちあがって、次郎のほうにやって来た。

「父《とう》さんが呼んでるよ。」

恭一は次郎に近づくと、用心深くその手首《てくび》をつかんで引っぱった。次郎は、恭一に手を握《にぎ》られるのを、あまり心よくは思わなかった。しかしこれ以上ぐずってみる勇気も持ち合わせなかったので、引っぱられるままに縁側から上がって来た。

お民はじろりと彼の顔を見ただけで、何とも言わなかった。次郎は自分のすわる場所がわからなくて、右の人差し指を口に突っこみながら、しばらく柱のかげに立っていた。

「次郎、ここにすわれ。」

俊亮は自分のお膳《ぜん》の前を指《さ》した。その声の調子は乱暴《らんぼう》だった。しかし次郎の耳には、少しも不愉快《ふゆかい》には響《ひび》かなかった。彼はお民の眼をさけるように、遠まわりをして、さされた場所にすわった。

俊亮は、杯《さかずき》をあげながら、三人の子をひととおり見くらべた。どう見ても次郎の顔の造作《ぞうさく》が一番下等である。眼つきや口元が、どこか猿《さる》に似ている。おまけに色がまっ黒で、ほっぺたには、斜《なな》めに鼻汁《はなじる》の乾《かわ》いたあとさえ見える。彼はちょっと変な気がした。しかし、そのために次郎をいやがる気持ちには少しもなれなかった。むしろ、かわいそうだという気が、しみじみと彼の胸を流れた。彼はにこにこしながら、元気よく言った。

「大きくなったなあ。体格はお前が一等《いっとう》だぞ。あすはお父さんが休みだから、大川につれて行ってやろう。泳げるかい。」

次郎は、しかし、返事をしなかった。彼はこれまで、学校の近くの沢《さわ》で、桶《おけ》につかまって泳いだ経験しかなかったのである。

「父さん、僕《ぼく》も行くよ。」

「僕もよ。」

恭一と俊三とが、はたから眼を輝《かがや》かして言った。しかし俊亮は、それには取りあわないで、次郎のほうばかり見ながら、

「次郎、どうだい、いやか、いやだったら大川はよしてもいい。次郎は何が一番好き

かな。明日は父《とう》さんは次郎の好きなとおりにするんだから、何でも言ってごらん。」

みんなの視線がいっせいに次郎の顔に集まった。次郎はこの家に来てから、何かにつけ、みんなに見つめられるのが、何よりもいやだったが、この時ばかりはまったく別の感じがした。彼は父に答えるまえに、まず母と兄弟《きょうだい》たちの顔を見まわした。そしてのびのびと育った子供ででもあるかのような自由さをもって、いかにも嘆息《たんそく》するらしく言った。

「僕、まだ本当には泳げないんだがなあ。」

すると、恭一が、

「大川には、浅いところもあるんだよ。僕たち、いつもそこで蜆《しじみ》をとるんだい。」

「ほんとだい。」と、俊三が膝《ひざ》を乗りだした。

「泳げなきゃ、父さんが泳がしてあげる。なあに、じきに覚えるよ。」

と、俊亮がそれにつけ足した。

お民はまだ黙っていた。次郎はいくぶんそれが気がかりだったが、

「そんなら僕行くよ」と、さっきからの自由さを失わないで答えた。

そして、自分の一言《ひとこと》で、明日の計画にきまりがついた時に、彼はしばらくぶりで、お浜の家にいたころのような気分を味わった。

まもなく俊亮は杯を伏《ふ》せて、軽くお茶漬《ちゃづ》けをかきこんだ。そして庭下駄《にわげた》をつっかけると、体操のようなまねをしながら、縁台《えんだい》のまわりを、ぐるぐる歩きまわった。

「もっとお涼《すず》みになる?」

お民がやっと口をきいた。

「うむ、縁台に莫蓙《ござ》を敷《し》いてくれ。」

お民が莫蓙を取りに奥《おく》にはいると、恭一と俊三とはすぐそのあとを追った。次郎は、まだひとりで縁側にすわったままでいたが、その時ふと彼の眼にしみついたのは、父のお膳に残された一切れの卵焼きであった。

おおよそ次郎にとって、卵焼きほどの珍味《ちんみ》は世界になかった。そして、お浜の家での彼の経験から、彼は、よほどの場合でないと、そんな珍味は口にされないものだと信じていた。ところがこの家では、お祖母《ばあ》さんが離室《はなれ》で、おりおり卵の壺焼《つぼや》きをこさえては、おやつ代《が》わりに恭一と俊三とに与えている。現に、今日《きょう》の昼すぎにも、二人がそれを食べながら、離室を出て来るのに、次郎は廊下《ろうか》ででっくわしたのである。彼はその時、つとめて平気を装《よそお》ったが、二人の口から、あたたかく伝わって来る卵焼きの香気《こうき》を嗅《か》がされた時には、自分だけをのけ者にしている祖母に対して、燃えるような憎悪《ぞうお》を感じ、これから先、どんなことがあっても、離室の敷居《しきい》はまたぐまい、と決心したほどであった。

その卵焼きが、今彼の眼の前に、だれにも顧みられないで、冷たく皿の中にころがっている。彼は何としても自分を制することができなかった。しかし、彼は手を伸《の》ばす前に、まず茶《ちゃ》の間《ま》のほうを見た。母が出て来るにはまだちょっと間《ま》がありそうだった。それから、庭を歩きまわっている父を見た。父はちょうどあちら向きになって歩き出したところである。

彼はすばやく卵焼きをつかんで、口の中に押《お》しこんだ。

「次郎、星が飛んだぞ。ほら。」

次郎はだしぬけに父にそう言われて、飛びあがるほどびっくりした。そして、父は何も知らないで遠くの空を見ているんだとわかってからも、思い切って卵焼きをかむことができなかった。

「うむ……」

彼は返事とも質問ともつかない妙《みょう》な声を出した。そして、急いで縁先にうつ伏《ぶ》しになって、下駄《げた》を捜《さが》すような格好《かっこう》をしながら、忙《いそが》しく口を動かした。

彼が下駄をはいて、父のそばに立った時には、彼はもうけろりとしていた。たった今、のどを通ったばかりの卵焼きのあと味が、まだいくぶん口の中に残っているのを楽しみながら、彼はしんみょうらしく、父が見ている空の方向に視線を注《そそ》いだ。

そこへお民が茣蓙《ござ》を運んで来て、それを縁台に広げた。俊亮《しゅんすけ》はすぐ、ごろりとその上に寝《ね》て団扇《うちわ》を使いはじめた。お民もその端《はし》に腰《こし》をおろしながら言った。

「次郎も、みんなといっしょにやすんだらいいじゃないの。」

次郎は不服らしい顔をした。すると俊亮が傍《はた》から言った。

「まだ眠《ねむ》くはないさ。早いんだから。」

「でもほかの子はもうやすみましたよ。」

「ばかに早いじゃないか。……次郎はもう少し父《とう》さんのそばで涼んでいけ。」

「まあ大そう次郎がお気に入りですこと。……では、次郎ここに掛《か》けて、父さんのお相手をなさい。」

次郎は最初遠慮《えんりょ》がちに縁台に腰を下ろしたが、まもなく父と三、四寸《すん》の間隔《かんかく》をおいて、自分もごろりと横になった。彼はなぜか、父のまっ白な、ふっくらした裸《はだか》に、自分の体をくっつけてみたくなった。彼の汗《あせ》ばんだ体は、蚊《か》にさされたところをかくような格好をしながら、じりじりと父にくっついて行った。

「きたないっ。」

俊亮はだしぬけに、びっくりするような声でどなりながら、はね起きた。――彼はおうようでなさけ深い性質に似合わず、一面神経質で潔癖《けっぺき》なところがあり、他人の家で畳《たたみ》に手をついたりすると、帰ってから、何度《なんど》も手を洗わないではいられない性質だった。

「どうなすったの。」

さっきから、それとなく次郎の様子を見守っていたお民が、いやに落ちついてたずねた。

「次郎のべとべとする体が、だしぬけにさわったもんだから、びっくりしたんだよ。」

と、俊亮は、次郎に触《さわ》られた横腹のあたりを、団扇《うちわ》の先でしきりになでている。

次郎は、変に寂《さび》しい気がした。彼は寝ころんだまま、じっと眼をすえて父を見た。すると、お民が言った。

「まあ、あなたにもあきれてしまいますわ。」

「何が……」

「かりにも、自分の子がきたないなんて。」

「きたないものは、きたないさ。」

「それでも親としての愛情がおありですの。」

「何を言ってるんだ。それとこれとは違うじゃないか。ばかな。」

「男の親というものは、それだから困りますわ。いやにかわいがっていらっしゃるかと思うと、すぐそのあとで、子供の心を傷つけておしまいになるんですもの。」

「つまらん理屈《りくつ》を言うな。」

「あなたこそ屁理屈《へりくつ》ばかりおっしゃってるじゃありませんか。」

「いつおれが屁理屈を言った。」

「ついさっきも、形よりは気持ちがたいせつだなんておっしゃったくせに。」

「それが屁理屈かい。」

「屁理屈ですわ。寄《よ》り添《そ》って来る自分の子を、きたないなんてどなりつけるような方が、そんなことおっしゃるんではね。」

「うむ。……でも、おれには策略《さくりゃく》がないんだ。」

「おや、では私には策略があるとでもおっしゃるの。」

「あるかもしれないね。……しかし、おれはお前のことを言おうとしているんじゃない。」

お民は歯がみをするように、口をきりっと結んで、しばらく黙《だま》っていたが、

「あなたは、策略さえ使わなければ、子供に対してどんなことを言ったりしたりしてもいいとおっしゃるの。」

「心に本当の愛情さえあればね。」

「その愛情があなたのはまるであてになりませんわ。」

「そうかね。だが、こんな話はあとにしよう。この子の前でこんなことを言いあうのは、よろしくない。お互《たが》いの権威《けんい》を落とすばかりだからね。」

お民は白い眼をして、ちらりと次郎を見たが、そのまま黙ってしまった。俊亮は縁台《えんだい》をおりながら、

「それよりも、寝る前にもう一度行水《ぎょうずい》をしたいんだが、湯があるかね。」

「風呂《ふろ》にまだたくさん残っていますわ。」

「そうか。——おい、次郎、お前もいっしょに来い。父《とう》さんがきれいに洗ってやる。」

次郎は、聞いていて、何が何やらさっぱりわからなかった。ただ母が、自分のために父に対して抗議《こうぎ》を申しこんだことだけが、たしかだった。かといって、彼はそのために父よりも母を好きになるというわけにはいかなかった。最初父に「きたない」とどなられた時には、落胆《らくたん》もし、不平にも思ったが、二人の言いあいを聞いているうちに、やっぱり父のほうに何かしらあたたかいものがあるように感じた。で、父に「いっしょに来い」と言われると、彼は何もかも打ち忘れて、はね起きる気になった。

彼の心は、しかし、はね起きると同時にぴんと引きしまった。というのは、その時お民が縁側を上がって行って、お膳《ぜん》をしまいかけたからである。

次郎は卵焼きのことが心配だった。もし母に気づかれたら、と思うと、彼は身動きす

らできなくなった。彼は、突《つ》っ立《た》ってじっとお民の様子に注意した。

「おやっ。」

お民は小声《こごえ》でそう叫《さけ》ぶと、けげんそうに振《ふ》り返《かえ》って次郎のほうを見た。次郎はしまったと思ったが、すぐそ知らぬ顔をして、眼をそらした。

「あなた、卵焼きを残していらっしったんでしょう。」

「うむ、残していたようだ。」

「それ、どうかなすったの。」

「どうもせんよ。」

「次郎におやりになったんではないでしょうね。」

「いいや……。」

「どうも変ですわ。」

「卵焼きぐらい、どうだっていいじゃないか。」

俊亮はちょっと首をかしげて次郎の顔をのぞきながら言った。

「よかあありませんわ。」

お民はひややかにそう言って、また庭におりた。

そして、つかつかと次郎の前まで歩いて来ると、いきなりその両肩《りょうかた》をつかんで、縁台に引きすえた。

「お前は、お前は、……こないだもあれほど言って聞かしておいたのに。……」

お民は息をとぎらしながら言った。

次郎は、母に詰問《きつもん》されたら、父もそばにいることだし、すなおに白状《はくじょう》してしまおうと思っていたところだった。しかし、こう始めから決めてかかられると、妙に反抗《はんこう》したくなった。彼は眼をすえてまともに母を見返した。

「まあ、この子は。……あなた、この押しづよい顔をごらんなさい。これでもあなたは放っといていい、とおっしゃるんですか。」

お民の唇《くちびる》はわなわなとふるえていた。

俊亮は、困った顔をして、しばらく二人を見くらべていたが、

「お民、お前の気持ちはよくわかる。だが今夜《こんや》はおれに任《まか》しとけ。……次郎、さあ寝る前に、もう一度行水《ぎょうずい》だ。父《とう》さんについて来い。」

そう言って彼は次郎の手をつかむと、引きずるようにして、庭からすぐ湯殿《ゆどの》のほうへ行った。

湯殿にはいってから、俊亮はごしごし次郎の体をこするだけで、まるで口をきかなかった。次郎は、すると、妙に悲しみがこみあげて来た。そしてとうとう息《いき》ずすりを始め

た。

するとと俊亮が言った。

「泣かんでもいい。だが、これから人が見ていないところでは、どんなにひもじくても物を食《く》うな。その代わり、人の見ている所でなら、遠慮せずにたらふく食うがいい。ねだりたいものがあったら、だれにでも思い切ってねだるんだ。いいか、父さんはいくじなしが大きらいなんだぜ。」

その夜、次郎は父のそばに寝た。むろん寝小便《ねしょうべん》も出なかったし、蚊《か》にも刺《さ》されなかった。また、夜どおし父に足をもたせかけたりしたが、決してどなられるようなことがなかった。彼はこの家に来て、はじめて本当の快い眠《ねむ》りをとることができたのである。

八 水泳

翌日、俊亮《しゅんすけ》は、早めに昼食をすますと、恭一《きょういち》と次郎をつれて大川に行った。ちょうど干潮時《かんちょうじ》で、暗褐色《あんかっしょく》の砂洲《さす》が晴《は》れ渡《わた》った青空の下にひろびろと現われていた。

三人は、やかましく行々子《よしきり》の鳴いている蘆間《あしま》をくぐって、砂洲に出た。そして、しばらく蜆《しじみ》を拾ったり、穴を掘《ほ》ったりして遊んだ。

次郎は、のびのびした気分になって、砂の上に大の字なりにねた。あたたかい砂の底からしみ出て来る水の感触《かんしょく》が、何ともいえないよい気持ちである。きらきらと光って眼《め》の上を飛んでいく蜻蛉《とんぼ》までが、今日《きょう》は珍《めずら》しい世界のもののように思える。

彼はうっとりとなって、一心《いっしん》に青空を見つめた。するとそこに、ぼうっと黒ずんだ小さな影《かげ》のようなものが現われた。お玉杓子《たまじゃくし》の格好《かっこう》をしている。それがすうっと空を動いては、どこかで消える。眼をすえるとまた現われる。彼は幾度《いくど》となくその影を追った。追っているうちに、いつのまにか夢《ゆめ》のようにお鶴《つる》の顔が浮《う》きだして来た。

彼は眼をつぶった。すると、お浜《はま》、お兼《かね》、勘作《かんさく》と、つぎからつぎへ、校番室の暗い部屋《へや》で親しんだ人たちの顔が思い出されて来た。彼は、甘《あま》いような悲しいような気分にすっかりひたり切って、そばに父や兄がいることさえ忘れてしまった。

「さあ、これから泳ぐんだ。」

俊亮は立ちあがって砂の上に四股《しこ》を踏《ふ》んだ。

「恭一は、もうずいぶん泳げるだろうね。」

「まだ少しだよ。」

「父《とう》さんが見てやる。泳いでごらん。」

恭一は、用心深そうに、そろそろ深みにはいって行った。そして、水が乳首《ちくび》の辺まで来たところで、彼は浅いほうに向かってほんの一間《いっけん》ばかり、犬かきをやって見せた。

次郎は熱心にそれを見つめていた。

「うむ、だいぶじょうずになった……さあ今度《こんど》は次郎だ。」

次郎は、父の顔と水を見くらべながら、ちょっとしりごみした。

「だいじょうぶだ。父さんが抱《だ》いてやる。」

俊亮は、自分の両腕《りょううで》の上に次郎を腹ばいさせて、ぐいぐいと深みにつれて行った。恐《きょう》怖《ふ》と安心とが、ごっちゃになって次郎の心を支配した。

「いいか、そうれ。……足をしっかり動かすんだ。手だけじゃいかん。……うむ。……そうそう。……おっと、そう頭をもたげちゃだめだ。ちっとぐらい水をのんだって、死にゃせん。」

俊亮はめっちゃくちゃにはねあがる飛沫《ひまつ》を、顔いっぱいに浴びながら、そろそろと次郎の体を前進させてやった。次郎は一所懸命《いっしょけんめい》だった。そして非常に愉快《ゆかい》でもあった。しかし、その愉快さは長くはつづかなかった。それは、俊亮がだしぬけに、彼の両手を次郎の腹からはずしてしまったからである。

次郎は、はっと思った瞬間《しゅんかん》に、顔を空に向けたが、もう間《ま》にあわなかった。彼はがぶりと水を飲んだ。鼻の奥《おく》から頭のしんにかけて、酸《す》っぱいものがしみ込《こ》むような痛みを感じた。それからあと、彼はまったく死《し》にもの狂《ぐる》いだった。しかし、その死にもの狂いは、ほんの一秒か二秒ですんだ。そこは彼の腰《こし》の辺までしかない深さのところで、彼はすぐひとりで立ちあがることができたからである。

「わっはっはっ、苦しかったか。」

俊亮が、すぐうしろで大きく笑った。次郎は声をあげて泣きたかったが、父の笑い声をきくと泣けなくなった。で、げえげえ水を吐《は》きだしたり、鼻汁《はなじる》をこすったりして、しばらくごまかしていた。

「沈《しず》むと思った時に、口をあいて顔をあげたりしちゃいかん。思い切って、息を止めてもぐるんだ。いいか次郎。ほら、父《とう》さんがやってみせる。」

俊亮は顔を水に突《つ》っこんで、そのでぶでぶしたまっ白な体を、蛙《かえる》のように浮かして見せた。

「どうだい。」

と、彼は顔をあげて、それを両手でつるりとなでながら、

「じっとしていりゃ、ひとりでに浮くだろう。浮いたら今度は手足を動かしてみるん

だ。顔をあげるのは一等《いっとう》おしまいだよ。……どうだい、もう一度やってみるか。」

次郎は、さすがにすぐ「うん」とは言わなかった。そして、父から五、六間もはなれた、ごく浅いところに行って、ひとりでしきりに顔を水に突っこみはじめた。俊亮は砂に腰をおろして、にこにこ笑いながら、それを眺《なが》めていた。

最初の間、次郎の息は三秒とはつづかなかったが、だんだんやっているうちに、それが五秒となり、七秒となり、とうとう十秒ぐらいまで続くようになった。

「父さん、僕《ぼく》一人でやってみるから、見ていてよ。」

そう言って彼は、臍《へそ》ぐらいの深さのところまでゆくと、蛙のように四肢《しし》をひろげて、体を浮かす工夫《くふう》をした。むろん父ほどはうまくゆかなかったが、二、三回でどうなり浮くだけの自信はできたらしかった。それからあと、彼はしきりに手足を動かしたり、顔を水面にあげたりする工夫をやりだした。

俊亮は、背中《せなか》がまっかにやけるのも忘れて、三、四十分間ほども、それを見まもっていた。

次郎は、しかし、結局顔をあげて泳げるまでにはなれなかった。それでも、顔を浸《ひた》したままだと、一息《ひといき》に二間近くも進めるようになった。

「次郎、もうよせ、今日《きょう》はそれでいい。この次には、きっと恭一よりうまく泳げるぞ。」

俊亮は、次郎のものすごいねばりに、少なからず驚《おどろ》きながら、そう言って彼を制した。次郎はよすのがいささか不平だった。しかし、父が恭一をつれてさっさと土堤《どて》のほうへ歩きだしたのを見ると、彼もしかたなしにそのあとについた。

＊

夕方の食卓《しょくたく》には、珍《めずら》しく家じゅうの顔がそろった。いつもは離室《はなれ》に膳《ぜん》を運ばせることにしている老夫婦《ろうふうふ》までが、ひさびさにこちらに出かけて来た。この二人に俊亮夫婦、子供三人、それにお糸婆《いとばあ》さんと直吉《なおきち》を合わせてつごう九人が、風通しのいい茶《ちゃ》の間《ま》に集まって、にぎやかに食事をはじめた。

食事中には俊亮は、今日の次郎の水泳ぶりを大げさに吹聴《ふいちょう》した。そして最後に、

「今日のようだと、次郎は何をやっても人に負けるこっちゃない。」

そう言って愉快そうに次郎を顧《かえり》みた。次郎は話の途中《とちゅう》から、すっかり興奮《こうふん》しながらも、みんなのそれに対する受け答えがどんなふうだか、知りたかった。彼はさかなの骨をしゃぶりながら、始終盗《しじゅうぬす》むようにみんなの顔を見まわしていた。しかし彼は、予期《よき》に反して、だれからも彼の満足するような言葉を聞くことができなかった。

お祖父《じい》さんは、始めから終わりまで、無表情な顔をして「ほう、ほう」と言っているだけだった。お祖母《ばあ》さんは、たえず何かほかの話をしかけては、みんなの注意をかきみだした。お民《たみ》は最後まで熱心に耳を傾《かたむ》けてはいたが、話が進むにつれて、むしろふきげんな顔つきになった。直吉は、次郎が水をのんだ話のところで吹《ふ》きだしたきりだった。ただお糸婆さんだけが、

「まあ、次郎ちゃん、お偉《えら》いですね。」

と言った。しかし、それも次郎の耳には、ほんの口先だけ俊亮にあいづちをうったものとしか聞こえなかった。

夕飯《ゆうはん》がすむと、まもなく俊亮は町にかえるしたくをはじめた。

次郎は妙《みょう》に心が落ちつかなかった。で、すぐ表に飛びだして、父が出て来るのを三、四町《ちょう》さきの曲がり角にしゃがんで待っていた。日がちょうど落ちたばかりで、道はまだ十分に明るかった。

父の自転車が、ごとごと砂利道《じゃりみち》をころがって来るのを見ると、彼は立ちあがって、

「父《とう》ちゃん！」と叫《さけ》んだ。

「何だ、お前こんなところにいたのか。」

俊亮は自転車をおりて、次郎の頭を無造作《むぞうさ》になでながら、

「もう六つ寝《ね》ると、また帰って来る。ひとりで大川に行くんじゃないぞ。父《とう》ちゃんがつれて行ってやるからな。」

次郎は、ここで父を待っていたのがむだではなかったような気がして、うれしかった。そして、父が再び自転車に乗って走って行く姿を、立ったままながいこと見つめていた。

九　雑《ざつ》　嚢《のう》

夏が過ぎた。次郎がこの家に来てから、まだやっと一か月そこそこである。しかし、彼《かれ》はだいぶ新しい生活に慣《な》れて来た。慣れて来たといっても、それは決して、彼の気持ちが愉《ゆ》快《かい》に落ちついて来た、という意味ではない。

彼は、絶えず用心深く家の人たちの動静をうかがった。また彼らの言葉のはしばしから、すばしこくその心を読むことにつとめた。その点では、彼は来た当座《とうざ》よりも、ずっと卑怯《ひきょう》になったように思える。

しかし、また考えようでは、恐《おそ》ろしく大胆《だいたん》になったとも言える。彼は、露見《ろけん》の恐《おそ》れがないという自信さえつけば、しゃあしゃあとうそもつき、思い切っていたずらもやった。もっとも、盗《ぬす》み食《ぐ》いだけは、どんなにいい機会に恵まれても、湯殿《ゆどの》での父の言葉を覚えていて、断じてやらないことにした。――彼は、父だけはあざむいてはならないような気がしていたのである。

時として彼は、母や祖母の前で、ことさら殊勝《しゅしょう》なことを言ったり、したりしてみせた。むろんそんなことで、母や祖母が、心から自分に対して好意を寄せるようになるだろう、とは期待していなかった。しかし彼らを油断させる何かの足しにはなると思ったのである。

もし、周到《しゅうとう》な用意をもって、大胆に事《こと》を行なうということが、それだけで人間の徳の一つであるならば、彼は、こうした生活の中で、すばらしい事上錬磨《じじょうれんま》をやっていたことになる。しかし、策略《さくりゃく》だけの生活から、必然的に育つものの一つに残忍性《ざんにんせい》というものがあるのだ！

次郎は、毎日庭に出ては、意味もなく木の芽をもみつぶした。花壇《かだん》の草花にしゃあしゃあと小便をひっかけた。蜻蛉《とんぼ》を着物にかみつかせては、その首を引《ひ》っこ抜《ぬ》いた。蛙《かえる》を見つけては、のがさず踏《ふ》みつぶした。蛇《へび》が蛙をのむのを、舌なめずって最後まで見まもり、のんでしまったところをすぐその場でたたき殺した。隣《となり》の猫《ねこ》をとらえて、盥《たらい》をかぶせ、その上に煉瓦《れんが》を三つ四つ積みあげて、一晩《ひとばん》じゅう忘れていた。

もっとも、人間に対してだけは、彼はそれほどあからさまに残忍性を発揮《はっき》することができなかった。というのは俊三《しゅんぞう》以外の人間で、彼の手籠《てごめ》になる人間は一人もいなかったし、俊三にしても、うっかり手を出すと、すぐに母に言いつけられるにきまっていたからである。

ところで、兄の恭一《きょういち》に対してだけは、どうしてもじっとしておれない事情があった。恭一は九月になるとすぐ学校に通いだした。彼はもう二年生だったのである。このことは次郎に抑《おさ》え切《き》れない嫉妬心《しっとしん》を起こさした。

(恭一は、毎日お浜《はま》にあって、頭をなでてもらったり、やさしい言葉をかけてもらったりしているのだ。)

そう思うと、次郎の頭はかっとなる。何とかして、恭一が学校に行くのをじゃましてみたいものだと思う。

ある晩、とうとう彼は一計を案じ出した。

翌朝起きるとすぐ、彼は、恭一の学用品を入れた雑嚢《ざつのう》をかかえて、こっそり便所に行った。そして、大便をすますついでに、それを壺《つぼ》の中に放りこんでしまったのである。放りこむまでは、彼は冒険家《ぼうけんか》が味わうような一種の興奮《こうふん》を覚えていた。しかし雑嚢がどしんと壺の中に落ちた瞬間《しゅんかん》、彼は取りかえしのつかないことをしてしまったと思った。そして、時がたつにつれて、発覚の心配がひしひしと彼の胸に食《く》い入《い》って来た。

彼は胸の底に、かつて経験したことのない一種の心細さを覚えた。

彼は恭一が朝飯《あさめし》を食《く》っている間に、一枚の古新聞紙を懐《ふところ》にして便所につづく廊下《ろうか》を何度《なんど》もうろうろした。そして、あたりに気を配りながら、もう一度中にはいって、懐から新聞紙を取り出し、それをひろげて雑嚢の上に落とした。

それからあと、彼は落ちつきはらって朝飯を食った。朝飯がすむと、裏の小屋に行って、直吉《なおきち》が薪《まき》を割っているのを、おもしろそうに眺《なが》めていた。

ものの三十分もたったころ、だしぬけに、母屋《おもや》のほうから恭一の泣《な》き叫《さけ》ぶ声がきこえて来た。お民《たみ》の鋭《するど》い声がそれにまじった。つづいてお糸婆《いとばあ》さんが、あたふたと裏口からこちらに走って来るのが見えた。

「どうしたんかね、次郎ちゃん。」と直吉が言った。

「どうしたんかね。」と次郎も同じことを言いながら、袖口《そでぐち》で鼻をこすった。それから、散らかった薪を拾っては、すでに隅《すみ》のほうに整理されている薪の上に積みはじめた。

「恭《きょう》さんの学校道具を知りませんかな、次郎ちゃん。」

と、お糸婆さんが、小屋の入り口から、せきこんで声をかけた。

「知らんよ。」

と、次郎は、薪を積むのに忙しい、といったふうを装《よそお》った。

「恭さんは、ちゃんといつもの所に置いたと言いますがな。」

「僕《ぼく》知らんよ。」

「知っとるなら知っとると、早く言ってくださらんと、学校が遅《おそ》うなりますがな。」

「僕知らんよ。」

「ほんとに知らんかな。」

「知らんよ。」

「そんならそれでいいから、とにかく、お母《かぁ》さんとこまでお出《い》でなさいな。」

「やぁだい。」

「でも、お母さんが呼んどりますよ。」

次郎はそう言われるのが一番いやだった。彼は、母の命令に対して正面からそむくだけの勇気がまだどうしても出なかっただけに、いっそういやだったのである。

彼は、しかし、しかたなしに、しぶしぶお糸婆さんに手を引かれながら、母屋《おもや》のほうに行った。子供部屋《べや》では、お民が気違いのように、そこいらじゅうを引っかきまわして、雑嚢《ざつのう》を捜《さが》していた。

そのそばで、恭一は足をはだけて、泣きじゃくっていた。

お民は、次郎の顔を見るなり、例によって高飛車《たかびしゃ》にどなりつけた。

「次郎、早くお出し、どこへかくしたんだね。」

次郎は、しかし、そうなるとかえって落ちついた。彼は徹頭徹尾《てっとうてつび》とぼけ返って、「僕知らないよ」をくりかえした。

捜索《そうさく》は、座敷《ざしき》や、茶《ちゃ》の間《ま》や、台所にまでひろがっていった。しかし、幸《さいわ》いなことに、便所の中まで捜して見ようとする者は、だれもいなかった。

証拠《しょうこ》があがらない限りは次郎の勝利である。嫌疑《けんぎ》がいかほど濃厚《のうこう》であろうと、それはかれの知ったことではない。

時間は刻一刻《こくいっこく》とたった。彼はますます落ちついた。

そして恭一は、本がなくてはいやだと言って、とうとうその日学校を休んでしまったのである。

騒《さわ》ぎがひととおり片づいてからも、重くるしい空気がながいこと家の中に漂《ただよ》った。

お民は次郎の顔さえ見ると、ぐっと睨《ね》めつけた。そして、幾度《いくど》となく離室《はなれ》に行ったり、台所に行ったりして、お祖母《ばあ》さんやお糸婆さんと、ひそひそ立ち話をした。恭一は泣《なき》っ面《つら》をしながら、たえずその尻《しり》を追いまわしていた。

次郎は、なるだけお民に近寄らない工夫《くふう》をした。しかし、それとなくみんなの動静をうかがうことを怠《おこた》らなかった。とりわけ便所に出入りする人たちの顔つきに気をつけた。そしておりおりいやになれなれしい声で、恭一に話しかけたりした。

夕食のあと、お民はもう一度念《ねん》を押《お》すように言った。

「次郎、ほんとうにお前知らないのかい。」

「僕知らないよ。」

それからまもなく、お民は恭一をつれてどこかに出かけて行った。次郎はそれで万事《ばんじ》けりがついたような気になって、ほっとした。同時に彼は、自分の計画が案外《あんがい》うまくいったのを内心得意《とくい》に思った。

もっとも、その得意も、ほんの当日限りのものでしかなかった。というのは、その翌日から、恭一は新しい雑嚢《ざつのう》に新しい学用品を入れて、いつものとおりうれしそうに学校に出て行くことになったからである。

しかも、数日の後には、次郎は、下肥《しもご》えをくんでいた直吉のとんきょうな叫び声で、大まごつきをしなければならなかった。

「あっ。あった、あった。奥《おく》さん。坊《ぼっ》ちゃんの雑嚢がありましたよ。」

みんなは直吉の叫び声で、総立ちになって縁側《えんがわ》に出た。

直吉は、肥柄杓《こえびしゃく》の先に、どろどろの雫《しずく》のたれている雑嚢をぶら下げて立っていた。

次郎はそれを見ると、すばやく表のほうに飛び出した。とっさの場合、さすがの彼も、そうすることが彼の罪状《ざいじょう》の自白を意味するということには、まるで気がつかなかったのである。

万事は明瞭《めいりょう》になった。次郎は、その日じゅうどこかに身をかくしていたが、暮《く》れ方《がた》になっておずおずと裏口から帰って来た。

お民や、お祖母《ばあ》さんが、その晩彼をどう待遇《たいぐう》したか、また彼がどんな態度で彼らに反《はん》抗《こう》したかは、読者の想像にまかせる。ただ、この事件以来、彼がこれまでよりいっそう大胆になり、かつ細心《さいしん》になったことだけは、たしかである。

一〇　お使い

大晦日《おおみそか》に近いある日のことだった。

「でも、使いに行く者がありませんわ。直吉《なおきち》も今日《きょう》は町に買物に出ていますし。」と、お民《たみ》はいかにも忙《いそが》しそうに、立ったままで言った。

「お糸婆《いとばあ》さんがいるだろう。」と、俊亮《しゅんすけ》は長火鉢《ながひばち》にほおづえをついて、お民を見あげた。

「こんな時に婆さんの手をぬかれたんでは、やり切れませんわ。どうせ正木へは、二、三日中に、歳暮《せいぼ》のものを届けることにしていますから、その折、いっしょでもよかありませんか。」

正木というのはお民の実家の姓《せい》である。

「だが、これは別だよ。先方《せんぽう》からもなるだけ早く届けてもらいたいって、言って来ているんだから。」

「そう早く腐《くさ》るものではないでしょう。」

「腐りはせんさ、鮭《さけ》の燻製《くんせい》だもの。しかし、正木のほうでも正月の御馳走《ごちそう》の心組《こころぐ》みがあるだろうし、それに、先方へ礼状を出してもらう都合《つごう》もあるんだから、一日も早いほうがいいよ。」

「あなたは妙《みょう》なところにせっかちね、ふだんはのんきな癖《くせ》に。」

「お前はそのあべこべかな。」

「まあ！　すぐそれですもの。」

「とにかく、だれか使いに行ってもらいたいと思うね。」

「だれもいませんのよ、今日は。」

お民はつっけんどんにそう言って部屋《へや》を出ようとした。俊亮は、しかし、相変《あいか》わらず悠然《ゆうぜん》と構えて、

「恭一《きょういち》ではだめだろうか。もうこのくらいの使いは、やらしてみるのもいいんだが。」

「でも、あれは気が弱くて、まだ正木へ一人でなんか行ったことありませんわ。それに、どうせお祖母《ばあ》さんのお許しが出ませんよ。」

「困るなあ、いつまでもそんなに甘《あま》やかしていたんじゃ。……いっそ次郎なら行けるかもしれんね。」

「まさか、なんぼあの子がいじっぱりでも。」

「いいや、あいつなら行けるかもしれんぞ。……そうだ、あれをやろう。しかし、道を知るまいな。」

「道なら、この夏からもう五、六度もつれて行きましたから、大ていはわかっていると思いますわ。……でも、あんまりじゃありませんか。恭一と二人でなら、とにかくですけれど。」

「そうだな、二人づれだとお祖母さんにも不服はないだろう。」

「さあ、それはおたずねしてみませんと……」

「ともかくも、二人をここに呼んでみい。だめならだめでいいから。」

お民はしぶしぶ出て行った。そしてまもなく二人をつれて来て、火鉢《ひばち》の前にすわらせた。

「恭一、お前、正木のお祖父《じい》さんとこまで、使いに行って来い。」

「…………」

恭一は、何のことだか解《げ》せないと言ったような顔をして、父を見た。

「だめか、一人がいやなら次郎をつれて行ってもいいが……」

「…………」

恭一はやはり返事をしないで、今度《こんど》は母の顔を見た。

「二人でもいやかね。正木のお祖父さんが喜ぶんだがな。」

「…………」

恭一は眼《め》を伏《ふ》せて、母によりそった。

「やっぱりだめか。次郎、どうだい、お前は。」

次郎はそれまでに何度《なんど》も恭一の顔をのぞいたが、

「行こうや、恭《きょう》ちゃん。」と少しはしゃぎかげんに言った。

恭一は、横目でちょっと次郎の顔を見たきり、やはり、返事をしない。

「恭一がいやなら、次郎一人で行け。どうだい。」と、俊亮は少し笑いを含《ふく》んで、そそのかすように言った。

さすがに次郎も、それにはすぐ返事ができなかった。そして、しばらくは、わざとらしく首をひねっていたが、いかにも嘆息《たんそく》するように、

「僕《ぼく》、道をまちがえるといけないからなあ、橋んとこまでなら知ってるんだけれど。」

「橋んとこまで知っているなら、あれからすぐじゃあないか。」

「すぐかなあ。」と、まだ不安らしい。

「橋を渡《わた》ったら、土堤《どて》を右に行くんだ。それから一軒家《いっけんや》のてまえで土堤を下ると、あとはまっすぐだ。」

「ああ、わかった。僕行こうかしらん。」

「行くか。偉《えら》い偉い。もし泊《と》まりたけりゃ泊まって来てもかまわんぞ。」

次郎は立ちあがって帯をしめ直すと、もう出て行きそうにした。俊亮はその様子《ようす》をおもしろそうに眺《なが》め入《い》ってかんじんの用事をいいつけるのをうっかりしていた。

「次郎、お前、ほんとにだいじょうぶかい。」とさすがにお民も気づかわしそうだった。

「僕、平気だい。」と次郎は、すっかり得意《とくい》になって、室を出かかった。

「まあ、次郎、お父《とう》さんのご用事も聞かないで行くのかい。……あなた、どうなすったの、ご用事は。」

「おっと、そうだ。次郎、ちょっと待て、これを持って行くんだ。手紙がはいっているから、なんにも言わんでいい。風呂敷《ふろしき》ごとだれかに渡《わた》すんだ。いいか。」

次郎は包みを渡されると、それを振り回《まわ》すようにしてさっさと土間《どま》におりた。お民は、やはり気がかりだったと見えて、恭一の手を引きながら、門口《かどぐち》まで出て、何かと注意した。しかし次郎はそれにはろくに返事もしなかった。

正木の家までは、ざっと小一里《こいちり》もあった。

次郎が家を出たのは、二時をちょっと過ぎたばかりだったが、冬空が曇《くも》っていたせいか、すぐにも日が暮《く》れそうで、いやに寂《さび》しかった。刈田《かりた》には、まだところどころに案山子《かかし》が残っていた。その徳利《とくり》で作ったのっぺらぼうの白い頭が、風にゆらめいているのも、あまりいい気持ちではなかった。狐《きつね》が出ると聞かされていた団栗林《どんぐりばやし》から、だしぬけに黒犬が飛び出した時には、思わず足がすくんでしまった。

途中《とちゅう》に部落が二つあったが、見知らぬ子供たちが、遊びをやめて、じろじろと自分を見るので、次郎はいじめられるのではないかと、びくびくした。彼にとっては、たしかに雑嚢《ざつのう》事件以来の緊張《きんちょう》した時間だった。やっと正木の家のすぐ手前の曲がり角まで来ると、彼はほっとして、思い出したように袖口《そでぐち》で鼻汁《はなじる》をこすった。そして、彼の足どりが急にゆったりとなった。

次郎は正木の家が何とはなしに好きである。今日《きょう》、たった一人でやって来る気になったのも、一つはそのためだった。

正木のお祖父《じい》さんは、維新《いしん》までは、さる小大名の槍《やり》の指南《しなん》をしていたそうだが、廃藩《はいはん》後《ご》、すぐ蠟屋《ろうや》をはじめて、今ではこの近在での大旦那《おおだんな》である。上品で、鷹揚《おうよう》で、慈愛深《じあいぶか》いのでだれにも好かれている。それに、お祖母《ばあ》さんが信心深くて、一度も人にいやな顔を見せたことがないというので有名である。次郎は、いつとはなしに、この二人を、自分の家の人たちとはまるでべつの世界の人間のように思いこんでいるのである。

なお、この家には、伯母夫婦《おばふうふ》――伯母はお民の姉で、それに婿養子《むこようし》がしてあった――に、子供六人、それに十人内外の雇《やと》い人《にん》が、いつもいた。人数が多いせいか、非常ににぎやかで、食事時など、いくぶん混雑もしたが、かえってその中に、のんびりした自由な気分が漂《ただよ》っていた。子供たちにも、いったいに野性《やせい》を帯びたほがらかさがあって、次郎はこの家に来ると、彼らを相手に、のびのびとした遊びができるのであった。

(みんなで泊まっていけって言うかしらん。)

そんなことを考えながら、彼は正木の門口をはいった。

土間は餅《もち》つきで大にぎわいだった。彼は男たちや女たちの間をくぐりぬけて、やっと上《あ》がり框《がまち》まで行ったが、餅つきでみんな興奮《こうふん》していたせいか、だれも彼が来たことに気がつかなかった。従兄弟《いとこ》たちは、お祖母《ばあ》さんといっしょに、板の間《いたま》でやんやんとはしゃぎながら、小餅《こもち》を丸めている。お祖父《じい》さんと伯母さん夫婦は、奥《おく》にでもいるのか、姿が見えない。

次郎は鮭包《さけづつ》みを下げたまま、しばらく混雑の中にしょんぼりと立っていた。しかし、いつまで待っても、だれも言葉をかけてくれそうにない。

心に描いて来たものが、すっかりけし飛んでしまった。彼はたまらなくなって、わっと泣きだした。

「おや。」

「まあ。」

みんながいっせいに仕事をやめて、次郎のほうを見た。

「次郎じゃないか。いつ来たんだね。」

と、お祖母さんが、手についた粉を払《はら》いながら、立って来た。同時に従兄弟たちも振《ふ》り向《む》いて、みんなあきれたような顔をしている。

次郎は泣きつづけた。

「まさか一人で来たんじゃあるまいね。母《かあ》さんといっしょかい。」

次郎はやはり泣くだけである。

「まあどうしたんだね、この子は。……おや、包みなんか下げて……何を持って来たのかい。」

次郎は泣きながら、包みをさしだした。お祖母さんはそれを受け取りながら、

「泣かないで言ってごらん。一人で来たのかい……え？」

次郎はやっとうなずいたが、泣き声は前よりいっそう強くなった。お祖母さんは包みをときながら、

「ほんとに、どうしたというんだろうね。……おや、手紙がはいってるね。まあ、お前を一人でお使いによこしたのかい。かわいそうに。」

そこで次郎の泣き声は、またひとしきり高くなった。

「もう泣くんじゃありません。さあお上がり。今日は餅つきだから、おもしろいことがあるよ。でも一人でよく来られたね。道をまちがえはしなかったかい。」

次郎は泣きじゃくりながら、お祖母さんに手を引かれて、やっと板の間に上がった。

お祖母さんは、それから、大急ぎで、次郎のため黄粉《きなこ》餅《もち》を作った。そして、いつになくふきげんな顔をして、土間《どま》の男衆《おとこしゅう》に言った。

「だれかすぐに本田の家に行って、次郎は無事に着いたから安心なさいって、そう言って来ておくれ。今夜《こんや》はこちらに泊めておくからってね。……ほんとにこんな子供を一

人でよこしておいて、着いたか着かないかも気にかけないなんて、まるで親とは思えやしない。」

次郎は、ひどく父が非難されているように思って、少し気がかりだった。しかし、餅つきのにぎやかさが、まもなく彼にすべてを忘れさせた。そして、従兄弟たちといっしょに、夢中《むちゅう》になって小餅を丸め始めた。

一一 蠟小屋《ろうごや》

その日、次郎《じろう》はむろん正木の家に泊《と》まった。そして翌日は朝から蠟小屋の中で、従兄弟《いとこ》たちと角力《すもう》をとったり、隠《かく》れんぼをしたりして遊んだ。

年末のせいで、蠟搾《ろうし》めは一槽《いっそう》しか立っていなかったが、櫨《はぜ》の実《み》を蒸《む》すにおいは、いつものように、あたたかく小屋の中に流れていた。炉《ろ》の中に惜《お》しげもなく投げこまれた蠟《ろう》糟《かす》が、ごうごうと音をたてて、炎《ほのお》をあげているのも景気がよかった。

次郎はこの家に来ると、妙《みょう》に甘《あま》い空気に包まれる。そのせいか、ほんのちょっとした事にも、すぐ泣きだしてしまう。従兄弟たちは別にいじわるをするわけでもないが、子供同士のことで、たまには口げんかをしたり、ぶっつかったりすることもある。そんな時に、きまって泣きだすのは、次郎のほうである。それは、彼《かれ》の実家でのふだんの様子《ようす》を知っている者には、実際不思議なくらいだった。

この日も、彼と同《おな》い年《どし》の辰男《たつお》を相手に、炉の前に積んであった蠟糟の中で角力《すもう》をとっているうちに、つい泣きだしてしまった。それを年上の従兄弟たちがなだめて、やっときげんを直させたところへ、ひょっくり思いがけない人がはいって来た。それはお浜《はま》であった。

「まあ、坊《ぼっ》ちゃん、しばらく。」

次郎はちょっとの間、ぽかんとしてお浜の顔を見ていたが、きまり悪そうにうつむいて、くるりと背《せ》を向けた。

「おや、どうなすったの。」

お浜は、次郎の前にまわって、中腰《ちゅうごし》になりながら、彼の顔をのぞきこんだ。

「まあ、泣いてたようなお顔ね。」

そう言って、彼女《かのじょ》は次郎を抱《だ》きすくめるようにしながら、炉の前の蓆《むしろ》に腰《こし》をおろした。

従兄弟たちは、しばらく二人の様子を珍《めずら》しそうに見ていたが、まもなく、ぞろぞろと小屋を出て、どこかへ行ってしまった。

「ねえ、次郎ちゃん、あれからどうしてたの。」

と、彼女の言葉は、二人きりになると、少しぞんざいになった。

「病気しなくって？　何だか少しやせたようね。私、次郎ちゃんのこと、一日だって忘れたことないのよ。でも、お母《かあ》さんのお許しがあるまでは、次郎ちゃんのところへはうかがわない約束《やくそく》なんですの。それでね、いつもこちらにおうかがいしては、次郎ちゃんのことをお聞きしていましたのよ。でも、今日《きょう》はよかったわね、おあいできて。……昨日《きのう》いらしたってね。」

次郎はうつむいたまま、かすかにうなずいた。

「でも、お一人でいらしたっていうじゃないの？　ずいぶんひどいわねえ。お母さんのお言いつけ？」

「ううん。」

「では、お祖母《ばあ》さん？」

「ううん。」

「では、どなた。」

「父《とう》ちゃんだい。」

「お父さん？　まあ。お父さんまで、そんなことを次郎ちゃんにお言いつけになるの？　はっきりいやだとおっしゃればいいのに。お父さんだってだれだって、かまうもんですか。」

「だって、僕《ぼく》……」

「だってじゃありませんよ。次郎ちゃんは、いつもびくびくしてるからだめですわ。」

「だって、恭《きょう》ちゃんが返事しないんだもの。」

「恭ちゃんにも行けっておっしゃったの？」

「うん、はじめは恭ちゃんに行けって言ったの。でも恭ちゃんが黙《だま》ってるから、僕来ちゃったんだい。」

「恭ちゃんがいやなら、次郎ちゃんはなおいやでしょう。ちっちゃいんですもの。」

「だって僕、父ちゃんが好きだい。」

「そう？　お父さんお好き？」

「大好きだい。うちで一等《いっとう》好きだい。」

「そんなにお父さんは次郎ちゃんをかわいがって？」

「ああ、ちっともしからないよ。」

「そりゃいいわね。……でも、昨日《きのう》は一人でこわかったでしょう。」

次郎は急に肩《かた》をそびやかして、

「ううん、ちっともこわくなんかないよ。」

「まあお偉《えら》い。」

「だって僕、ここに来たいと思ったんだもの。」

「そう？　ここのおうち、そんなにお好き？」

「うちなんかより、うんと好きだい、だれもしからないんだもの。」

「でも、辰男さんとけんかなさるんじゃありません？」

「ううん、角力《すもう》とるんだい。恭ちゃんや俊《しゅん》ちゃんとはけんかするんだけど。」

「いつも負けやしません？　恭ちゃんや俊ちゃんに。」

「………」

「負けるんでしょう？」

「だれも見てないとこだと、僕きっと勝つよ。」

お浜は暗い顔をして唇《くちびる》をかんだ。

「僕、乳母《ばあ》やの家に行っちゃいけないの？　乳母やのうち、一等好きなんだがなあ。」

お浜は次郎の肩にかけていた手をぐっと引きしめて、ぼろぼろと涙《なみだ》をこぼしながら、

「だめ、今はだめなの。……でも来年は次郎ちゃんも学校でしょう。そしたら、毎日あえるんですよ。だから、……」

次郎はその言葉を聞くと、突《つ》っ放《ぱな》すようにお浜の手を押《お》しのけて、立ちあがった。そして、探《さぐ》るような視線を彼女に投げた。彼は、ふと、毎日学校に通っている、恭一《きょういち》のことを思い出したのである。

お浜は、次郎がなんでそんなまねをするのかわからなかった。で、すこし変に思いながら、手をさし伸《の》べてもう一度彼を引きよせようとした。しかし次郎は、人に慣《な》れない小猫《こねこ》のように、眼《め》だけをお浜にすえて、じりじりとあとじさりした。

「どうなすったの、次郎ちゃん、学校がおいや?」

お浜はそう言って立ちあがると、無理に次郎をつかまえた。そして再び蓆《むしろ》の上にすわって、彼を自分の膝《ひざ》に腰かけさせた。

「ねえ、次郎ちゃん。」

と、次郎の耳に口をよせて、

「学校に行かないじゃ、偉くなれませんのよ。なあに、勉強だって何だって、恭ちゃんなんかに負けるもんですか。……恭ちゃんはね、そりゃ学校では泣き虫なのよ。あんな泣き虫、乳母やは大きらい。次郎ちゃんはきっと泣かないでしょうね。だって、学校では乳母やがついいててあげるんですもの。」

お浜の膝の上でぐずついていた次郎の尻《しり》が、それでやっと落ちついた。

二人は、それからもながいこと炉の前を動かなかった。蒸《む》し桶《おけ》から吹《ふ》き出《だ》す湯気は、濃《こ》い蠟《ろう》のにおいを溶《と》かしこんで、まっかにほてった二人の顔を、おりおり包んだ。

二人は身も心もあたたかだった。

ひる飯《めし》には、正木のお祖母《ばあ》さんが気をきかして、お浜を子供たちといっしょのちゃぶ台にすわらせた。お浜はみんなのお給仕をしながら、たえず次郎に気を配って、彼のこぼした御飯粒《ごはんつぶ》を拾ってやっては、それを自分の口に入れた。

お副食《かず》は干鱈《ひだら》と昆布《こんぶ》の煮〆《にしめ》だったが、お浜はそれには箸《はし》をつけないで沢庵《たくあん》ばかりかじっていた。そして、次郎の皿《さら》がおおかたからになったころ、そっと自分の皿を、次郎の前に押しやった。

「ううん、それは、乳母《ばあ》やのだい。」

次郎はそう言って、皿を押し返した。お浜は顔をあからめて、あたりを見まわしたが、だれもそれに気づいた様子がなかったので、ほっとした。そして今度《こんど》は急いで自分の皿から、お副食《かず》を半分ほど次郎のに分けてやった。

すると今度は次郎がまごついた。こんな特別な心づかいを平気で受けるようには、彼の心はこのごろ少しも慣らされていなかったのである。彼は盗《ぬす》むように、お浜と従兄弟《いとこ》たちの顔を見た。そしてお浜が与《あた》えたものに箸をつけるのをちゅうちょした。

「坊ちゃんはいつお帰り？　今日？　明日？」

お浜は、みんなの気をそらすつもりで、そんなことを言ってみた。しかし、気をそらす必要のあった者は、お浜自身と次郎とのほかにはだれもいなかった。従兄弟たちはお浜が自分のお副食《かず》を次郎の皿にわけてやったのを見ながら、ほとんどそれを気にとめていないようなふうであった。

「僕、もっと泊まっていきたいんだがなあ。」

そう言って、次郎はきまり悪そうに、皿に箸を突《つ》っこんだ。

「お正月まで泊まっておいでよ。ね、いいだろう。」と、久男《ひさお》が言った。――久男は、一番年上の従兄弟である。

「でも、お正月はおうちでなさるものよ。」

と、お浜はいそいで久男の言葉を打ち消し、何かちょっと考えるふうであった。

「どこだって同じだい。ねえ、お祖母ちゃん、次郎ちゃんはお正月まで泊まってもいいだろう。」

「そうねえ……。」

と、お祖母さんは、隣《となり》のちゃぶ台から、なま返事をした。

「なんでしたら、私、おいとまする時に、途中《とちゅう》までお送りしましょうかしら。」

お浜は箸《はし》を持った手を膝の上に置きながら、改まって言った。すると、茶の間《ちゃま》で一人だけ別の膳《ぜん》についていたお祖父《じい》さんが、

「なあに、かまうことはない。本田のほうからだれか迎《むか》えをよこすまでは、幾晩《いくばん》でも泊めておくがよい。」

正木のお祖父さんにしては、かなり激《はげ》しい語気だった。白髯《はくぜん》の間からのぞいている頬《ほお》が、いつもより赤味《あかみ》を帯びて光っていた。

お祖父さんにそう言われると、お祖母《ばあ》さんもすぐその気になったらしく、

「そう急いで送って行くこともあるまいよ。よかったら、お浜もゆっくり泊まっていったらどうだね。次郎といっしょに寝《ね》るのも久しぶりだろう。」

「でも、そんなことをいたしましたら、それこそ本田の奥《おく》さまが、……」

「なあに、お民《たみ》のほうはこちらに任《まか》しておきよ。今度来たら、お祖父さんからも、よく話してくださるはずだから。」

お浜はわくわくするほどうれしかった。彼女は、次郎の耳もとに口をよせてささやくように言った。

「乳母《ばあ》やも泊まっていきましょうね。」

次郎はうつむいて、お椀《わん》の中に残った飯を、箸の先でいじるだけで、返事をしなかっ

た。次郎がこんなにはにかんだ様子をするのは、まったく珍《めずら》しいことだった。

一二　押《お》し入《い》れ

その夜は、次郎にとっても、お浜《はま》にとっても、まるで思いがけない一夜であった。そして翌朝になると、便所に行くにも、顔を洗うにも、二人は必ずいっしょだった。お浜が土間《どま》の掃除《そうじ》をはじめると、次郎もどこからか箒《ほうき》を持って来て手伝った。

「まるで鶏《にわとり》の親子みたいだね。」とお祖母《ばあ》さんが笑った。

昼過ぎに、本田から歳暮《せいぼ》のものを持って直吉《なおきち》がやって来た。お浜は、彼に顔を見られないうちに、そっと裏口から抜《ぬ》けて帰ろうと思ったが、次郎がいつも尻《しり》にくっついているので、それができなかった。

「おや、お浜さんも来ていたのかい。」と、直吉は台所に腰《こし》をおろして、にやりとした。

「ああ、ちょいとこちらに用があってね、でも坊《ぼっ》ちゃんにおあいできるなんて、夢《ゆめ》にも思っていなかったのよ。」と、お浜は土間に立って、次郎に袖《そで》を握《にぎ》られながら、言いわけらしく答えた。

「今日《きょう》来たのかい。」

「実は昨日《きのう》来たんだけどね、皆《みな》さんでぜひ泊《と》まっていけっておっしゃるものだから、ついゆっくりしちゃったのさ。……でも、奥《おく》さんにはないしょにしておくれよ。」

「ああ、いいとも。」

直吉の返事は、無造作《むぞうさ》すぎて、何だか頼《たよ》りなかった。

しかしお浜は、どうせどこからか知れるだろう、という気もしたので、それ以上たっては頼《たの》みこまなかった。

「直《なお》さんは、すぐかえるんだろう。」

「帰るとも、ゆっくりなんかしちゃおれないや。」

「では、坊ちゃんも今日はお帰りになったほうがいいんだから、いっしょにお連れしておくれよ。お一人じゃ、なんぼなんでも、おかわいそうだから。」

「おれもそのつもりさ。奥さんにそう言いつかって来ているし、それにあのお祖母《ばあ》さんが、恐《おそ》ろしくやかましいことを言ってるんでね。」

「坊ちゃんのことでかい。」

「そうだよ。歳暮《くれ》の忙《いそが》しいのに、二日も三日も子供をおじゃまさしておいたんでは、先方様《せんぽうさま》に、義理《ぎり》がたたないとか言ってね。」

「へええ、いやに義理を気にするんだね。」

「なあに、次郎ちゃんがこちらでかわいがられていると思うと、妙《みょう》に妬《や》けるんだよ。」

「まさか、お祖母さんが妬くってこともあるまいけれど……」

「いいや、本当に妬けるらしいよ。正木の家では子供を甘《あま》やかしすぎていけないいって、飯《めし》どきにさえなりゃ、そればかり言っているんだからね。」

「ご自分こそ、恭《きょう》ちゃんをあんなに甘やかしているくせに。」

「まったくさ。それにお祖母さんは、次郎ちゃんにこちらでいろいろしゃべられるのが、何よりこわいらしいよ。あの子はまったくうそつきだから、何を言うか知れやしないって、一人でやきもきしているんだ。」

「まあ、あきれっちまうね。……ところで旦那様《だんなさま》はいったいどうなんだい。やっぱり坊ちゃんをいびるんじゃない？」

「そんなことあるもんか、旦那に限って。」

「でも、坊ちゃんを一人でお使いによこしたのは、旦那様だっていうじゃないの。」

「それはそうらしいね。でも、いびる気なんかまるっきりないよ。第一、お祖母さんや、奥さんとは人柄《ひとがら》がちがってらあ。」

「どうちがってるの。」

「どうって……とにかく次郎ちゃんを心からかわいがっているんだからね。」

「ほんとうかい。」

「ほんとうだとも。そりゃかわいがるよ。しかし、かわいがっても甘やかさないところが、さすがは旦那さ。」

「そうだと、私も安心なんだけれど……」

お浜はいくぶん物足《ものた》りなさを感じながらも、さすがにうれしそうだった。そして、もっと直吉にいろいろきいてみたいこともあったので、いっしょに連れだって帰ることにした。

ところで、二人が正木にあいさつをすまして、いざ帰ろうとすると、かんじんの次郎の姿がいつのまにか見えなくなっていた。

「次郎ちゃん！」

「坊ちゃん！」

と、直吉とお浜とが、代《か》わる代わる呼《よ》びたてた。その声に驚《おどろ》いたような顔をして、正木の子供たちが、ぞろぞろと蠟小屋《ろうごや》から出て来たが、次郎の姿はその中にまじっていなかった。

しばらくの間は、お浜と直吉だけが、そこここと捜《さが》しまわっていた。

しかしいくら捜しても見つからないので、捜索《そうさく》は次第《しだい》に大げさになっていった。いつも子供たちが隠《かく》れん坊《ぼう》をして遊ぶ米倉や、櫨《はぜ》の実倉《みくら》はむろんのこと、納屋《なや》や、便所や、床《ゆか》の下《した》まで、総がかりでしらべた。隣近所《となりきんじょ》にもむろんたずねてみた。しかし次郎の行方《ゆくえ》は皆目《かいもく》わからなかった。

みんなは捜しあぐんで、だんだんと土間に突《つ》っ立《た》ったり、竈《かまど》の前にしゃがんだりしはじめた。大して心配なことはあるまい、という気持ちが、たいていの人の顔に現われていた。

その間を、お浜だけが、何度《なんど》も裏口を出たりはいったりして、落ちつかなかった。背《せ》戸《ど》には大きなため池があって、蓮《はす》の枯《か》れ葉《は》が、師走《しわす》の風にふるえていた。お浜は、ちょっと不吉《ふきつ》なことを想像した。しかし、それを、口に出してまで言おうとはしなかった。

「次郎ちゃんのことだから、出しぬいて、一人で先に帰ったのかもしれない。」と、直吉が、竈《かまど》の前で煙管《きせる》をくわえながら言った。

「そう言えばお前さんたちがそこで話しているうちに、一人で表のほうへおいでなすったようだよ。」

と、姉《あね》さんかぶりのおんなが、すべての謎《なぞ》はそれでとけてしまうかのような顔をして言った。

今まで茶の間《ちゃま》にすわったまま、黙《だま》ってみんなの言うことを聞いていた正木のお祖父《じい》さんは、

「ともかくも、直吉はいちおう帰って見るがいい。こちらはこちらで、心あたりを捜しておくからな。だが、見つかっても、見つからんでも、日暮《ひぐ》れまでにはおたがいに知らせあうことにしておかんと困る。――お浜は、よかったらもう一晩《ひとばん》泊《と》まったらどうかの。」

お浜はちょっと思案《しあん》していたが、

「私もすぐ帰らしていただきましょう。すこし思い当たることもありますから。」

「まさかお前のところに逃《に》げて行ったんではあるまい。」

「私もまさかとは思いますが……」

そう言いながら、お浜は直吉といっしょに、そそくさといとまを告げた。

その後、捜索《そうさく》は三方で行なわれたが、どちらからもいい報告はなかった。日が暮《く》れるとまもなく、お浜が再び正木の家にやって来た。本田からは、九時頃《ごろ》になって、俊亮《しゅんすけ》と、お民《たみ》と、お祖母《ばあ》さんとが、そろってやって来た。お民ははいって来るとすぐ、白い眼《め》をして、じろりとお浜を見た。お祖母さんは、

「あんな小さい子を一人で使いに出したりするものですから、とうとうこんな事にな

りまして。……第一こちら様に相《あい》すまないことだし、それに世間様《せけんさま》にも恥《は》ずかしい。」

と言った。

俊亮は、いつもに似ぬ沈痛《ちんつう》な顔をして、黙って正木の老人の前にかしこまった。

そのあと、彼らが何を話し合い、どんな手段を講じたか。それは彼らに任《まか》しておいて、私は、読者とともに、さっそく次郎のあとをつけてみることにしたい。

＊

実を言うと、次郎はみんなが心配するほど危険な場所に行っていたわけではなかったのである。

彼は、門口《かどぐち》を出ると母屋《おもや》と土蔵《どぞう》との間の、かびくさい路地《ろじ》にはいって、しばらくそこにたたずんだ。それから道をさらに奥にぬけて、庭の築山《つきやま》のかげに出た。彼はそこで、ながいこと寒い風にさらされながら、座敷《ざしき》の様子《ようす》をうかがっていたが、まったく人の気《け》配《はい》がないと見て、思い切って縁側《えんがわ》から上がって行った。そして、次《つぎ》の間《ま》の、客用の夜具《やぐ》を入れてある押《お》し入《い》れをあけて、すばやくその中にもぐりこんでしまった。

絹夜具《きぬやぐ》のはだざわりが、いやに冷たくて気味《きみ》が悪かった。おまけに、ひびの切れた手足がそれにすれるたびにばりばりと異様な音をたてるので、彼はびくびくした。

夜具にくるまりながら、内からそっと襖《ふすま》をしめるのは、次郎にとって、かなり骨の折れることだった。が、どうなりそれをやりおおせると、彼はなるだけ体を動かさない工夫《くふう》をして、遠くの物音《ものおと》に聞き耳をたてた。おりおり男衆の騒《さわ》いでいるらしい声がきこえて来た。しかし何を言っているのかは、まるでわからなかった。

眼が闇《やみ》に慣《な》れるにつれて、襖のすきまからもれる光線が、仕切《しき》り棚《だな》の裏にぼんやり扇《おうぎ》形《がた》の模様を投げているのが見えだした。彼は一心《いっしん》にそれを見つめて、その中に日の丸や、青い波や、瓢簞《ひょうたん》や、竜《りゅう》や、そのほか彼がこれまでに扇面《せんめん》で見たことのあるいろいろの画《え》を想像してみた。

そのうちに、お浜や直吉の顔も浮《う》かんで来た。同時に、彼がかつて直吉の肩車《かたぐるま》に乗って、その耳たぶに爪《つめ》を突《つ》きたてた折《おり》のことが、はっきり思い出された。

(直吉はいつも自分を迎《むか》えに来るからきらいだ。それさえなければきらいではないんだが。……今日はもう帰ったかしらん。——でも、乳母《ばあ》やまでがいっしょに帰ってしまったんではつまらない。)

そんなことを考えているうちに、夜具がいつのまにかぽかぽかとあたたまって来た。次郎は、その中で体がふんわりと宙《ちゅう》に浮きあがるような気持ちになった。そして、まもなく彼はぐっすりと眠《ねむ》ってしまったのである。

幾時間《いくじかん》かの後、彼が眼をさました時には、扇形の光線など、もうどこにも見えなかった。彼はまっ暗な中で、自分がどこに寝《ね》ているかさえ、まったく見当《けんとう》がつかなかった。寝返りをうった拍子《ひょうし》に、足が襖に当たって、ばたりと音をたてたが、それでも彼は、自分のいる場所を急には思い出せなかった。

ところで、彼が眼をさましたのは、実のところ、ぐずぐずしておれない自然の要求が、彼の下腹部にかなり鋭《するど》く迫《せま》っていたからであった。で、彼は、自分が今どこに寝ているのかを一刻《いっこく》も早く知る必要があった。

彼は暗闇《くらやみ》の中に幾度も体をひねった。それから、そっと手を伸《の》ばしてあたりを探《さぐ》ってみた。すると、その手にすれて、絹夜具がばりばりと音をたてた。その瞬間《しゅんかん》、彼の記憶《きおく》が、はっきりとよみがえって来たのである。

しかし、記憶がよみがえってからの彼は、いよいよみじめだった。出るにも出られない。かといって、下腹部の刺激《しげき》は刻一刻《こくいっこく》激《はげ》しくなるばかりである。彼は、いっそ思い切って、かつて俊三《しゅんぞう》の横腹に試みた経験を、もう一度繰《く》り返《かえ》してみようかと思ったりした。しかし、それには夜具が上等すぎて都合《つごう》が悪い。しかも、ここは、正木のお祖父《じい》さんの家だ。そう考えると、思い切ってやってみる気にはなれない。――次郎だって、やはり人間の子である。そういつも良心が眠ってばかりはいない。

彼は歯を食《く》いしばり、小さな頭を火の玉のようにして、「自然の要求」と「良心の命令」との間に苦悶《くもん》した。――一分、二分。――だが、幸《さいわ》いにして、解決は早くついた。

（何だ、つまらない。直吉はもうとっくにかえったはずじゃないか。）

そう気がつくと、彼は急にはね起きて、襖《ふすま》をがらりと開けた。

ぬりつぶしたような闇《やみ》だ。

彼は両手を前に伸ばして、縁側だと思う方向に、そろそろと歩きだした。寒い。そして下腹部の要求はいよいよきびしい。

と、何につまずいたか、彼の体は急に前にのめって、闇を泳いだ。同時に彼は、物の破壊《はかい》するすさまじい音を彼の耳もとで聞いた。そして、いばらの中にでも突《つ》き倒《たお》されたような痛みを覚えて、思わず悲鳴をあげた。

まもなく灯火《あかり》が射《さ》して来た。大ぜいの人声と足音とが、その光の中に渦《うず》を巻《ま》いた。

「あっ、次郎だ！」

「まあ、坊ちゃん！」

「これはいけない、早く、早く！」

「無理しちゃいかん、そっとかかえるんだ！」

「まあ！」

「まあ！」

次郎は障子《しょうじ》の骨を二、三本ぶち抜《ぬ》いて、頭と両手をその向こうがわに突き出していたのである。

「眼玉《めだま》を突いてはいないでしょうか。」

「だいじょうぶ、顔のほうは大したこともなさそうだ。手首《てくび》のほうにちょっと大きな傷があるんだが。」

「でも、硝子《ガラス》のところでなくてよかったわ。」

「ともかく、だれか早くお医者を迎えて来なさい。」

これは正木のお祖父《じい》さんの声であった。

次郎は、手首と額《ひたい》とに、とりあえず白木綿《しろもめん》をまきつけられた。

「おや、着物がぐしょぐしょになっていますが、どうなすったんでしょう。」

お浜は彼をかかえて座敷《ざしき》のほうに運びながら言った。

「そうかな、気がつかなかった。……おおかた倒れたはずみに発射したんだろう。」

俊亮は、何でもなさそうに言って、笑いながら、次郎を見た。みんなも笑った。次郎はまだ泣いていた。ただお民だけが、きっとなって俊亮をにらんだ。

それから次郎は、汚《よご》れた着物を辰男《たつお》のと取りかえてもらって、しずかに蒲団《ふとん》に寝かされた。

医者の見たてでは、手首の傷も大したことはなかった。ただ、障子《しょうじ》の骨が突《つ》き刺《さ》さったのだから、傷あとは案外《あんがい》大きく残るかもしれないと言った。

医者が帰ったのは、十二時ごろだった。

俊亮は自分から泊まっていくと言いだした。お浜はお民の顔色をうかがっていたが、正木の老夫婦《ろうふうふ》にすすめられて、これも泊まることにした。本田のお祖母《ばあ》さんは、「次郎をあずけたまま帰ってしまってはすまないが、幾人も泊まりこんではなおさらすまない。」といったような意味のことを、くどくどと繰《く》り返《かえ》した。で、結局お民がいっしょについて帰ることになった。

次郎は、傷が痛んで、よく眠れなかった。しかし、俊亮が自分と床《とこ》をならべて寝ているうえに、お浜が夜どおし枕元《まくらもと》にすわっていてくれたので、彼にとって、さほど不幸な晩であるとはいえなかった。

一三　窮《きゅう》鼠《そ》

年が明けた。愛されるものにも、愛されないものにも、時間だけは平等《びょうどう》に流れてゆく。菜種《なたね》の花がちらほら咲《さ》きそめる頃《ころ》には、次郎もいよいよ学校に通いだした。彼《かれ》は学校に行くのが何よりの楽しみだった。で、毎朝恭一《きょういち》が、みんなに何かと世話をやいてもらっている間に、さっさと一人で先に飛びだして行くのだった。

教室は男女いっしょだった。次郎は、一番前列の窓ぎわに、偶然《ぐうぜん》にも、お鶴《つる》と席をならべることになった。お鶴の頰《ほお》には、相変《あいか》わらず「お玉杓子《たまじゃくし》」がくっついていた。もっとも、彼はお鶴の右側にいたので、しょっちゅうそれが眼《め》につくわけではなかった。

授業は初めのうち午前中ですんだ。授業がすむと、二人はすぐ校番室に行って、お浜《はま》がいつも用意しておいてくれる握《にぎ》り飯《めし》と沢庵《たくあん》をたべた。握り飯には、きまって胡麻塩《ごましお》がつけてあり、沢庵は麻縄《あさなわ》のように硬《かた》かった。その前にすわると、彼らの唾液《だえき》はこんこんと流れた。

次郎はお浜の家で物を食べることをお民《たみ》に固く禁じられていた。このことは入学の当日、お浜にも厳《きび》しく言《い》い渡《わた》されたことであった。しかし、お浜も次郎も、そんなことはまるで忘れてしまっているかのようであった。

「何も飯代をいただこうというのではないし。」

これがお民から文句《もんく》が出た時の用心に、お浜が考えておいた理屈《りくつ》であった。

次郎の帰りが遅《おそ》くなるので、とかく迷惑《めいわく》するのは直吉《なおきち》だった。次郎はすでに、本田と正木と学校との間を、一人で自由に往来することができたし、それに、時としては菜種畑《なたねばたけ》の中に、小一時間も押《お》しづよく隠《かく》れていたりするので、直吉は、迎《むか》えに来ても、捜《さが》しあぐんで、ひとりで帰ることが多かった。

しかし、珍《めずら》しいことには、次郎は、まだ一度も校番室に泊《と》まりこんだことがなかった。それは、お浜が、お民に対するいじから、日暮《ひぐ》れ近くなると、進んで次郎を帰すことにつとめたからだった。次郎は、そんな場合、どうしても家に帰るのがいやだと、きまって正木の家に行くことにした。そして一度正木の家に行くと、大てい五日や一週間は根がついて、そこから学校に通うのであった。正木では、初めのうちこそ心配もしたが、たび重なるにつれて、それを気にとめる者さえいなくなった。

「次郎のほんとのお家《うち》は、いったいどこだね。」

飯時《めしどき》などに、時たま、お祖母《ばあ》さんがそんなことを言って笑ったりするので、みんなも次郎の来ているのに気がつきだすくらいであった。

本田では、俊亮《しゅんすけ》と、お民と、お祖母さんとが、まるでべつべつの気持ちで、いつもそれを問題にしていた。

お民は、自分の感化がちっとも次郎に及《およ》ばないのをくやしがった。そしてその罪をいつも、口先《くちさき》だけでは、お祖母さんは、次郎の行《ゆ》く末《すえ》などには、まるでむとんちゃくだったが、いつもお浜にかぶせた。

「あの子にも困ったものだ。」

と、いかにも嘆息《たんそく》するらしく言い、そして、最後にはきまって、

「ああいつもいつも、あちらにばかりいりびたっているのを、私という老人もいながら、放っとくわけにもいくまいではないか。」と言った。

俊亮は、二人が、めいめいに自分の立場だけからものを考えるのを、にがにがしく思った。そして、どうかすると、いっそ次郎を正木にあずけてしまおうか、と考えたりした。

「なあにかまうことはない。当分《とうぶん》、次郎の好きなようにさしておくさ。」

俊亮は、母や妻がやかましく言えば言うほど、のんきそうにかまえて、そんなことを言った。そのくせ、土曜に帰宅してみて、次郎がいなかったりすると、すぐ、自分で正木に出かけて行って、彼をつれて帰るのだった。

そうした周囲の空気の中で、次郎は、ぐいぐいと彼自身の新しい天地を開拓《かいたく》していった。彼は、本田と、正木と、学校との三か所を中心に、たくさんの遊び仲間をこさえた。

そして、どの仲間でも、彼は彼の腕力《わんりょく》と、気力と、知力とに相当した地位を占《し》めることができた。

体が小さいせいもあって、腕力では大したこともなかったが、気力と知力とにかけては、彼はたいていの子供にひけを取らなかった。時とすると、年上の子供たちまでを、自分の手下のようにして遊んでいることがあった。ことに彼が、喜太郎をけんかで負かしてからは、仲間に対する彼の勢力は、急に強くなった。

喜太郎というのは、村でさかな屋兼《けん》料理屋をしている庄八《しょうはち》の長男で、次郎より二つも年上であった。背《せ》がばかに高くて腕力があるうえに、父の庄八が、ちょっとにらみのきく親分株《おやぶんかぶ》の男だったので、性来《せいらい》気の小さいわりに、横暴《おうぼう》なふるまいが多かった。恭一などは、学校の往復に彼といっしょだと、いつもびくびくしていた。次郎も最初のうちは、むろん彼の言いなりになっていた。

しかし、次郎の忍耐《にんたい》はそうながくはつづかなかった。

ある日、彼がいつものとおり、校番室でお鶴と握り飯を食《く》っているところへ、喜太郎がひょっくり窓から顔をのぞかせて、

「おれにも一つくれ。」

と、その長い手を次郎のほうに突《つ》き出《だ》したのである。

次郎は、お鶴と顔を見合わせて、しばらく返事をしなかった。鉢《はち》には、まだ握り飯が二つ残っていた。しかし、その一つは次郎にとって、他の一つはお鶴にとって、どうしてもなくてはならないものだったのである。

「おい、早くよこさんか。」

喜太郎は、泳ぐように窓から体を乗り入れて言った。

次郎と、お鶴は、思わず喜太郎のほうに尻《しり》を向けて、握り飯をかばうようにした。

「ちくしょう、覚えていろ。」

喜太郎は、そう言って、地べたに飛びおりたが、すぐその手で土塊《つちくれ》をつかむと、それを部屋《へや》の中になげこんだ。土塊は天井《てんじょう》にあたってばらばらにくだけた。そしてむざんにも握り飯の表面をまだらにした。

次郎の眼《め》は異様に光った。彼はやにわに立ちあがって、窓から飛びおりると、うしろから喜太郎の腰《こし》のあたりにむしゃぶりついた。

しかし、腕力では、彼は喜太郎の相手ではなかった。次の瞬間《しゅんかん》には、彼はあおむけに地べたに倒《たお》されていた。しかも、彼の胸の上には、喜太郎の大きな膝頭《ひざがしら》が、丸太《まるた》のようにのっかっており、両手は、地べたに食《く》い入《い》るように、おさえつけられていた。

次郎は、足をばたばたさせたり、唾《つば》をはきとばしたりしたが、何のききめもなかった。

唾はかえって自分の顔に落ちて来るばかりであった。

だんだんと息がつまって来る。あせればあせるほど、喜太郎の膝頭《ひざがしら》が胸をしめつける。

次郎は泣きだしたくなった。

しかし、せっぱつまった瞬間に、皮肉《ひにく》な落ちつきを取りもどして、何かの計画を頭のなかから引き出して来るのが、次郎のいつものでんである。彼は四、五秒ほど、じっと喜太郎の顔を見つめていた。それから、自分の胸の上に乗っかっている膝頭に、そろそろと視線を転じた。膝頭はまるく張り切って、陽《ひ》に光っていた。自分の口との距離《きょり》は、わずか一寸《いっすん》ほどである。

とっさに彼の頭が上に動いた。顔の筋肉がブルドッグのように引きつった。同時に、まだ飯粒《めしつぶ》のくっついている彼の味噌《みそ》っ歯《ぱ》が、喜太郎の膝頭の一角にずぶりとめりこんだ。

喜太郎は、地の底からモーター・サイレンが走りまわるような悲鳴をあげながら、両手で虚空《こくう》を引っかきまわした。

次郎は夢中《むちゅう》だった。彼はただ、口の中が塩《しょ》っぱくなるのを、かすかに感じただけだった。

彼が自分にかえった時には、彼は、わいわい騒《さわ》いでいるおおぜいの子供たちに取りかこまれて突っ立っていた。喜太郎は、地べたにしゃがんで、血だらけの膝頭を両手で押さえながら、次郎のほうを向いて、犬が鳴くようにわめいていた。

「どうしたんかっ、おい！」

と、一人の先生が教室の窓から大声で叫《さけ》んだ。同時に、お浜のいかにもせきこんだらしい、かん高い声が近づいて来た。

次郎は、自分のやったことが急に恐《おそ》ろしくなった。そしてやにわに子供たちの間をくぐりぬけて、いっさんに校門のほうに走って行った。

彼は、しかし、校門を出ると、すぐ迷った。

(うちに帰ろうか。それとも正木に行こうか。)

何しろ、血を見るような事件を起こしたのは、彼としても、まったくはじめてである。いずれにしても、今度《こんど》ばかりは無事にすみそうな気がしない。

ふと、彼は、今日《きょう》は父が帰宅する日だということを思い起こした。

(そうだ、父《とう》さんならきっと何とかしてくれる。)

そこで彼は、父が帰る時間まで、鎮守《ちんじゅ》の杜《もり》にかくれていることにした。

しかし、杜にかくれてみても、彼の心は落ちつかなかった。不思議に今日は一人でいるのがこわい。村中の者が、今にも自分を取りかこみそうな気がする。喜太郎の父の庄八が、出刃《でば》でもぶらさげて来たら、どうしようかと思う。

（やっぱり、うちにかくれているほうが安心だ。）

そう思って、彼はあたりに気を配りながら杜《もり》をとびだした。

＊

その日の夕方、次郎は、俊亮《しゅんすけ》と、お民と、お浜の三人が茶《ちゃ》の間《ま》で話しこんでいるのを、隣《となり》の部屋《へや》から立ちぎきしていた。

俊亮――「それで先生はどう言っているんだね。」

お民――「とにかく、庄八のほうに、一刻《いっこく》も早くこちらからあいさつをしたほうがいい、とおっしゃるんです。」

俊亮――「あいさつには、もうお前が行ったんだろう。」

お民――「ええ、でもほんのおわびだけ……」

俊亮――「それでいいじゃないか。」

お民――「でも、向こうに傷を負《お》わしたんですもの、何とか色をつけませんと、庄八も承知しないでしょう。」

俊亮――「庄八が承知しない？　先生がそう言ったかね。」

お民――「ええ。」

俊亮――「じゃ、おれはいよいよ不賛成だ。こちらが本当に悪けりゃ、庄八にだって
　だれにだって、いくらでもあやまるし、場合によっては、金も出さなきゃ
　なるまいさ。しかし、何といっても、喜太郎のほうが年上だからね。」
お浜――「そうですとも、もともと悪いのは、何といっても喜太郎でございますよ。」
お民――「いったい、ほんとうのところはどうなんだい。ずいぶん次郎にもきいてみ
　たんだけれど、はっきりしないところがあるんでね。」
お浜――「ええ、……それは、何でも、……お鶴にきくと、喜太郎が坊《ぼっ》ちゃんに泥《どろ》を
　ぶっつけたのが、もとなんだそうでございますよ。」
お民――「だしぬけにかい。」
お浜――「ええ……」
お民――「理由もなしに?」
お浜――「ええ、何でも、校番室で坊ちゃんがお鶴と遊んでおいでのところへ、窓か
　ら泥を投げこんだらしゅうございます。」
次郎は、握り飯の話が出るかと思って、ひやひやしていたが、とうとう出なかった。
自分もそのことを母に言わないでおいてよかった、と彼は思った。
お民――「校番室なんかで、お鶴と遊ばしたりするからいけないんだよ。」

俊亮――「とにかく、もうすんだことだ。」
お民――「でも庄八は、こちらから相当《そうとう》のあいさつをしなければ、今夜《こんや》にも自分で出かけて来るとか言ってるそうです。」
俊亮――「来たっていいじゃないか。向こうからもいちおうはあいさつに来るのが当然だからね。」
お民――「でもそれじゃ、事がめんどうですわ。」
俊亮――「なあに、何でもないよ。おれがよく話してやる。」
お浜――「そりゃ旦那様《だんなさま》におっしゃっていただけば、庄《しょう》さんも納得《なっとく》するとは思いますが、何しろあれほどの傷ですし、やはり坊ちゃんのためには、いちおうはさっぱりなすったほうが……」
俊亮――「次郎のためを思うから、おれはそんなことをしたくないんだ。お前たちは、相手の傷のことばかり気にしているが、次郎としては、命がけでやった反《はん》抗《こう》なんだ。自分よりも強い無法者《むほうもの》に対しては、あれよりほかに手はなかろうじゃないか。あいつのせっかくの正しい勇気を、金まで出して、台なしにする必要がどこにあるんだ。」
俊亮の語気は、いつもに似ず熱していた。次郎には、その意味がよくのみこめなかった。しかし、自分のしたことを父が悪く思っていないことだけは、はっきりした。

お民――「そんなことをおっしゃったんでは、次郎は、この先いよいよ乱暴者《らんぼうもの》になってしまいますわ。」

俊亮――「まさか、おれも、次郎の前でけしかけるようなことは言わんつもりだよ。あいつを闘犬《とうけん》に仕立てるつもりじゃないからな。」

お浜――「まあ。」

お民――「すぐ宅はあれなんだよ。冗談《じょうだん》だか本気だかわかりゃしない。」

俊亮――「とにかく心配するなよ。」

お浜――「でも、坊ちゃんは、これから学校に行くのをいやがりはなさいませんでしょうか。」

俊亮――「ばかな！　万一《まんいち》そんなだったら、庄八の家に小僧《こぞう》に出してやるまでさ。」

お民もお浜もつい吹《ふ》きだしてしまった。しかし、その言葉は、陰《かげ》で聞いていた次郎の胸には、ぴんと響《ひび》くものがあった。

次郎は、そのあと、父からいちおうの訓戒《くんかい》をうけて、九時ごろ寝《ね》た。――訓戒といっても、母のそれとはまるでちがっていた。

「正しいと思ったら、どんな強い者にも負けるな。しかし犬みたいにかみつくのはもうこれからはよせ。」

これが父の訓戒の要点であった。

次郎は、庄八がいつやって来るかと、多少気にかかりながらも、寝床《ねどこ》にはいると、まもなく眠《ねむ》ってしまった。

それからどのくらいの時間がたったか、ふと、彼は茶の間から聞こえて来る大きな声で目をさました。

「じゃ、何ですかい、小さい者が大きい者に向かってなら、どんな乱暴をしたってかまわんとおっしゃるんですかい。」

「そうじゃないのさ。さっきからあれほど言っているのに、まだわからんかね。」

「わかりませんね。旦那《だんな》のような学者のおっしゃるこたあ。」

「じゃたずねるが、もし次郎がかみつかなかったとしたら、いったいどうなっているんだい。」

「どうもなりゃしませんさ。」

「どうもならんことがあるものか。あいつは年じゅう喜太郎にいじめられどおしということになるだろう。傷がつかない程度《ていど》にね。……いったい、膝坊主《ひざぼうず》を少しばかりかみ切られるのと、一生卑怯者《ひきょうもの》にされるのと、どちらがみじめだか、よく考えてみてくれ。

お前も親分と言われるほどの男だ、これぐらいの道理がわからんこともあるまい。」

庄八は何か答えたらしかったが、急に声が低くなって、次郎にはよく聞き取れなかった。

「そりゃ、梅干《うめぼし》ほどの肉がちぎれているとすると、親としては腹もたつだろう。おれも、次郎が犬みたいなまねをしたことを、決していいとは思わん。」

また犬だ。次郎は口のあたりを手のひらでそっとなでてみた。

「そこで、実を言うと、おれも最初は、何とかあいさつに色をつけなきゃなるまいと思っていたところだ。が、だんだん話を聞いているうちに、お前のほうで、こちらからそうしたあいさつをしないと承知しない、とか言っていることがわかったんだ。……いや、それもいい。そういう要求も別に悪いとは言わん。しかし、万一《まんいち》にもそのことが、お前んとこの喜太郎にわかり、それから次郎にもわかったとしたら、いったいどうなるんだ。……ねえ庄八、お互《たが》いに子供だけは、金でごまかせない男らしい人間に育ててあげようじゃないか。」

「いや、よくわかりました。」

「そこでだ、お前に、もし金がいるんだったら、今度のことにからまないで、話してくれ。金は金、今度のことは今度のこと、そこをはっきりして、これからもつき合っていこうじゃないか。」

「めんぼくございません。ついけちな考えを起こしまして。」

「わかってくれてありがたい。……おい、お民、酒を一本つけておくれ。」

次郎の緊張《きんちょう》が急にゆるんだ。そして、明日からの毎日が、これまでよりも、ぐっと力強くなるような気がして、存分《ぞんぶん》に手をのばした。同時に彼は、昨日までの父とはちがった感じのする父を、心に描《えが》きはじめた。彼は、親分という言葉の意味をはっきりとは知らなかったが、それが何となく、庄八によりも父にふさわしい言葉のように思えて来たのである。

一四　ち　び

次郎は、学校に通いだしてから、木登りが達者《たっしゃ》になり、石投げがじょうずになった。水泳にかけてはまるで河童《かっぱ》同様であった。蜻蛉《とんぼ》釣りや、鮒《ふな》釣りや、鰌《どじょう》すくいに行くと、いつも仲間より獲物《えもの》が多かった。そして真冬《まふゆ》のほかは、大ていはだしのまま、どこへでも飛びあるいた。彼は学校に通ったために、文明人になるよりも、かえって自然人になるかのように思われた。

復習などは、ほとんど彼の念頭《ねんとう》になかった。彼の教科書は、手垢《てあか》でまっ黒になっており、頁《ページ》がところどころちぎれたりしていたが、それは彼の勉強の結果ではなくて、学校の行き帰りに、意味もなく放り投げたり、なぐり合いに使ったりするからであった。もし、母がおりおり恭一《きょういち》のぴんとした教科書と、彼のくちゃくちゃの教科書とを、彼の目の前にならべて、彼に厳《きび》しい訓戒《くんかい》を加えることがなかったら、彼はもっといろいろのことに、彼の教科書を利用したかもしれなかった。

それでも、彼の成績は決して悪いほうではなかった。五十幾人《いくにん》かの組で、彼はいつも五番以下には下がらなかった。もし研一という、ずぬけて優秀《ゆうしゅう》な子供さえいなかったら、彼が一番になるのも大してむずかしいことではなかったであろう。

もっとも、操行《そうこう》は大てい乙《おつ》で、一度などは丙《へい》をつけられたこともあった。その時には、さすがの彼も、気がひけたとみえて、通信簿《つうしんぼ》のその部分を指先ですりはがして、家に持って帰ったのだった。

それを見て、腹をたてたのは、母よりも、むしろ父であった。父はいきなり持っていた煙管《きせる》で次郎の頭をひどくなぐりつけた。

お浜《はま》は通信簿が渡《わた》される日には、きまって卵焼きをこさえて、次郎を校番室に迎《むか》えた。

しかし、そのおりの彼女の顔つきは、いつも、あまり愉快《ゆかい》そうではなかった。

「恭《きょう》ちゃんはいつも一番なのに、次郎ちゃんはどうしたんです。」

これが、次郎が卵焼きを食べ終わったあと、きまってお浜の口をもれる小言《こごと》であった。

この小言は、ふだんにもしばしば校番室で繰《く》り返《かえ》された。次郎は、最初のうちはすまないような気もしていたが、たび重なるにつれて、次第《しだい》にうるさくなって来た。そして彼が校番室に出入りすることも、そのためにだんだん少なくなっていった。

もっとも、彼が校番室に遠ざかるようになったのは、決してそれだけの理由からではなかった。今では、彼はまったく色合いの異なった三つの世界をもっている。その第一は、母や祖母の気持ちで生み出される世界、その第二は、お浜や父や正木一家に取り巻かれている世界、そして、その第三は、彼が入学以来、彼自身の力で開拓《かいたく》して来た仲間の世界である。この第三の世界は、新鮮《しんせん》で、自由で、いつも彼を夢中《むちゅう》にさせた。彼が第二の世界を十分に愛しつつも、第三の世界のために、より多くの時間をさくようになったのに、不思議はなかった。

ともかくも、彼はこうして二年に進み、三年に進んだ。

彼の生活は日一日と多忙《たぼう》になった。そして多忙になればなるほど、彼の幸福な時間はそれだけひろがっていった。時としては、ひろがりすぎてかえって彼を不幸にすることすらあった。というのは、どこの家庭でも、子供が学校道具を持ったまま、暗くなるまで遊《あそ》び暮《く》らして家に帰って来た場合、夕飯《ゆうはん》を食べさせないくらいのことはするのだから。ところで、彼が三年に進級すると同時に、彼がせっかく二年越《ご》しで開拓して来た自由の天地に、大きなひびのはいる事情が生じた。それは弟の俊三《しゅんぞう》が一年に入学したことである。

お民《たみ》は、俊三の入学式をすまして帰って来ると、すぐ恭一と次郎を呼んで、昔《むかし》、毛利《もうり》元就《もとなり》が子供たちに矢を折らしたという逸話《いつわ》を、いかにももったいらしく話して聞かした。そして、

「明日《あす》からは、三人そろって学校に行くんですよ、俊三ははじめてだから、二人でよく気をつけてね。」と念《ねん》を押《お》した。

次郎にとっては、しかし、それはどうでもいい話であった。彼は、俊三の世話をやくのは恭一の役目だ、と思ったのである。

（それにしても、僕《ぼく》が学校にあがったころは、どんなだったかしら。どうも僕には、恭ちゃんに世話をやいてもらった覚えなんかないのだが。）

彼は、ぽかんとして窓の外を眺《なが》めながら、そんなことを考えていた。するとお民が言った。

「次郎、お前はよそ見ばかりしているが、お母《かあ》さんの言うことがわかったのかい。お前こそすぐの兄《にい》さんだから、今度《こんど》は恭一よりお前のほうが気をつけてやるんですよ。」

次郎は変な気がした。何が「今度は」だと思った。「すぐの兄さん」だから、いったいどうだというんだ、とも思った。彼は、このごろ、母の言うことがとかく理屈《りくつ》にあわないような気がして、以前のように聞き流しにばかりはしておれなくなっていたのである。

「それに恭一は、もう五年だし、ずいぶんおそくまで学校でお勉強があるんです。だから、帰りに俊三をつれて来るのは、次郎の役目なんだよ。」

お民の言うことはいよいよ変だった。次郎は、これはうっかりしてはおれない、と思った。

「僕だって俊《しゅん》ちゃんよりおそいや、俊ちゃんは昼までですむんだから。」

とっさにいい口実《こうじつ》が次郎の口をついて出た。そして、あんがい母もぼんやりだな、と内心で彼は思った。

「そりゃわかってるさ。だから、なるだけ直吉《なおきち》を迎《むか》えにやることにしているんだよ。」

次郎は「なるだけ」が少々気に食《く》わなかったが、それならまずがまんができる、と思った。しかし、そのあとがいけなかった。

「だけど、直吉も忙《いそが》しいんだからね。もしか迎えに行けなかったら、お前がつれて帰るんですよ。俊三はお前のお勉強がすむまで、校番室に待たしておくように、お浜にも話してあるんだから。」

次郎は、それですっかりぺしゃんこになった。

むろん彼は、母の矛盾《むじゅん》に気がつかないことはなかった。

（僕が校番室に出入りすると、あんなにやかましく言うくせに。）

彼はそう考えたが、それを口に出して言おうとはしなかった。言えばやぶへびだと思った。

で、とうとう次郎は、翌日から、俊三の学校通いのお伴《とも》をすることになってしまった。手があいておれば迎えに来るはずの直吉は、ただの一度も来なかった。

次郎の自由な天地は、それ以来ほとんど台なしになってしまった。彼は時間どおりに家を出て時間どおりに家に帰ることを余儀《よぎ》なくされた。そして、家に帰ると、すぐ復習をさせられたり、用を言いつかったりした。お民としては思うつぼで、いつもきげんがよかった。しかし母のきげんがよければよいほど、次郎の心は憂鬱《ゆううつ》になっていった。

それに、このことは、次郎に、もう一つ、ちがった意味で大きな苦痛を与《あた》えた。というのは、彼は元来《がんらい》ちびだったのである。体質なのか、食物のためなのか、あるいは根性《こんじょう》が強すぎるためなのか、里子《さとご》時代から、どうも彼の身長は思わしくのびなかった。学校に通いだしてからは、肉づきや血色はめきめきとよくなっていったが、身長だけは、同《どう》年輩《ねんぱい》のどの子供よりも低くて、体操ではいつもびりにならばされた。

恭一をまん中にして兄弟《きょうだい》三人が並《なら》ぶと、まるで聖徳太子《しょうとくたいし》の画像を見るようだと、みんなが笑ったものだが、実際今では、次郎の身長は俊三と三分《ぶ》とちがっていないのである。

むろん二人の着物は、同じ長さに裁《た》たれた。しかも大ていは同じ柄《がら》の飛白《かすり》であった。だから、二人は着物を取りちがえては、よくけんかをした。もっとも、けんかをしても、母や祖母は少しも困らなかった。というのは、汚《よご》れやほころびの多いほうを次郎のだときめてしまえば、それで簡単に片がついたからである。

むろん、この決定には、しばしば誤《あやま》りがあった。しかし、誤りがあっても、そう決めておくほうが簡単であり、次郎の戒《いまし》めにもなると、二人は考えていたのである。

着物のほうは何とかあきらめがつくとしても、毎日学校の行き帰りに、俊三と並んで歩かねばならないことは、次郎にとって、何としてもがまんのできないことであった。実を言うと、彼はかなり以前から、自分のちびなことに気がついて、内心それを苦にしていた。それも、俊三といっしょでない場合にはさほどでもなかったが、このごろのように、いつも二人で並んで歩かなければならなくなると、まるで曝《さら》し物《もの》同然で、何だか

身がすくむような気がするのである。しかも、村の小母《おば》さんたちは、彼のそんな気持などにはまるで無頓着《むとんちゃく》に、

「まあ、お仲のいいこと。……そうしていっしょに歩いておいでだと、どちらが兄さんだか、見分けがつかないようですわ。」

などと言う。次郎にしてみると、これほどの侮辱《ぶじょく》はない。こんなことで兄弟が睦《むつま》じくなんかなれるものか、と思う。

彼はできるだけ頭をまっすぐにし、足をつま立てるようにして歩くことにつとめた。そして、硝子戸《ガラスど》のある家の前を通る時には、いつも自分の影《かげ》をのぞいてみた。しかし、そんなことで、彼の自信が保てるわけのものではむろんなかった。

で、結局彼は、できるだけ俊三と離《はな》れて歩くことに決めた。これがまた一《ひと》とおりの苦心ではなかった。俊三は、そとでは妙《みょう》に卑怯《ひきょう》な性質で、いつも次郎にくっついて歩きたがった。それを次郎がきらって無理に二、三間《げん》離れると、彼はすぐ地団駄《じだんだ》をふんで泣きだした。

最初の一週間ほどは、それでも、次郎は母の言いつけをどうなり実行した。しかし、硝子戸にうつる自分の姿は、いつも皮肉《ひにく》に彼自身をあざけった。しかも、その間に、彼の「第三の世界」は、こばみがたい魅力《みりょく》をもって、たえず彼を手招《てまね》きしていたのである。

彼は、とうとう、ある日学校の帰りに、地団駄《じだんだ》ふんで泣いている俊三を放ったらかして、仲間の二、三人とどこかに遊びに行ってしまった。

(父《とう》さんは、こんなことで、僕の頭を煙管《きせる》でなぐりつけたりはしない。)

彼は、遊びのあい間《ま》あい間《ま》に、そんなことを考えた。それでも、彼は、自分の家に帰るのが気まずかったとみえて、その日から、また正木の家に行って、しばらくそこから学校に通うことにした。

一五　地《じ》鶏《どり》

ある日、次郎は、正木の家の庭石《にわいし》にただ一人腰《こし》をおろして、一心《いっしん》に築山《つきやま》のほうを見つめていた。

築山のあたりには、鶏《にわとり》が六、七羽《わ》、さっきからしきりに土をかいては餌《え》をあさっている。雄《おす》が二羽まじっているが、そのうちの一羽は、もうこの家に三、四年も飼《か》われている白色レグホンで、次郎の眼《め》にもなじみがある。もう一羽はそれよりずっと若い、やっと一年ぐらいの地鶏である。その汚《よご》れのない黄褐色《おうかっしょく》の羽毛《うもう》が、ふっくりとからだを包んで、いかにも元気らしく見える。

ところで、この地鶏は、ぽつんと一羽、寂《さび》しそうに群《むれ》を離《はな》れて立っている。おりおりくびをすっと伸《の》ばして周囲を見まわし、それからそろそろと牝鶏《めんどり》の群に近づいて行くのであるが、すぐ老レグホンのために追われてしまう。追われる前に、ちょっと頸毛《けいもう》を逆《さか》立《だ》ててはみる。しかしどうも思い切って戦ってみる決心がつかないらしい。

が、そんなことを何度《なんど》も繰《く》り返《かえ》しているうちに、地鶏の頸毛の立ちぐあいが、次第《しだい》に勢いよくなって来た。次郎はそのたびに息をはずませては、もどかしがった。

彼《かれ》は、ふと、喜太郎の膝《ひざ》の肉をかみ切った時のことを思い起こした。そして、思い切ってやりさえすれば、わけはないのに、と思った。

が、同時に、彼の心には、恭一《きょういち》や俊三《しゅんぞう》とけんかをする時のことが浮《う》かんで来て、腹がたった。

「次郎、お前は兄《にい》さんに手向《てむ》かいをする気かい。」

彼は母や祖母にいつもそう言われるので、つい手を引っこめてしまう。では、俊三になら遠慮《えんりょ》なくかかっていけるかというと、そうもいかない。

「次郎、そんな小さな弟を相手に何です。負けておやりなさい。」

と来る。どちらにしても次郎には都合《つごう》がわるい。そして、何よりも次郎のしゃくにさわるのは、彼がしかられて手を引っこめた瞬間《しゅんかん》に、きまって相手が一つか二つなぐりどくをして引きあげることである。祖母は、わざわざそのなぐりどくがすむのを待って、双方《そうほう》を引き分けることにしているらしい。しかもぬけぬけと、

「もういい、もうそれでがまんしておやり。」

などと言う。そんな時の次郎の無念《むねん》さといったらない。彼は、自分の眼《め》が、熔鉱炉《ようこうろ》のように熱くなり、涙《なみだ》が氷のように瞼《まぶた》にしみるのを覚えるのである。

(二人では学校にも行けない俊三ではないか。喜太郎の前では、口一つきけない恭一ではないか。僕《ぼく》は何でこの二人に負けてばかりいなければならないのだ。)

(母や祖母の小言《こごと》が何だ。兄に手向かいするのが悪いなら、俊三が僕に手向かいするのを、なぜとめない。弟に負けてやるのが本当なら、恭一が僕をなぐるのをなぜしからない。二人の言うことはいつもとんちんかんだ。それに二人は僕が損をしてさえいれば、いつもにこにこしている。僕が僕の好きなことをした時に、二人が嬉《うれ》しそうな顔をしたことなんか、一度だってありゃしない。そして何かと言えば「氏《うじ》より育ち」と言う。何のことだかわかりゃしない。おおかた乳母《ばあ》やを悪く言うつもりなんだろうが、乳母やはだれよりも正直《しょうじき》だ。僕の好きなことは乳母やも好きだし、乳母やの好きなことは僕も好きだ。学校で一番になることだって、僕は決してきらいではない。ただめんどうくさい

だけなんだ。——いったい二人《ふた》は僕をどうしようというのだろう。僕が家にいると、二人《ふた》口目《くちめ》には、この子さえいなかったら苦労はないが、と言う。だから僕はなるだけ家にはいないことにしているんだ。すると、今度《こんど》は、なぜそんなに老人に心配をかけるのかと、親の心がまだわからないのかと、まるで、お寺の地獄《じごく》の画《え》に描《か》いてある青鬼《あおおに》のような顔をして、どなりつける。心配なんかせんでおけばいいじゃないか。いったい祖母や母が僕のために何を心配するというのだ。二人の気持ちはたいてい僕にわかっている。わかっているから、僕はなるべく家にいないくめんをしているのではないか。）

（学校の先生が修身《しゅうしん》で話してきかせることなんかも、半分はうそらしい。第一、親の恩《おん》は海よりも深しなんて言うが、そんなことは、父にはあてはまるかもしれんが、母にはちっともあてはまらない。それに先生は、乳母やのようないい人のことを、ちっとも話してくれないのが不思議だ。学校で毎日毎日乳母やの顔を見ているくせに。）

こんなことを考えながら、次郎はいつのまにか、視線を自分の足先に落としていた。と築山のほうから、急に激《はげ》しい羽ばたきの音が聞こえだした。見ると、地鶏《じどり》が、いつのまにかレグホンに向かって決死の闘《たたか》いをいどんでいる。もえるような鶏冠《とさか》の周囲に、地鶏は黄の、レグホンは白の、頸毛の円を描《えが》いて、三、四寸《すん》の距離《きょり》に相対峙《あいたいじ》している。向日葵《ひまわり》と白蓮《はくれん》とが、血を含《ふく》んで陽《ひ》の中にふるえているようだ。

とうとう蹴合《けあ》った。つづけざまに二回。しかし、二回とも地鶏の歩《ぶ》が悪かった。次郎は思わず腰《こし》をうかして「ちくしょう!」と叫《さけ》んだ。

地鶏は、しかし、逃《に》げようとはしなかった。やや間《ま》をおいて、白と黄の羽根が、三《み》たび地上尺余《しゃくよ》の空に相《あい》うった。今度は互角《ごかく》である。

つづいて、四回、五回、六回と、蹴合いは相変《あいか》わらず互角に進んだ。

次郎は、息をとめ、こぶしを握《にぎ》りしめ、首を前につき出して、それを見まもった。

闘いは次第《しだい》に乱れて来た。最初まったく同時であった両者の跳躍《ちょうやく》が、いつのまにか交互になった。そしてお互《たが》いにくちばしで敵の鶏冠《とさか》をかむことに努力しはじめた。

こうなると、若さが万事《ばんじ》を決定する。レグホンの古びきった血液は、強烈《きょうれつ》な本能の匂《にお》いを溶《と》かしこんだ地鶏の血液に比して、はるかに循環《じゅんかん》が鈍《にぶ》い。彼の打撃《だげき》はしばしば的《まと》をはずれた。地鶏が打撃を二度加える間に、彼は一度しか加えることができなくなった。そして、どうかすると、ひょろひょろと相手の股《また》の下をくぐって、その打撃を避《さ》けた。

老雄《ろうゆう》の自信はついにくだけた。

彼は、黒ずんだ鶏冠に鮮血《せんけつ》をにじませ、嘴《くちばし》を大きくあけたまま、ふらふらと築山《つきやま》の奥《おく》に逃げこんだ。

若い地鶏は、勝ちに乗《じょう》じてそのあとを追ったが、やがて、築山の頂《いただき》に立って大きな羽ばたきをした。そして牝鶏《めんどり》の群《むれ》を見おろしながら、たかだかと喉笛《のどぶえ》を鳴らした。

次郎はほっとして、立ちあがった。

そして大きく背伸《せの》びをしてから、そろそろと築山の陰《かげ》にまわって見た。老英雄は、夢《ゆめ》にも予期《よき》しなかったわかい反逆者のために、そのながい間の支配権を奪《うば》われて、ひっそりと垣根《かきね》に身をよせている。

築山の上では、地鶏がもう一度勝ちどきをあげた。それから、土をかいて、くっくっと牝鶏を呼んだ。

次郎は急に勇壮《ゆうそう》な気持ちになった。彼の体内には、冷たい血と熱い血とが力強く交流した。つづいて影《かげ》のようなほほえみが、彼の顔を横ぎった。

その夕方、彼はだれの迎《むか》えも受けないで、急に正木の祖父母にあいさつして、一人で自分の家に帰ったのである。

一六　土《ど》橋《ばし》

次郎《じろう》は、それ以来、学校の往復に俊三《しゅんぞう》のお伴《とも》をすることを、断じて肯《がえ》んじなかった。

そのことについて母が何と言おうと、彼はろくに返事もしなかった。朝になると、わざとのように、みんなのいるまえを通って、一人でさっさと学校に行った。帰りには、きまって道草《みちくさ》を食《く》った。ただ以前とちがったところは、夕飯《ゆうはん》の時間までには、不思議なほどきちんと帰って来ることだった。

しかも彼は、母や祖母に尻尾《しっぽ》をおさえられるようなことをめったにしなくなった。彼は、父の前では相当《そうとう》しゃべりもし笑いもしたが、いったいに家庭では沈黙《ちんもく》がちであった。恭一《きょういち》や俊三に対してすら、自分のほうから口をきくようなことはほとんどなかった。そして何かしら、すべてに自信あるもののごとくふるまった。それがお祖母《ばあ》さんの眼《め》にはいよいよ憎《にく》らしく見えたのである。

お民《たみ》は、さすがに、お祖母さんよりもいくらか物を深く考えた。しかし、考えれば考えるほど、次郎をどうあしらっていいのか、さっぱり見当《けんとう》がつかなくなって来た。そして、おりおり俊亮《しゅんすけ》にしみじみと相談を持ちかけるのだった。

「今のままでいいんだよ。お前たちは、どうもあれを疑《うたぐ》りすぎていかん。」

俊亮の返事はいつもこうだった。しかし、彼とても、次郎のほんとうの気持ちがわかっているわけではなかった。

次郎の眼には、正木の家で見た若い地鶏《じどり》が、いつもちらついていた。しかし彼は、機会を選ぶことを決して忘れなかった。めったなことで兄弟《きょうだい》げんかをはじめて、また父に煙管《きせる》でなぐられたりしてはつまらない、と思ったのである。その代《か》わり、これならだいじょうぶだと思う機会さえ見つかれば、母や祖母がどんなに圧迫《あっぱく》しようと、今度《こんど》こそは死《し》にもの狂《ぐる》いでやってみよう、という決心がついていた。

ところで、そうなると、思うような機会はなかなかやって来ない。それに、だれもが、このごろの彼に対して、以前とはちがって警戒《けいかい》の眼を見はっている。恭一や俊三は、お祖母さんのさしがねもあって、めったに彼のそばによりつかない。みんなが遠巻《とおま》きにして彼を見まもっているといったふうである。彼は多少てもちぶさたでもあり、しゃくでもあった。しかし、それならそれでいい、とも思った。そして相変《あいか》わらずむっつりしていた。

梅《うめ》の実《み》が色づくころになった。

彼は、例によって、学校の帰りに五、六人の仲間と墓地《ぼち》で戦争ごっこをはじめていた。そこへ、おくれて馳《は》せつけた仲間の一人が、次郎の顔を見ると、大ぎょうに叫《さけ》んだ。

「恭《きょう》ちゃんが、いじめられているようっ。」

次郎は別に驚《おどろ》いた様子《ようす》もなく答えた。

「放っとけよ。つまんない。」

彼は、恭一がおりおり友だちにいじめられるのを知っていた。それを彼は別に気味《きみ》がいいとも思わなかったし、かといって、同情もしていなかった。つまらない、というのが、実際、彼のありのままの気持ちだった。

「でも、橋の上だよ、あぶないぜ。」

「恭ちゃんはすぐ泣くんだから、あぶないことなんかあるもんか。」

彼は、持っていた棒切れを墓石の上にのせ、射撃《しゃげき》をするまねをしながら、そう言って取りあわなかった。

「でも行ってみよう。おもしろいや。」

戦争ごっこの仲間の一人が言った。二、三人がすぐそれに賛成した。

「だれだい、いじめているのは。」

次郎は、相変わらず射撃のまねをしながら、落ちついてたずねた。

「二人だよ。」

「二人?」

次郎は射撃のまねをやめて、ふり向いた。

「そうだい、だから恭ちゃん、かわいそうだい。」

「おい、みんな行こう。」

次郎は何と思ったか、今度は自分から、みんなの先頭に立って走りだした。村はずれから学校に通ずる道路の中ほどに、土橋《どばし》がかかっている。その橋の上に、恭一をはさんで、前後に二人の子供が立っていた。次郎の一隊は、橋の五、六間《けん》手前まで行くと、言い合わしたように立ち止まって、そこから三人の様子を眺《なが》めた。

恭一は泣いていた。彼をいじめていた二人は、ふりかえってしばらく次郎たちの一隊を見ていたが、自分たちより年下のものばかりだと見て、安心したように、また恭一のほうに向き直った。

「女好きのばか!」

そう言って、一人が恭一の額《ひたい》を指先で押《お》した。するともう一人が、うしろから彼の肩《かた》をつかんでゆすぶった。次郎は、これは大したいじめ方ではないと思った。

が、この時、橋のむこう半町《はんちょう》ばかりのところに、一人の女の子が、しょんぼりと立っているのが、ふと次郎の眼にとまった。真智子《まちこ》である。本田の筋向《すじむ》かいの前川という素封家《そほうか》の娘《むすめ》で、学校に通いだすころから、恭一とは大の仲よしであった。学校も同級なため、二人は友だちにはばかりながらも、よくつれだって往復することがある。次郎は彼女が恭一とばかり仲よくするのがしゃくで、ろくに口をきいたこともなかったが、内心では、彼女が非常に好きだった。時たま、彼女の澄《す》んだ黒い眼で見つめられたりすると、つい顔をあからめて、うつむいたりすることもあった。

彼は、恭一がいじめられているわけが、すぐわかった。そして、真智子の前で恥《はじ》をかいている恭一の顔を、じっと見つめていたいような衝動《しょうどう》にかられた。しかし、いじめている二人に対しては、決して好感が持てなかった。ことに、真智子のしょんぼりした姿が、どうしても彼を落ちつかせなかった。彼は次第《しだい》に何とかしなければならないような気がしだして来た。

ここでも若い地鶏が彼の眼の前にちらついた。彼は、やにわに橋の上に走って行って、恭一の前に立っている子供を押しのけながら言った。

「恭ちゃん帰ろう。」

押しのけられた子供は、しかし、振《ふ》り向《む》くと同時に、思うさま次郎のほっぺたをなぐりつけた。

次郎はちょっとたじろいだ。が、次の瞬間《しゅんかん》には、彼はもう相手の腰《こし》にしがみついていた。

横綱《よこづな》とふんどしかつぎの角力《すもう》が狭《せま》い橋の上ではじまった。

「ほうりこめ！　ほうりこめ！」

恭一のうしろにいた子供が叫んだ。しかし次郎は、どんなに振りまわされても、相手の帯を握《にぎ》った手を放そうとしなかった。

とうとう二人がかりで、次郎をおさえにかかった。次郎は、乾《かわ》いた土のうえに、あおむけに倒《たお》された。土《つち》ぼこりで白《しら》ちゃけた頭が、橋の縁《ふち》から突《つ》きだしている。一間下《いっけんした》は、うすみどりの水草《みずくさ》を浮《う》かした濠《ほり》である。しかし次郎は、その間にも、相手の着物の裾《すそ》を握ることを忘れていなかった。二人は少しもてあました。そして次郎の指を、一本一本こじ起こしにかかった。

と、次郎は、やにわに両足で土をけって、自分の上半身を、わざと橋の縁からつきだした。

重心は失われた。次郎の体は、さかさに水に落ちて行った。着物の裾を握られた二人が、そのあとにつづいた。水草と菱《ひし》の新芽とが、ちりぢりにみだれて、しぶきをあげ、渦《うず》を巻《ま》いた。

橋の上では恭一と真智子と次郎の仲間たちとが、一列に並《なら》んで、青い顔をして下をのぞいていた。

三人ともすぐ浮きあがった。最初に岸にはいあがったのは次郎であった。着物の裾がぴったりと足に巻きついて、雫《しずく》をたらしている。彼は、顔にくっついた水草を払《はら》いのけながら、あとからはいあがってくる二人を、用心深く立って見ていた。

ずぶ濡《ぬ》れになった三人は、芦《あし》の若芽の中で、しばらくにらみあっていたが、もうどちらからも手を出そうとはしなかった。

「覚えてろ。」

相手の一人がそう言って土堤《どて》を上がった。もう一人は黙《だま》ってそのあとについた。次郎は二人を見送ったあとで、裸《はだか》になって一人で着物をしぼりはじめた。

「みんなでしぼろうや。」

仲間たちがぞろぞろと岸におりて来た。恭一と真智子は、しょんぼりと道に立っていた。

次郎は、しぼった着物を帯でくくって肩《かた》にかつぐと、裸のまま、みんなの先頭に立って、軍歌をうたいながらかえって行った。

彼は、真智子もこの一隊の後尾に加わっているのを知って、たまらなく愉快《ゆかい》だった。恭一とけんかをしてみようなどという気は、その時には、彼の心のどの隅《すみ》にも残っていなかった。

恭一は、もう彼の相手ではないような気がしていたのである。

＊

その晩は、真智子の母が訪《たず》ねて来て、みんなとおそくまで話しこんだ。真智子もむろんいっしょについて来ていた。話は今日《きょう》のできごとで持ちきりだった。真智子の母は、何度《なんど》も次郎の頭をなでては、彼の勇気をほめそやした。次郎はぼうっとなってしまった。

お糸婆《いとばあ》さんは、

「お体は小さいけれど、胆《きも》っ玉《たま》の大きいところは、お父《とう》さんにそっくりです。」と言った。

次郎は体の小さいことなんか言わなくてもすむことだと思った。しかし、いつものようには腹がたたなかった。お民は、

「この子の乱暴《らんぼう》にも困りますわ。」と言った。

しかし、喜太郎の膝《ひざ》にかじりついた時とは、母の様子がまるでちがっていることは、次郎にもよくわかった。

ただ彼が物足《ものた》りなく思ったのは、一座の中に父がいなかったことと、真智子が相変《あいか》わらず恭一にばかり親しんでいることであった。

一七　そろばん

「人間というものはね、うそをつくのが一番いけないことです。うそをつくのは泥棒《どろぼう》をするのとおんなじですよ。ですから、知っているなら知っていると、だれからでも早くおっしゃい。ぐずぐずしてはいけません。早く言いさえすれば、きっとお祖父《じい》さんも許してくださるでしょう。」

お民《たみ》は、子供たち三人を行儀《ぎょうぎ》よく前にすわらして、まるで裁判官のような厳粛《げんしゅく》さをもって、取り調べを開始した。言葉つきまでが、今日《きょう》はいやにていねいである。次郎はばかばかしくってしかたがなかった。

本田のお祖父さんは、昔《むかし》、お城の勘定方《かんじょうがた》に勤めていただけあって、算盤《そろばん》が大得意《だいとくい》である。今もその当時使った象牙《ぞうげ》の玉の算盤を、離室《はなれ》の違《ちが》い棚《だな》に置いて、おりおりそれを取り出しては、必要もないのにぱちぱちとやりだす。離室に刀掛《かたなか》けも飾《かざ》ってあったが、お祖父さんにとっては刀よりも算盤のほうに思い出が多かったし、自然そのほうに親しみもあった。かといって、お祖父さんに商人らしいところがあるのかというと、そうではない。人柄《ひとがら》はあくまでも士族《しぞく》なのである。若いころは、恐《おそ》らく、物静かな、事務に堪能《たんのう》な、上役《うわやく》にとって何かと重宝《ちょうほう》がられた侍《さむらい》の一人であったろう、と思われる。

ところで、このお祖父さんの算盤に対する愛着は、年をとるにつれて、だんだんと神経的になっていった。算盤を弾《はじ》き終《お》わると、右の手のひらでジャッジャッと玉を左右になでてから、大事にふたをかぶせ、それをそうっと違い棚にのせる習慣であった。そして、もしその算盤が自分の置いた位置から少しでも動いていると、だれかがきっと叱《しか》られなければならなかった。お祖父さんに言わせると、ふたをとって、玉の様子《ようす》をみれば、人がさわったかどうかすぐわかる、と言うのである。

この大事な算盤の桁《けた》が、いつのまにか一本折れていた。これはまさしく本田一族にとっての大事件でなければならない。お民が厳粛になるのも無理はなかったのである。

しかし、次郎にとっては、これほどばかばかしいことはなかった。第一、彼《かれ》は、このごろ離室《はなれ》なんかのぞいたこともないし、またのぞこうと思ったことすらない。

(それに、算盤がいったい何だ。そんなものにさわってみたところで、おもしろくも何ともありゃしないじゃないか。)

そう考えると、彼はまじめに母の前にかしこまっているのでさえむだなような気がして、一刻《いっこく》も早く仲間のところへとびだして行きたかった。

「お祖父《じい》さんは、お前たち三人のうちにちがいない、とおっしゃるんですよ。私もそう思います。放りなげでもしなければ、あんなになるわけがないのだからね。」

そう言って、お民はじろりと次郎を見た。

次郎は平気だった。しかし、もうその時にはずいぶん退屈《たいくつ》しているところだったので、眼《め》を天井《てんじょう》にそらしたり、膝《ひざ》をもじもじさせたりして落ちつかなかった。お民はむろん次郎のそうした様子を見のがさなかった。

「次郎、お前、知ってるんでしょう。」

「ね、そうでしょう。」

次郎はにやにやして母の顔を見た。

お民はいやにやさしい声を出して、たたみかけた。

「僕《ぼく》、お祖父さんの算盤《そろばん》なんか見たこともないや。」

と、次郎は、わざとらしく天井を見ながら答えた。

「見たこともない？　お祖父さんのあの算盤を？　おとぼけでないよ。」

「ほんとうだい。」

次郎は少しやっきとなった。

「そんなはずはありません。お前、そんなうそをつくところをみると……」

お民は言いかけてちょっとちゅうちょした。次郎が恭一《きょういち》のカバンを便所に放りこんだ時のことを考えると、高飛車《たかびしゃ》に出てもだめだと思ったからである。

しばらく沈黙《ちんもく》がつづいた。次郎は、つぎの言葉を催促《さいそく》するかのように、皮肉《ひにく》な眼《め》をして母の顔を見まもっていた。

お民は大きくため息をついた。そしてしばらくなにか考えていたが、

「母《かあ》さんがいいお話をしてあげるから、三人とも、よくおきき、昔、アメリカというところにね……」

と、彼女《かのじょ》は、ワシントンが少年時代にあやまって大切な木を切《き》り倒《たお》したという物語を、できるだけ感激的《かんげきてき》な言葉を使って、話しだした。それは恭一と次郎にとっては、もう決して新しい物語ではなかった。次郎は、話しっぷりは学校の先生のほうがうまいな、と思ってきいていた。

「大きくなって偉《えら》くなる人は、みんな子供の時、このとおりに正直《しょうじき》だよ。わかったかい。」

話はそれで終わった。次郎は、先生もそんなことを言ったが、たったそれっぱかしじゃなかったと思った。が、同時に、彼の頭に、ふと妙《みょう》な考えがひらめいた。

（自分でやったことをやったと言うのは、当たりまえのことじゃないか。その当たり

まえのことがそんなに偉いなら、やらないことをやったと言ったら、どうだろう。それこそもっと偉いことになりはしないかしら。)

次郎の心では、算盤《そろばん》をこわしたのは、恭一か俊三《しゅんぞう》かに違《ちが》いないとにらんでいた。その罪を自分で被《き》るのはばかばかしいことではある。しかし彼の胸には、こないだの橋の上での事件以来、一種の功名心《こうみょうしん》が芽を出している。それに、このごろ、妙に恭一が哀《あわ》れっぽく見えて、彼のためなら、罪をかぶってやってもいいような気もする。

(もし俊三だったら――)

そうも考えて見た。すると、あまりいい気持ちはしなかった。しかし、ワシントン以上の偉い行ないをしてみようという野心《やしん》も、何となく捨てかねた。それに、第一、彼は、いつまでもこうして母の前にすわらされているのに、もうしびれを切らしていたのである。で、彼は、つい、

「僕、こわしたんだい。」

と、大して緊張《きんちょう》もせずに言ってしまった。

「そうだろう。ちゃんとお母《かあ》さんにはわかっていたんだよ。」

お民の口調《くちょう》は案外《あんがい》やさしかった。

「それでどうしてこわしたんだね。」

お民は取り調べを進めた。次郎は、しかし、その返事にはこまった。実は、彼もそこまでは考えていなかったのである。

「早くおっしゃい。お祖父《じい》さんが怒《おこ》っていらっしゃるんだよ。」

お民の声は鋭《するど》くなった。しかし見たこともない算盤について、とっさに適当な返事を見いだすことは、さすがの次郎にもできないことであった。

と、いきなり次郎のほっぺたにお民の手が飛んで来た。

「やっと正直に答えたかと思うと、まだお前はかくす気なんだね。何というにえ切らない子なんだろう。……ワシントンはね、……」

お民は声をふるわせた。そして、両手で次郎の襟《えり》をつかんで、めちゃくちゃにゆすぶった。

次郎はゆすぶられながら、干《ひ》からびた眼をすえて、一心《いっしん》にお民の顔を見つめていたが、

「ほんとうは、僕こわしたんじゃないよ。」

それを聞くと、お民は絶望的な叫《さけ》び声《ごえ》をあげて、急に手を放した。そしてしばらく青い顔をして大きな息をしていたが、

「もう……もう……お前だけは私の手におえません！」

彼女の眼からは、ぽろぽろと涙《なみだ》がこぼれていた。

恭一は心配そうに母の顔を見まもった。俊三はいつもに似ずおずおずして次郎の顔ばかり見ていた。次郎はぷいと立ちあがって、一人でさっさと室を出て行ってしまった。

＊

その日は土曜で、俊亮《しゅんすけ》が帰ってくる日だった。お民と次郎は、めいめいに違った気持ちで彼の帰りを待っていた。

次郎は薪小屋《まきごや》に一人ぽつねんと腰《こし》をおろして考えこんでいた。そこへ、お糸婆《いとばあ》さんと直吉《なおきち》とが、代《か》わる代《が》わるやって来ては、お父《とう》さんのお帰りまでに、早く何もかも白状《はくじょう》したほうがいい、といったようなことをくどくどと説《と》いた。もうみんなも、次郎を算盤《そろばん》の破壊者《はかいしゃ》と決めてしまっているらしかった。

次郎は彼らに一言《ひとこと》も返事をしなかった。そして、父が帰って来て母から今日《きょう》の話を聞いたら、きっと自分でこの小屋にやって来るに違いない。その時何と言おうかと、考えていた。

（何でおれは罪をかぶる気になったんだろう。）

彼はその折りの気持ちが、さっぱりわからなくなっていた。そして、いつもの押《お》し強《づよ》さも、皮肉《ひにく》な気分もすっかり抜《ぬ》けてしまった。彼は自分で自分を哀れっぽいもののようにすら感じた。涙がひとりでに出た。――彼がこんな弱々しい感じになったのはめずらしいことである。

ふと、小屋の戸口にことことと音がした。彼は、またかと思って見向きもしなかった。だれもはいって来ない。しばらくたつと、また同じような音がする。何だか子供の足音らしい。彼は不思議に思って、そのほうに眼《め》をやった。するとなかば開いた戸口に、俊三が立っている。

（ちくしょう！）

彼は思わず心の中で叫んで、唇《くちびる》をかんだ。

しかし何だか俊三の様子が変である。右手の食指《しょくし》を口に突《つ》っこみ、ややうつ向きかげんに戸によりかかって、体をゆすぶっている。ふだん次郎の眼に映《うつ》る俊三とはまるでちがう。

次郎は一心に彼を見つめた。俊三は上眼《うわめ》をつかって、おりおり盗《ぬす》むように次郎を見たが、二人の視線が出っくわすと、彼はくるりとうしろ向きになって、戸によりかかるのだった。

かなりながい時間がたった。

そのうちに次郎は、俊三にきけば、算盤のことがきっとはっきりするにちがいない、ひょっとするとこわしたのは彼だかもしれない、と思った。

「俊《しゅん》ちゃん、何してる?」

彼はやさしくたずねてみた。

「うん……」

俊三はわけのわからぬ返事をしながら、敷居《しきい》をまたいで中にはいったが、まだ背中《せなか》を戸によせかけたままで、もじもじしている。

次郎は立ちあがって、自分から俊三のそばに行った。

「算盤《そろばん》こわしたのは俊ちゃんじゃない?」

「………」

俊三はうつ向いたまま、下駄《げた》で土間《どま》の土をこすった。

「僕、だれにも言わないから、言ってよ。」

「あのね……」

「うむ。」

「僕、こわしたの。」

次郎はしめたと思った。しかし彼は興奮《こうふん》しなかった。

「どうしてこわしたの?」

彼はいやに落ちついてたずねた。そしてさっき自分が母にたずねられたとおりのことを言っているのに気がついて、変な気がした。

「転がしてたら、石の上に落っこちたの。」

「縁側《えんがわ》から？」

「そう。」

「お祖父《じい》さんの算盤って、大きいかい？」

「ううん、このぐらい。」

俊三は両手を七、八寸《すん》の距離《きょり》にひろげてみせた。次郎は、いつのまにか、俊三が憎《にく》めなくなっていた。

「俊ちゃん。もうあっちに行っといで。僕、だれにも言わないから。」

俊三は、ほっとしたような、心配なような顔つきをして、母屋《おもや》のほうに去った。

そのあと、次郎の心には、そろそろとある不思議な力がよみがえって来た。むろん、彼に、十字架《じゅうじか》を負《お》う心構《こころがま》えができあがったというのではない。彼はまだそれほどに俊三を愛していないし、また、愛しうる道理もなかった。俊三に対して、彼が感じたものは、ただ、かすかな憐憫《れんびん》の情に過ぎなかったのである。しかし、このかすかな憐憫の情は、これまでいつも俊三と対等の地位にいた彼を、急に一段高いところに引きあげた。それが彼の心にゆとりを与《あた》えた。同時に、彼の持ち前の皮肉《ひにく》な興味が、むくむくと頭をもたげた。自分でやったことをやらないとがんばって、母を手こずらせるのもおもしろいが、やらないことをやったと言い切って、母がどんな顔をするかを見るのも愉快《ゆかい》だ、と彼は思った。いわば、冤罪者《えんざいしゃ》が、獄舎《ごくしゃ》の中で、裁判官を冷笑しながら感ずるような冷たい喜びが、彼の心の隅《すみ》で芽を出して来たのである。

彼はもうだれもこわくはなかった。父に煙管《きせる》でなぐられることを想像してみたが、それさえ大したことではないように思えた。むしろ彼は、これからの成り行きを人ごとのように眺《なが》める気にさえなった。そして、今度《こんど》母に詰問《きつもん》された場合、筋道のとおった、もっともらしい答弁をするために、彼はもう一度薪《まき》の上に腰掛《こしか》けて考えはじめた。

もうその時には日が暮《く》れかかっていた。小屋は次第《しだい》に暗くなって来た。そろそろ夕飯《ゆうはん》時《どき》である。しかし、お糸婆さんも、直吉も、それっきりやって来ない。このまま放っておかれるんではないかと思うと、さすがにいやな気がする。かといって、こちらからのこのこ出て行く気には、なおさらなれない。

(父《とう》さんはもう帰ったかしらん。帰ったとすればこの話を聞いて、どう考えているだろう。父さんまでが、もし知らん顔をして、このままいつまでも僕を放っとくとすると、

――)

次郎は、そう考えて、胸のしんに冷たいものを感じた。そして、次の瞬間《しゅんかん》には、その冷たいものが、石のように凝結《ぎょうけつ》して、彼をいよいよがんこにした。

（二日でも三日でも、僕はここにこうしているのだ。僕はちっとも困りゃしない。）

しかし、それから小半時《こはんとき》もたって、あたりが真っ暗になると、さすがに彼も辛抱《しんぼう》しきれなくなった。やはり家の様子が知りたかった。

彼はとうとう思いきって小屋を出て、そっと茶《ちゃ》の間《ま》の縁側《えんがわ》にしのび寄った。茶の間には、あかあかと灯《ひ》がともっていた。

「それで恭一にも、俊三にも、よくきいてみたのか。」

父の声である。

「いいえ、べつべつにきいてみたわけではありませんけど、……」

「それがいけない。三人いっしょだと、どうしたって次郎の歩《ぶ》が悪くなるにきまっている。」

「あなたは、まあ！　みんなで次郎に罪を押しつけたとでも思ってらっしゃるの。」

「口では押しつけなくても、心で押しつけたことになる。」

「では私、もう何も申しあげませんわ。どうせ私には、次郎を育てる力なんかありませんから。」

「そう怒《おこ》ってしまっては、話ができん。」

「怒りたくもなろうじゃありませんか。次郎が正直に白状したのまで、私が押しつけてさせたようにお取りですもの。」

「次郎は、しかし、すぐそれを取り消したんだろう？」

「それがあれの手に負《お》えないところなんですよ。」

「しかし、それがあれの正直なところなのかもしれない。」

「あなた、本気で言ってらっしゃるの。」

「本気さ。あれは強情《ごうじょう》な代わりに、いったん白状したら、めったにそれを取り消すようなことはしない子だ。それを取り消したところをみると、取り消しのほうが本当かもしれない。」

「おやおや、あなたは、あの子を人の罪までかぶるような、そんな偉《えら》い子だと思ってらっしゃるの。」

「実は、その点がおれにも少し解《げ》しかねるところなんだ。」

「それごらんなさい。」

「いったいどんなはずみで、白状したんだい？」

「それは、私、ワシントンの話を持ち出しましたの。」

「うむ。」

「そしたら急にそわそわしだしたものですから、そこをうまくたたみかけてきいてみたんですの。」

お民は、少しうわずった調子で、得意《とくい》そうに言った。

「なるほど。……うむ。……」

俊亮はしきりに考えているらしかった。しばらく沈黙《ちんもく》がつづいたあとで、お民が言った。

「ですから、本気で教えてやりさえすれば、いくらかは違《ちが》ってくると思いますけれど……」

「そうかね。……それで、あいつまだ小屋の中にいるのかい。」

「ええ、いるだろうと思いますけれど……」

「とにかくおれが行ってみる。」

俊亮の影法師《かげぼうし》が動いた。

次郎は、父におくれないように、急いで薪小屋《まきごや》にもどって、じっと息をこらしていた。

「次郎、ばかなまねはよせ。」

俊亮は小屋にはいると、いきなり提灯《ちょうちん》を彼の前にさしつけて、そう言ったが、その声はしかっているようには思えなかった。

「算盤《そろばん》のこわれたのは、どうだっていい。お祖父《じい》さんには父《とう》さんからあやまっとくから。……だが、こわしたと言ったり、こわさないと言ったりするのは卑怯《ひきょう》だぞ。」

次郎は、父に卑怯だと思われたくなかった。卑怯だと思われないためには、やはり罪をかぶるほうがいいと思った。

「僕、こわしたんだい。」

彼は、はっきりそう答えて、父の顔色をうかがった。

すると、俊亮は、提灯の灯に照らされた次郎の顔を、穴のあくほど見つめながら、

「父さんにはうそは言わないだろうな。」

次郎は何だか気味悪《きみわる》くなった。

「父さんはうそをつく子はきらいだ。……だが、まあいい、父さんはお前の言うことを信用しよう。しかし、飯《めし》も食《く》わないで、こんな所にかくれているのは、よくないぞ。さあ父さんといっしょに、あちらに行くんだ。」

次郎は、そう言われると急に涙がこみあげて来た。

「ばか！　今ごろになって泣くやつがあるか。」

次郎は、しかし、泣きやまなかった。俊亮はながいこと黙《だま》ってそれを見つめていた。

一八　菓子折《かしお》り

算盤《そろばん》事件は、とうとうだれにも本当のことがわからずじまいになった。俊亮《しゅんすけ》とお民《たみ》とは、それについて、まるで正反対の推測をして、次郎の子供らしくないのに心を痛めた。

次郎と俊三《しゅんぞう》とは、その後、口にこそ出さなかったが、顔を見合わせさえすれば、すぐ算盤のことを思《おも》い浮《う》かべるのだった。次郎の立場は、むろんそのためにいつも有利になった。

次郎は、いつかは思い切り戦ってみようと思っていた恭一《きょういち》と俊三とが、妙《みょう》なはずみから、まるで敵手《てきしゅ》でなくなってしまったので、いささか拍子《ひょうし》ぬけの気持ちだった。しかし彼は、決してそれを残念だとは思わなかった。それどころか、二人を相手に、いくらかでも仲よく遊べることは、彼の家庭における生活を、今までよりもずっと楽しいものにした。

恭一は、雑誌や、お伽噺《とぎばなし》の本などをお祖母《ばあ》さんに買ってもらって、それを読むのが好きであったが、自分の読みふるしたものを、ちょいちょい次郎に与《あた》えた。それが次郎を喜ばしたのはいうまでもない。

彼ははじめのうちは、挿画《さしえ》だけにしか興味を持たなかったが、次第《しだい》に中味にも親しむようになり、時には、恭一と二人で寝《ね》ころびながら、お互《たが》いに自分の読んだものを話しあうようなことがあった。その間に彼は、恭一のこまかな気分にふれて、いろいろのいい影響《えいきょう》をうけた。

彼と俊三との間は、それほどにしんみりしたものにはなれなかったが、庭や畑に出ると、二人はいつも仲よく遊んだ。俊三が、このごろ次郎に対して、ほとんどわがままを言わなくなったことが、いつも次郎を満足させた。そして、彼が外を飛び歩くことも、そのためにいくぶん少なくなって来た。

お民は、次郎のそうした変化を、内心喜んだ。彼女は、自分の教育の力が、やっとこのごろ次郎にも及《およ》んで来たのだと思ったのである。そこで、彼女は、この機を逸《いっ》してはならないと考えて、何かと次郎に接近しようとつとめた。これは次郎にとってはまことにうるさいことであった。しかし、このごろでは、以前ほど叱言《こごと》も言わないし、時としては、思いがけないほめ言葉をちょうだいしたりするので、次郎の母に対する感じも、いくらかずつ変わって来た。

ただ祖母に対してだけは、次郎はみじんも好感が持てなかった。彼女は、お民と違《ちが》って、よく食べ物で次郎をいじめた。お民は、その点では、三人に対してつとめて公平を保とうとした。少なくとも、三人をならべておいて、あからさまに差別待遇《さべったいぐう》をするようなことは決してなかった。ところが祖母は、そんなことは一向《いっこう》平気で、お民の留守《るす》のおりなどには、食卓《しょくたく》の上で、わざとのように差別待遇をした。

「次郎、お前、どうしてお副菜《かず》を食べないのかい。」

「食べたくないよ。」

次郎は決して、自分の皿《さら》のさかなが、兄弟《きょうだい》のだれよりも小さいからだ、とは言わない。

「おかしいね。ご飯《はん》はそんなに食べてるくせに。」

そう言われると、次郎は、それっきりご飯のお代《か》わりもしなくなる。

「おや、ご飯も、もうよしたのかい。」

「今日《きょう》は、あんまり食べたくないよ。」

「お腹《なか》でも悪いのかい。」

「…………」

次郎はちょっと返事に窮《きゅう》する。

「また、何かお気にさわったんだね。」

「そんなことないよ。」

しかし、そっぽを向いた彼の顔つきが、あきらかに彼の言葉を裏切っている。同時に、ちゃぶ台のまわりのたくさんの眼《め》が、皮肉《ひにく》に彼の横顔をのぞきこむ。

こうなると、彼は決然として室を出て行くより、しかたがないのである。

「おや、おや。」

と、うしろではあざけるような声。つづいて、

「まあ、どこまでねじけたというんだろうね。」

と、変なためいきまじりの声。

「放っときよ。ねじけるだけ、ねじけさしておくよりしかたがないさ。」

と、いかにも毒々《どくどく》しい声がきこえる。

まず、こういった調子である。

また、兄弟三人が、珍《めずら》しく仲よく遊んでいるのに、お祖母《ばあ》さんは、わざわざ恭一と俊三の二人だけを離室《はなれ》に呼んで、いろんな食べ物を与えたりすることもある。

そんな時の次郎は、実際みじめだった。彼は、しかし、食べ物を欲《ほ》しがっていると祖母に思われたくなかった。また、一人だけのけ者にされているのを気にしている、と思われるのもしゃくだった。で、彼は、つとめて平気を装《よそ》おうとして、非常に苦しんだ。

美瑛（びえい）

北海道のほぼ中央にある町で、丘陵の連なる美しい風景で知られる。『広辞苑』によれば、現在の美瑛川を「脂ぎった」と形容したアイヌ語に由来する地名という。景勝地にそぐわない名のようにも思うが、上流部の十勝岳連峰からの硫黄が川に大量に溶けこみ、水が濁っているさまを表しているらしい。荒々しい山の自然も地域の魅力の一つか。

それは、彼が負けぎらいな性質であるだけに、いっそう不愉快《ふゆかい》なことだった。いつもかろうじて自制はするものの、彼の腹の中では、まっ黒な炎《ほのお》がそのたびごとに濃《こ》くなって、いつ爆発《ばくはつ》するかわからなくなって来た。――およそ世の中のことは、慣《な》れると大てい平気になるものだが、差別待遇だけは、そう簡単には片づかない。人間は、それに慣れれば慣れるほど、表面がますます冷たくなり、そして内部がそれに比例して熱くなるものである。

ある日、次郎は、お祖母さんが小さな菓子折《かしお》りを持って離室《はなれ》にはいって行くのを見た。どこかの法事にでも行って来たらしく、紋付《もんつ》きの羽織《はおり》を引っかけていた。

次郎は、今日もまた、恭一と俊三だけがそれをもらうのだと思うと、がまんができなくなった。で、お祖母さんのすきを見て、これまでめったにはいったことのない離室に、こっそりしのびこんだ。

菓子折りは違《ちが》い棚《だな》の上にお祖父《じい》さんの算盤《そろばん》と並《なら》べてのせてあった。彼は、それをつかむと、いそいで裏の畑に出た。そこで彼は、紐《ひも》を解《と》いて中味をのぞいてみたい衝動《しょうどう》にかられたが、すぐ思いかえして、それを放りなげ、下駄《げた》で散々にふみつけた。折《お》り箱《ばこ》の隅《すみ》からは桃色《ももいろ》の羊羹《ようかん》がぬるぬるとはみだした。彼はお祖母さんの頭でもふみつけるような気がして、胸がすうっとなった。

まもなくお祖母《ばあ》さんが騒《さわ》ぎだした。むろん、みんなもそれにつづいて騒いだ。「次郎！」「次郎！」と呼ぶ声が、あちらからも、こちらからも聞こえた。しかし、次郎はもうその時には風呂《ふろ》小屋のそばの大きな銀杏《いちょう》の樹《き》の上に登って、そこから下を見おろしていた。

直吉《なおきち》のとんきょうな叫《さけ》び声《ごえ》で、みんなが畑に出て来た。ふみにじられた折り箱を囲んで、さまざまの言葉が入り乱れた。

「まあ、何ということでしょう。」

お民が青い顔をして言った。俊亮《しゅんすけ》はみんなのうしろに立って、腕組《うでぐ》みをして考えこんでいた。

「あれ、あれ、もったいもない。」

お糸婆《いとばあ》さんは、いかにももったいなさそうに、そう言って、ぺちゃんこになった折り箱を拾いあげた。

しかし、どうにも始末《しまつ》におえないとみて、お祖母さんの顔をうかがいながら、すぐまた地べたに放りなげた。

みんなはあきらめて、ぞろぞろと母屋《おもや》のほうに帰りかけた。

「おやっ。」とお祖母さんが銀杏の根元に眼《め》をやりながら叫んだ。次郎の下駄《げた》をそこに見つけたのである。次郎はしまったと思った。

「直吉、竹竿《たけざお》を持っておいで。」

お祖母さんは、次郎を見上げてものすごい顔をした。さすがに次郎もうろたえた。彼は大急ぎで木から滑《すべ》り降《お》りて、庭のほうに逃《に》げだした。

「直吉、表のほうからまわって、次郎をつかまえておくれ、俊亮も、今度《こんど》こそはしっかりしておくれよ。」

そう言って、お祖母さんは自分で次郎のあとを追いかけた。次郎はすばしこく植《う》え込《こ》みをぬけ、座敷《ざしき》の縁《えん》を上って、家の中に逃げこんだ。座敷と茶《ちゃ》の間《ま》との間は仏間《ぶつま》になっている。そこは、お灯明《とうみょう》がともっていないと、昼間でもまっ暗である。次郎は、そこに飛びこむと、平蜘蛛《ひらぐも》のように畳《たたみ》にからだを伏《ふ》せて息を殺した。

抹香《まっこう》くさい空気が、しめっぽく彼の鼻を出はいりする。

「どこに失《う》せおった。」

お祖母さんは、はあはあ息をしながら仏間へはいって来たが、すぐ、

「なむあみだぶ、なむあみだぶ。」

と、念仏《ねんぶつ》をとなえた。

次郎は、なるだけ体を小さくするために、足を引っこめたが、それがついお祖母さん

の足に引っかかった。お祖母《ばあ》さんは、枯《か》れ木《き》のように畳の上に倒《たお》れた。

「だれか来ておくれ！」

お祖母さんは、今にも息の切れそうな声で叫んだ。次郎は、その間にはね起きて、毬《まり》のように座敷をぬけると、再び庭に飛びだした。

しかし、そこには、俊亮が黙然《もくねん》と腕組みをして立っていた。次郎は、彼と眼《め》を見あわせた瞬間《しゅんかん》に、急に身動きができなくなってしまった。

「次郎、父《とう》さんについて来い。」

次郎は、おずおずと父のあとに従った。まもなく、二人は二階の暗い一室に向かいあってすわっていた。

俊亮は、しかし、すわっているだけで一言《ひとこと》も言葉を発しなかった。次郎は、はじめのうちは、もじもじと膝《ひざ》を動かしていたが、とうとうたまらなくなって泣きだした。すると俊亮もそっと自分の眼をこすった。

小《こ》一時間もたったあと、二人は二階から降りて来たが、俊亮の恐《おそ》ろしく緊張《きんちょう》した顔を見ると、お祖母さんも、お民もお互《たが》いに顔を見合わせただけで、何も言わなかった。

一九　校舎移転

学校の校舎が古くて危険だという話は、町の人たちの間に、だいぶ前から話しあっていたが、やっとこのごろになって新築工事が始まった。場所は現在の校舎から三、四町《ちょう》も離《はな》れた川端《かわばた》であった。川には欄干《らんかん》のついた大きな板橋がかかっており、そのむこうにはこんもりとしげった杉林《すぎばやし》があった。その杉林を背景《はいけい》にして、新しい柱が、何本も何本も、まっ白に光って立《た》ち並《なら》んでいくのを、子供たちは、毎日教室の窓から眺《なが》めて、胸をおどらせた。

「今度《こんど》の学校はすばらしい。」

休み時間になると、だれ言うとなく、そんなことを言いだして、彼《かれ》らはお互《たが》いに感激《かんげき》にひたるのだった。

次郎は、授業が終わると、きっと四、五人の仲間と大工《だいく》小屋《ごや》にやって来て、仕事の運びを眺めたり、木屑《きくず》を玩具《おもちゃ》にして遊んだりした。彼は自分たちの教室のことよりも、お浜《はま》たちの部屋《へや》がどの辺になるだろうかと、いつもそれを注意していた。そして何度《なんど》も大工たちにそれをきいてみるのだったが、だれもろくに返事をしてくれる者がなかった。いよいよ落成したのは、その年の暮《く》れ近くだった。次郎は、部屋という部屋を一《ひと》わたり歩いてみたが、どの部屋もがらんとしていて、校番室がどれだか、まるで見当《けんとう》がつかなかった。土間《どま》につづいた三畳敷《さんじょうじ》きの部屋が、それだろうとも思ったが、それにしては少し狭《せま》すぎた。その次に、もう一つかなりの広い畳敷《たたみじ》きがあった。しかしそれは三畳敷きとは壁《かべ》で仕切ってあり、それに床《とこ》の間《ま》がついていたりして、お浜たちの部屋にしては、少し立派《りっぱ》すぎるように思えた。

明日から冬休みが始まるという日に、三年以上の児童たちは、みんな居残《いのこ》って、旧校舎の道具を、新校舎に運びこむことになった。それは児童たちにとっては、このごろにない愉快《ゆかい》な作業だった。霜《しも》どけの田圃道《たんぼみち》を、黒板や、腰掛《こしか》けや、掃除《そうじ》道具などの行列が、かまびすしい話し声とともにつづいていた。

次郎は、腰掛けを一つと箒《ほうき》を一本だけ運んでしまったらすぐかえってもいい、と先生に言われていた。しかし、彼は、それだけでは何だか物足《ものた》りなく感じた。六年生などといっしょに、黒板か何か大きいものをかついで、もっとはしゃいでみたい気がした。で、彼は、自分の受け持ちをすましたら、校番室の道具でもいくらか手伝ってやろうと考えていた。

しかし、彼が新校舎から引き返して来て校番室にはいってみると、そこはもうがらんとしていて箒《ほうき》一本残っていなかった。そして、お浜がたった一人、気ぬけがしたように上《あ》がり框《がまち》に腰《こし》をかけて、自分の膝《ひざ》の上にほおづえをついていた。彼女《かのじょ》は次郎のはいって来るのをぼんやり見ていたが、

「次郎ちゃん、もうおすみ？」

と、力のない声で言った。

「ああ、すんだよ。これから乳母《ばあ》やのとこのを運ぶんだい。」

次郎は、そう言いながら、あらためて部屋を見まわした。

「そう？　でも、もう何もありませんのよ、ほら。」

お浜は相変《あいか》わらずほおづえをついたまま、ほんのわずかだけ首を動かして、あたりを見た。

「早いなあ、乳母やは。」

「早いでしょう。」

「今日《きょう》運んだんかい。」

「いいえ、もう昨日《きのう》から。」

「昨日からなら、早いのあたりまえだい。」

「そうね。」

「今度の学校、いいなあ。」

「ええ。いいわね。」

「乳母《ばあ》やの部屋はどこだい。僕捜《さが》したんだけれど、わかんなかったよ。」

「そう？　捜してくだすって？　でも、乳母やのいる部屋は、もうありませんのよ。」

「ない？　うそ言ってらあ。」

「本当よ。……あのねえ、次郎ちゃん、あたしたちは、もう学校の校番ではありませんの。」

「うそだい。」

「うそじゃありませんの。」

「だって、校番がいなくてもいいのかい。」

「これからは、小使《こづか》いさんだけになるんですって。」

「小使いさんだけ？　じゃ乳母やがそれをやるんかい。」

「いいえ、小使いさんは女ではいけないんですって。」

「おかしいなあ。じゃ爺《じい》さんがなったらいい。」

「爺さんも老人だから、やっぱりいけないんですって。」

「ばかにしてらあ。じゃだれがなるの。」

「今日《きょう》あちらにだれかいたでしょう。次郎ちゃん、あわなくって?」

次郎は、さっき新校舎の廊下《ろうか》を、忙《いそが》しそうに走りまわっていた背《せ》の低い、小倉服《こくらふく》を着た四十格好《かっこう》の男を思いだして、あれが小使いだなと思った。同時に、今まで楽しみにしていた新校舎が、急に呪《のろ》わしいもののように思われだした。

彼は、もう一度、古い部屋の壁《かべ》や天井《てんじょう》を見まわした。長押《なげし》の下の壁の上塗《うわぬ》りが以前からひとところ落ちていて、ちょうどうつぶせになった人間の顔の格好をしていたのが、今日はいつもより大きく見える。鼠《ねずみ》が騒《さわ》ぐたびに、よく竹の棒を突《つ》き刺《さ》していた天井の節穴《ふしあな》からは、煤《すす》ぼけた蜘蛛《くも》の巣《す》が下がっている。彼は、そうしたものを見ているうちに、以前ここに寝泊《ねと》まりしていたころのいろいろの記憶《きおく》を呼びもどして、甘《あま》えたいような、寂《さび》しいような、変な気持ちになっていた。

教室のほうからは、先生や上級の児童たちが、大声で叫《さけ》びかわしながら、がたぴしと物を動かしている音が、ひっきりなしに聞こえて来る。

「爺さんはどこにいる?」

次郎はお浜に寄りそって、腰を掛《か》けながらたずねた。

「もういませんわ。昨日皆《きのうみな》で行ってしまったの。」

次郎は、この二、三日、お鶴《つる》が学校を休んでいたことを思い出した。

「どこへ行ったんだい。」

「遠いところ、……石炭を掘《ほ》る山なの。……次郎ちゃんはそんなとこ行ったことないでしょう。」

「乳母《ばあ》やもそこに行くの？」

「ええ。……でも、……でも、ねえ次郎ちゃん、……」

お浜は急に鼻をつまらした。

「乳母やは行かなくてもいいんだい。……僕んちに来ればいいんだい。……僕、父《とう》さんに……」

次郎はそう言いかけて息《いき》ずすりした。

「次郎ちゃんは、そんなことできると考えて？　お母《かあ》さんやお祖母《ばあ》さんが、きっといけないっておっしゃるわ。」

「………」

「それに、ほら、こないだも次郎ちゃんは、お祖母さんに大変《たいへん》なことをなすったっていうじゃありませんか。」

「………」

「ですから、そんなことお父さんにお願いしても、だめですわ。……それに次郎ちゃんは、もう乳母やなんかいなくてもだいじょうぶでしょう。」

「だって、僕……」

「いけませんわ、そんな弱虫じゃあ。」

お浜は急にいつものきつい声になって、おさえつけるように言った。

「違《ちが》うよ。僕弱虫なんかじゃないよ。」

次郎は弱虫と言われて興奮《こうふん》した。彼は、このごろ恭一《きょういち》や俊三《しゅんぞう》に決して負けてなんかいないということを、お浜に話したかったが、どんなふうに話していいか、わからなかった。

「そう、弱虫なんかじゃありませんわね。ですから、乳母やも安心していますの。……でも、お祖母さんに乱暴《らんぼう》なさるのはおよしなさいね。お父さんに怒《おこ》られるといけませんから。」

「だって僕、お祖母さん大きらいだい。」

「でも、お祖母さんですもの、しかたがありませんわ。こないだのようなことをなさると、お父さんだって、黙《だま》っちゃいらっしゃらないでしょう。」

「ううん？　父さん何も言わなかったよ。」

「そう？　お母《かあ》さんは？」

「母さんも、何も言わなかったよ。」

「ほんと？」

お浜は不思議そうにたずねた。

「ほんとうさ。このごろ母さんは、僕をあまりいじめなくなったんだい。」

「そう？　それは次郎ちゃんがお利口《りこう》におなりだからでしょう。」

次郎はきまり悪そうな顔をしながら、

「こないだ絵本を買ってくれたよ。」

お浜は、つい十日ばかり前に、正木のお祖母《ばあ》さんに、

「お民《たみ》もこのごろ少し考えが変わって来たようだから、安心おし。」と言われたことを思いあわせて、いくらか明るい気持ちになった。

そして、次郎の頭をなでながら、しばらく何か考えていたが、

「では、次郎ちゃん、もうお帰りなさいね。乳母《ばあ》やはこれから、正木のお祖母さんとこにうかがって、それからじき次郎ちゃんとこに行きますわ。お母さんがいいっておっしゃったら、今夜《こんや》はいっしょに寝《ね》ましょうね。」

二人は手をつないで立ちあがった。そして、校門を出ると、言い合わせたように立ち

止まって、校舎を見上げた。

もうその時は、最後の運搬者《うんぱんしゃ》たちが引きあげたあとで、物音《ものおと》一つしない古い校舎が、黄色い夕陽《ゆうひ》の中に、さむざむとしずまりかえっていた。

二〇 旧校舎

その晩、お浜《はま》が別れを告げに来た時には、本田の一家も、さすがにしんみりとなった。ふだん彼女の顔を見るのもきらいだったお祖母《ばあ》さんまでが、みんなと調子を合わせて、十一時近くまで起きていた。そして、俊亮《しゅんすけ》やお民《たみ》が、お浜に、二、三日泊《と》まっていくようにすすめると、自分もはたから口を出して、

「次郎もかわいそうだから、ぜひそうしておくれ。」とか、

「お正月も、もう近いことだし、どうせそれまでゆっくりしたらどうだね。」

とか言って、いやにちやほやした。お浜は心の中で、

(ふふん、そのごあいさつの気持ちも、どうせ明日《あす》まではつづくまい。)

と考えながらも、さすがにいつもよりはずっと楽な気分になって、腰《こし》を落ちつけた。

そして、すすめられるままに、一晩《ひとばん》だけ、泊まっていくことにした。

次郎とお浜は、同じ蒲団《ふとん》の中にねたが、二人とも、容易《ようい》に寝《ね》つかれなかった。眠《ねむ》ったかと思うと、すぐ眼《め》をさまして、何度《なんど》も冷たい夜具《やぐ》の中で、かたく抱《だ》きあった。

しかし、翌朝次郎が眼をさました時には、お浜はもう寝床《ねどこ》の中にはいなかった。次郎ははね起きて、家じゅうを捜《さが》しまわったが、彼女の姿はどこにも見えなかった。彼は、昨夜彼女が風呂敷包《ふろしきづつ》みを持って来ていたことを思い出して、そのありかを捜してみたが、やはりそれも見つからなかった。

彼はかなりうろたえた。しかし、だれにもお浜のことをたずねてみようとはしなかった。人に秘密にしていたものを失《な》くした時のように、一人でそわそわと、家じゅうを歩きまわっていた。みんなは、彼のそうした様子《ようす》を見ながら、わざとのように口をきかなかった。

朝飯《あさめし》をすますと、彼はすぐ戸外《こがい》に飛び出して、仲間を集めた。そして、いつものように戦争ごっこを始めたが、何となく気乗りがしなかった。「進め」の号令をかけて、仲間を前進さしておきながら、自分だけは、ぽかんと道のまん中に突《つ》っ立《た》っていたりした。

「おもしろくないなあ。」

とうとう仲間の一人が不平を言いだした。

「学校に行ってみようや。」

他の一人が提議した。みんながすぐそれに賛成した。

「前へ進め！」

次郎はすぐ、彼らを二列縦隊《じゅうたい》に並《なら》べて、号令をかけた。彼はみんなの先頭にたって、今度《こんど》は非常に元気よく歩きだした。

むろん、他の子供たちは新校舎のほうに行くつもりでいた。ところが、次郎は、別れ道のところまでくると、道を左にとって、旧校舎のほうに行こうとした。

「どこへ行くんだい？」

「こっちだい。」

みんな列をくずして、がやがや言いだした。それからしばらくの間、彼らと次郎との間に論争がかわされた。彼らは、あんな破れかかった学校なんかつまらない、と言った。次郎は、あき家になった校舎の中であばれるのはおもしろい、と言った。議論は容易に決しなかった。

「僕《ぼく》一人で行かあ。」

とうとう次郎は怒《おこ》りだして、さっさと一人で旧校舎のほうに歩きだした。するとみんなもしぶしぶそのあとについた。

ところで、あき家になった校舎の中で、ぞんぶんにあばれまわることは、彼らのまったく予期《よき》しなかった新しい楽しみだった。第一、床板《ゆかいた》の反響《はんきょう》が、異様に彼らの耳を刺激《しげき》した。壁《かべ》の破《やぶ》れ目《め》に、棒を突っこんでこじ上げると、大きな壁土がくずれ落ちて、砲撃《ほうげき》の瞬間《しゅんかん》を思わせるような感じを与《あた》えるのも彼らの興奮《こうふん》の種《たね》だった。彼らは、ついに、むりやりに数枚の床板をはずして、そこを塹壕《ざんごう》になぞらえ、校庭からたくさんの小石を拾って来て、それを弾丸《だんがん》にした。小石が土壁にあたると土煙《つちけむり》がたち、板壁にあたると、からからと音をたてた。墓地《ぼち》や鎮守《ちんじゅ》の杜《もり》でやる戦争ごっことちがって、次から次へと、眼の前に惨澹《さんたん》たる破壊《はかい》のあとが現われるので、彼らはいよいよ興奮した。

次郎は、しかし、彼らが興奮すればするほど、寂《さび》しくなった。彼は、まもなく、自分の思いつきを後悔《こうかい》した。そして、仲間が石投げに夢中《むちゅう》になっている間に、一人でこっそり校番室にはいりこんで、昨日お浜が腰をおろしていたあたりに、悄然《しょうぜん》と腰をおろした。

小石はおりおり、校番室の隣《となり》の部屋《へや》にもがらがらと音をたてて、ころげて来た。そのたびに、彼は胸の底を何かで突っつかれるような痛みを感じた。

(この部屋だけは荒《あ》らさせたくない。)

彼は、急に、仲間のすべてを敵にまわして、自分一人で校番室を守ってでもいるような、悲壮《ひそう》な気分になった。

「わあっ！」

突撃《とつげき》がはじまったらしく、廊下《ろうか》を狂暴《きょうぼう》に走りまわる音がきこえた。しかし、まもなくだれかが叫《さけ》んだ。

「おい！　次郎ちゃんがいないぞ。」

「ほんとだ。どうしたんだろう。」

「戦死したんか。」

「ばかいえ。」

「弾丸《たま》を取りに行ったんだろう。」

「そうかもしれん。」

「おうい、次郎ちゃん！」

「じーろーちゃん！」

みんなが声をそろえて叫んだ。次郎は、しかし、彼らに答える代《か》わりに、そっと床下《ゆかした》にもぐりこんで、息を殺した。

かなりながい間、次郎の捜索《そうさく》が続けられた。最後に、みんながどやどやと校番室にはいって来た。

「いないや。」

「ばかにしてらあ。」

「もう次郎ちゃんなんかと遊ぶもんか。」

「そうだい。」

「けがしたんじゃないだろうな。」

「そんなことあるもんか。」

「帰ろうや、つまんない。」

「ばか言ってらあ、これから、新しい学校に行くんだい。」

「そうだ、次郎ちゃんも、もう行ってるかもしれんぞ。」

「そうかもしれん。早く行こうよ。」

「行こう。」

「行こう。」


みんなが去ったあと、次郎は、荒らされきった校舎の中を、青い顔をして、一人であちらこちらと歩きまわった。廊下にころがっている小石が、時たま彼の足さきにふれて、納骨堂《のうこつどう》で骨が触《ふ》れあうような冷たい音をたてた。壁の破れ目から、うっすらとした冬の陽《ひ》が、射《さ》したり消えたりするのもたまらなく寂しかった。

(乳母《ばあ》やは、もういない。)

彼は、ふと立ちどまって、しみじみとそう思った。とたんに、彼の眼から、ぼろぼろと涙《なみだ》がこぼれ落ちた。

二一　土台石

お浜《はま》の一家からは、その後、到着《とうちゃく》を報じたくちゃくちゃの葉書《はがき》が、年内に一通と、年が明けて十日もたったころ、次郎《じろう》にあてたお鶴《つる》の年賀状が来たきり、何の音《おと》さたもなかった。

年賀状は、まっかな朝日と、金いろの雲と、まっ青《さお》な松とを、俗っぽく刷《す》りだした絵葉書であったが、次郎は、何よりもそれを大切にして、いつも雑嚢《ざつのう》の中にしまいこんでいた。

そのうちに学年が変わって、彼《かれ》は四年に進級した。そして、新しい校舎からは、木《き》の香《か》がそろそろとうせていった。同時に、お浜たちに関するいろいろの記憶《きおく》も、次第《しだい》に彼の頭の中でぼやけはじめた。

旧校舎のあとには、ながいこと、土台石がそのままに残されていて、その白《しら》ちゃけた膚《はだ》を、雑草の中からのぞかせていた。次郎はそれを見ると、泣きたいような懐《なつか》しさを覚えた。彼は、学校の帰りなどに、仲間たちの眼《め》を忍《しの》んでは、よく一人でそこに出かけていった。

ある日彼が、例のとおり、土台石の一つに腰《こし》をおろして、お鶴から来た年賀状を雑嚢《ざつのう》から取り出し、じっとそれに見入っていると、いつのまにか、仲間たちが彼の背後《はいご》に忍びよって来た。

「次郎ちゃん、何してんだい。」

次郎は、だしぬけに声をかけられて、どぎまぎした。そして、なにか悪いものでも隠《かく》すように急いで絵葉書を雑嚢の中に押《お》しこみながら、彼らのほうにふり向いた。

「ほんとに何してんだい。」

仲間の一人が、いやにまじめな顔をして、もう一度たずねた。

「この石が動かせるかい。」

次郎はまごつきながらも、とっさにそんな照れかくしを言うことができた。そして、言ってしまうと、不思議に彼のいつものおうちゃくさがよみがえって来た。

「何だい、こんな石ぐらい。」

仲間の一人がそう言って、すぐ石に手をかけた。石は、しかし、容易《ようい》に動かなかった。

するとみんながいっしょになって、えいえいと声をかけながら、それをゆすぶり始めた。まもなく、石の周囲にわずかばかりのすき間《ま》ができて、もつれた絹糸《きぬいと》を水にひたしてたたきつけたような草の根が、まっ白に光って見えだした。

次郎は、大事なものを壊《こわ》されるような気がして、いらいらしながら、それを見ていたが、

「ばか！　みんなでやるんなら、動くの、あたりまえだい。」

と、いきなり彼らをどなりつけた。

「なあんだい、一人でやるんかい。」

みんなは手を放した。

「あたりまえだい。僕《ぼく》だって一人でやってみたんだい。」

「何くそっ。」

最初に石に手をかけた仲間が、また一人でゆすぶり始めた。が、一人ではどうしても動かなかった。

「よせやい。動くもんか。」

次郎はそう言って雑嚢を肩《かた》にかけると、さっさと一人で帰りかけた。

「ばかにしてらあ。」

仲間達《たち》は、不平そうな顔をして、しばらくそこに立っていたが、次郎がふり向いても見ないので、彼らもしかたなしに、ぞろぞろと動きだした。

だが、土台石も、夏が近まるとすっかり取《と》り払《はら》われて、敷地《しきち》はまもなく水田《すいでん》に変わった。そして今では、どこいらに校舎があったのかさえ、見当《けんとう》がつかなくなってしまっている。

お鶴からの年賀状だけは、その後も大事に雑嚢《ざつのう》の中にしまいこまれていたが、手あかがついたりするにつれて、それも次第に次郎の興味をひかなくなり、いつとはなしに、彼の雑嚢の中から影《かげ》をひそめてしまった。

お浜に関する思い出の種《たね》が、こうしてつぎつぎに消えていくことは、ある意味では、次郎の心を落ちつかせた。しかし、彼が最も親しんで来た一つの世界の完全な消滅《しょうめつ》が、彼の性格に何の影響《えいきょう》も与《あた》えないですむわけはなかった。立ち木を抜《ぬ》かれた土堤《どて》のように、彼の心は、その一角から次第に崩《くず》れだして、一つの大きな空洞《くうどう》を作ってしまった。その空洞は、わけもなく彼を寂《さび》しがらせた。そしてその寂しさをまぎらすには、もう戦争ごっこや何かでは間《ま》にあわなかった。彼は、ともすると、一人で物を考えこんだ。そして、そろそろと物をあきらめることを知るようになった。それがいっそう彼の性質を陰気《いんき》にした。

しかも彼は、こうした心の変化の最中に、不思議なほど続けざまに人間の臨終《りんじゅう》というものに出っくわしたのである。六月には正木の伯母《おば》が死んだ。九月には従兄弟《いとこ》の辰男《たつお》が死んだ。そして十一月には本田のお祖父《じい》さんが死んだ。

伯母は、昼間の明るい部屋《へや》の中で息を引きとったが、その臨終に大きく見開いた眼《め》と、その蠟細工《ろうざいく》のような皮膚《ひふ》の色とは、気味《きみ》わるく次郎の頭に焼きついた。辰男は急病で死んだため、顔の相好《そうごう》に大した変化を見せなかったが、自分と同《おな》い年《どし》で、従兄弟たちの中でも一番親しい遊び相手であったということが、次郎の感傷をそそった。しかし、彼の心に最も大きな影響を与えたのは、何と言っても、本田のお祖父さんの臨終であった。

二二　カステラ

お祖父《じい》さんは、胃癌《いがん》を病《や》んでながらく離室《はなれ》に寝《ね》ていたが、死ぬ十日ばかり前から、ぽつぽつ親類の人たちが集まって、代《か》わり番《ばん》こに徹夜《てつや》をやりはじめた。その中には、次郎がはじめて見るような人たちも五、六人いたが、とりわけ次郎の注意をひいたのは、何かというと念仏《ねんぶつ》ばかり唱《とな》える老人たちであった。お祖父さんは、そういう人たちに特別な親しみを覚えていたらしく、いつも彼らを自分の枕元《まくらもと》に引きつけて、いろいろと話をしたがった。

「もうまもなくじゃ。……明日か明後日《あさって》にはお迎《むか》えが来るじゃろう。……お別れじゃな、いよいよ。」

お祖父《じい》さんは、ある日ふとそう言って、みんなの顔を一《ひと》わたり見まわした。みんなは、顔を見合わせたきり黙《だま》っていた。するとお祖母《ばあ》さんが、

「なむあみだぶ、なむあみだぶ。」と、念仏をとなえた。

例の老人たちがすぐそれに和《わ》した。お祖父さんも、口の中でそれを唱えながら眼《め》をつぶったが、しばらくすると、また眼を開いて、

「俊亮《しゅんすけ》、きょうは家の見納めがしたい。……未練《みれん》かな。」

俊亮は、その意味がのみこめなくて、みんなの顔を見まわした。

「未練かな。」

と、お祖父さんは、もう一度そう言って、しずかに眼をとじた。

「どうなさろうというんです?」

俊亮は病人の顔をのぞきこんだ。

「戸板《といた》、……戸板をもって来い、わけはない。」

病人の眼がまたかすかに開いた。

みんなはすぐその意味がわかった。で、正月に餅《もち》を並《なら》べる時の大きな戸板が、まもなく納屋《なや》から運びこまれた。そして病人を敷蒲団《しきぶとん》ごとその上にのせると、みんなでそれをかかえて、そろそろと家じゅうをまわり歩いた。

次郎は、恭一《きょういち》や俊三《しゅんぞう》といっしょに、そのうしろについて回ったが、人数の多いわりに、いやに静粛《せいしゅく》だった。みしりみしり畳《たたみ》をふむ音と、おりおり老人たちの口からもれる念仏の声とが、陰気《いんき》な調和を保って、次郎の耳にしみた。

仏間《ぶつま》にはいると、すでに、新しい蠟燭《ろうそく》に火がともされていて、仏壇《ぶつだん》が燦爛《さんらん》と光っていた。念仏の声が急にしげくなった。次郎は、いつぞやそこでお祖母さんを転がした時のことをふと思《おも》い浮《う》かべたが、念仏の声に圧せられて、その思い出もすぐ消えてしまった。

お祖父さんは、どの部屋《へや》にはいっても、うなずくような格好《かっこう》をしてみせた。次郎は、これまで自分に大して交渉《こうしょう》のなかったお祖父さんのそうした表情を珍《めずら》しく思った。そして、それが何となくなつかしいもののようにすら思えて来た。

二階を除いて、部屋という部屋は、ほとんど一巡《いちじゅん》された。そして、再び離《はな》れの病室に落ちつくまでには、おおかた小半時《こはんとき》もかかった。

病人は疲《つか》れてすぐねむった。傾《かたむ》きかけた日が障子《しょうじ》を照らして、室内はいやに明るかった。病人が眠《ねむ》ったのを見ると、みんなはぞろぞろと部屋を出て、あとには俊亮とお祖母《ばあ》さんと次郎とだけが残った。

次郎は不思議にお祖父《じい》さんの顔から眼を放したくなかった。そのくぼんだ眼と、突《つ》き出《で》た頰骨《ほおぼね》と、一寸《いっすん》あまりも延びた黄色い顎鬚《あごひげ》とが、静かな遠いところへ彼を引っぱっていくように思えたのである。

「次郎は賢《かしこ》いね。」

お祖母さんは、病人の足をさすってやりながら言った。

次郎は、お祖母さんにこんな口をきかれると、きっとそのあとに、いやな仕事を言いつかるのを知っていたので、いつもなら、すぐ反感を抱《いだ》くところだったが、今日《きょう》は不思議に何とも感じなかった。そして、相変《あいか》わらず黙《だま》って、お祖父さんの顔ばかり見つめていた。お祖母さんも、それっきり、念仏を唱えるだけで何とも言わなかった。

すると今度《こんど》は俊亮が、

「次郎お菓子が食べたけりゃ、あそこにたくさんある。」

と、違《ちが》い棚《だな》のほうに眼をやりながら言った。そこには見舞《みまい》の菓子折《かしお》りがいくつも重ねてあった。

「もう口をあけたのが無《な》いんだよ。……今度新しいのをあけたら、恭《きょう》ちゃんや俊《しゅん》ちゃんといっしょにあげるから、がまんおし。」

お祖母さんが、はたから、ずるそうな眼をして次郎を見ながら言った。

次郎は急に不愉快《ふゆかい》になった。さっき「賢い」と言われたのまでが、皮肉《ひにく》に感じられてしかたがなかった。で、父に気を兼《か》ねながらも、ぷいと部屋を出てしまった。

彼は、すぐその足で、二階にかけ上がって、冷たい畳《たたみ》の上に寝《ね》ころんだ。

畳の上には、柿《かき》の枯《か》れ葉《は》が一枚舞《ま》いこんでいた。彼は祖母に対して、彼がこれまで感じていたのとは、ちがった反感を覚えだした。それは、今までのような乱暴《らんぼう》をしただけでは治まりのつきそうもない、いやにいんうつな反感だった。そうした反感の原因が、祖母の言葉にあったのか、それを言った時と場所とが悪かったためなのか、それとも、彼の気持ちがこのごろ沈《しず》んでいたせいなのか、それはだれにも判断ができない。とにかく、彼は、今までにない、いやな気分になって、ながいこと天井《てんじょう》を見つめていた。

部屋はいつのまにかうす暗くなって来た。

お祖父さんの顔がはっきり浮《う》かんで来る。ちっともこわくはない。つづいてお祖母さんの顔が見える。彼は思わずこぶしを握《にぎ》って、はね起きそうな姿勢になったが、すぐまたぐったりとなった。

しばらくすると、久しく思い出さなかったお浜《はま》たちの顔が、つぎつぎに浮かんで来る。

不思議なことには、お浜や、弥作爺《やさくじい》さんや、お鶴《つる》の顔よりも、まゆの太い勘作《かんさく》や、やぶにらみのお兼《かね》などのきらいな顔のほうが、はっきり思い出される。それでも彼は、遠い以前の校番室の夜のだんらんを回想して、いくぶん心が落ち着いて来た。が、それもほんのしばらくだった。足にさわる畳の冷えが、また彼を現実の世界に引きもどした。彼は自分が現在どこにいるかをはっきり意識すると、寂《さび》しさと腹だたしさとのために、じっとしてはいられなくなって、ごろごろと畳の上をころがり始めた。

(僕《ぼく》は本当にこの家の子だろうか。)

ふと、そんな疑問がわいて来た。すると、むしょうにお浜がなつかしくなって、涙《なみだ》がとめどもなく流れた。すっかり暗くなったころ、俊亮が手燭《てしょく》をともして二階に上がって来た。彼はしばらく立ったまま次郎の様子《ようす》を見ていたが、

「次郎、そんなまねはよせ。風邪《かぜ》を引くぞ。……ほら、いいものを持って来た。一人で好きなだけ食べたらさっさと降りて来るんだぞ。」

手燭を畳の上に置きながら、そう言って、何か重いものを次郎の背中《せなか》の近くにほうり出した。そして、そのまま下に降りて行ってしまった。

次郎は、動きたくなかった。しかし、知らん顔をしているのも、父にすまないような気がしたので、父が梯子段《はしごだん》を降りきった頃《ころ》に、ともかく起きあがって、父が置いていっ

たものを見た。それは新しい菓子折りだった。そっとふたをとってみると、中にはまだ三分の二ほどのカステラが残っていた。それにナイフが一本入れてあった。

次郎はむしろあっけにとられた。甘《あま》いものが箱《はこ》ごと自分の自由になるというようなことは、彼の経験の世界から、あまりにもかけ離《はな》れたことだったのである。彼は少し気味《きみ》わるくさえ感じた。そしてちょっと父の心を疑《うたぐ》ってみた。が、彼は急いでそれを打ち消した。それは、さっきの父の言葉が、いつもの快活な親しみのある調子をもって、彼の心によみがえって来たからである。

彼は急に食欲をそそられた。で、彼はすぐカステラにナイフを入れはじめた。むろんそうたくさん食べるつもりではなかった。しかし、食べているうちにやめられなくなって、何度《なんど》も何度もナイフを入れた。

そのうちに、彼は、あんまり欲ばって食べたら父に軽蔑《けいべつ》されはしないだろうか、と心配しだした。見ると残りがちょうど箱の半分ほどになっている。切り口がでこぼこで非常に体裁《ていさい》がわるい。彼はそれを直すために、もう一度うすく切りとって、それを食べた。そしてナイフを箱の隅《すみ》に入れ、ふたをした。

（やっぱり、僕は父《とう》さんの子だ。）

彼はその時しみじみとそう思った。しかしまた、彼は考えた。

（だが、どうして僕にだけ次郎なんていう名をつけたんだろう。恭ちゃんはお祖父《じい》さんの名から、俊ちゃんは父《とう》さんの名からとってつけてあるんだのに。）

もっとも、この疑問は、これまでにもたびたび彼の心に浮かんでいたことなので、少し慣《な》れっこになっていたせいか、さほどに気にはかからなかった。そして、いつとはなしに、彼は、カステラの箱をこのままここに置いたものか、それとも階下に持って行ったものかと、しきりにそのことを考えていた。

そのうちに、ふと、階下で人々のざわめく気配《けはい》がしだした。

次郎は、はっとして、カステラの箱を小脇《こわき》にかかえるなり、階段を降りて、大急ぎで離室《はなれ》のほうに行った。離室は人の頭でまっ黒だった。大ていの人は立ったまま病人を見つめていた。次郎がその間をくぐるようにして前に出た時には、ちょうど医者が注射を終わったところであった。

「だいじょうぶでしょう、ここ一、二日は。……しかし今日《きょう》のようなご無理をなすっちゃいけませんね。」

と、医者は俊亮の耳元に口をよせて、ささやくように言った。

「よほど静かにやったつもりですが、……」

「どんなに静かでも、これほどのご病人を動かしたんでは、たまりませんよ。」

まもなく医者は出て行った。みんなも安心したように、ぞろぞろとそのあとにつづいた。部屋には、家の者全部と念仏好きの老人だけが残った。

次郎は、その時まで、まだ突《つ》っ立《た》ったままでいたが、急にあたりががらんとなったので、自分もそこにすわろうとした。そのはずみに、彼は自分がカステラの箱をかかえていることに気がついて、急に狼狽《ろうばい》した。

「次郎、お前何をかかえているんだね。」

と、お民《たみ》がまずそれを見つけて言った。みんなの視線が次郎に集まった。するとお祖《ば》母《あ》さんが、

「おや、カステラの箱じゃないのかい。さっきお茶《ちゃ》の間《ま》においたのが急に見えなくなったと思ったら、まああきれた子だね。」

声はひくかったが、毒々《どくどく》しい調子だった。

「なあに、私が次郎にやったんです。……次郎、まだ残ってるなら、恭一や俊三にもわけてやれ。まさか、みんなは食《く》えなかったんだろう。」

俊亮はにこりともしないで言った。

変にそぐわない空気が部屋じゅうを支配した。次郎は箱を恭一の前に置いて、父のそばにすわった。彼の心は妙《みょう》にりきんでいた。

ながいこと沈黙《ちんもく》が続いた。そのうちに、次郎の眼は、次第に病人の顔に吸いつけられたが、まだ心のどこかでは祖母と母とを見つめていた。

＊

お祖父《じい》さんがいよいよいけなくなったのは、それから三日目の夜だった。次郎たちはもう寝ていたが、起こされてやっと臨終《りんじゅう》の間《ま》にあった。念仏の声が入り乱れている中で、彼も、鳥の羽根でお祖父さんの唇《くちびる》をしめしてやった。

「ご臨終です。」

医者の声は低かったが、みんなの耳によくとおった。次郎は、なかば開いたお祖父さんの眼をじっと見つめながら、死が何を意味するかを、子供心に考えていた。彼はその場の光景《こうけい》を恐《おそ》ろしいとも悲しいとも感じなかった。ただ、死ねば何もかも終わるんだ、ということだけが、はっきり彼の頭に理解された。

最初に声をあげて泣きだしたのは、お祖母《ばあ》さんだった。だれもかれもが、その声にさそわれて鼻をすすった。

「三日前から、もう自分の臨終を知って、家の中まで見回るなんて、何という落ちついた仏様《ほとけさま》でしょう。」

お祖母さんは、声をふるわせながら、そう言って、仏の瞼《まぶた》をさすった。

「ほんとうに。」

「ほんとうに。」

お祖母さんに相《あい》づちをうつ声が、そこここから聞こえた。そして、また一《ひと》しきり念仏の声が室内に流れた。

次郎は、しかし、やはり悲しい気分にはなれなかった。

(お祖母さんは、きっとまたそのうちにカステラのことを思い出すだろう。)

彼はそんなことを考えていた。しかしそれは決して、お祖母さんに対する皮肉《ひにく》や何かではなかった。「死ねば何もかも終わる」という彼の考えが、「死ななければ何一つおしまいにはならない」という考えに移っていったまでのことだったのである。

二三　蝗《いなご》の首

由夫《よしお》と竜一《りゅういち》とは、学用品を入れた雑嚢《ざつのう》を道にほうり出して、蝗の首取り競争をはじめている。蝗を捕《つか》まえては、それを着物の襟《えり》にかみつかせて、急に胴《どう》を引っぱると、首だけがすぽりと抜《ぬ》けて襟に残る。それはいかにも残酷《ざんこく》な遊びなのである。

「僕《ぼく》、もう五匹《ひき》だぜ。」

と、由夫がにやにやしながら言う。

「僕だって、すぐ五匹だい。」

竜一は額《ひたい》に汗《あせ》をにじませて、少しあせっている。

「早く十匹になったほうが勝ちだぜ。」

「うむ。よし。」

「僕が勝ったら、何をくれる?」

「ナイフをやらあ。」

「じゃ、僕負けたら色鉛筆《いろえんぴつ》をやる。」

「ようし、……ほら五匹。……あっ、ちくしょう、またはずしちゃった。こいつ、うまくかみつかないなあ。」

竜一はそう言って、握《にぎ》っていた蝗《いなご》を気短かに地べたに投げつけた。

「ほら、僕、もう六匹だぜ。」

と、由夫はますます落ちついている。

「くそ! 負けるもんか。」

竜一は顔をまっかにして新しく蝗をつかまえにかかった。

由夫は村長の次男坊《じなんぼう》、竜一は医者の末っ子である。隣同士《となりどうし》なせいで、よくいっしょになって遊びはするが、両家の間に変な競争意識があって、それが自然二人にも影響《えいきょう》しているためなのか、心からは親しんでいない。性格から言っても、竜一は単純で、無器用《ぶきよう》で、よくおだてにのる子であるのに、由夫は、ませた、小知恵《こぢえ》のきく子で、どうかすると、遠まわしに竜一の親たちの陰口《かげぐち》をきいたりする。賭事《かけごと》ではむろん由夫がうわ手《て》である。今日《きょう》も、彼《かれ》は、竜一をうまくおだてて、蝗の首取り競争を始めたところなのである。

そこへ次郎が、ぼとぼとと草履《ぞうり》を引きずりながら通りかかった。彼はこの頃《ごろ》、仲間たちとあまり遊ばない。学校の帰りにも大ていは一人である。

「おい、次郎ちゃん、見ててくれ、僕、勝ってみせるから。」

と、由夫が彼を呼びとめた。

次郎は、これまで自分にも経験のある遊びではあったが、首だけになった蝗が、いくつもいくつも、二人の着物の襟にくっついているのを見ると、あまりいい気持ちはしなかった。生き物の命を取ることが、このごろの彼の気持ちに、何となくぴったりしなくなっていたのである。

彼は、しかし立ちどまって、しばらく二人の様子《ようす》を眺《なが》めていた。

竜一は、次郎に見られていると思うと、いよいよあせって、無理に蝗《いなご》を襟《えり》におしつけた。蝗は、しかし、そのためにかえってかみつかない。

「竜《りゅう》ちゃん、僕、もう八匹だぜ。」と、由夫は、横目で次郎を見ながら言う。

次郎はふだんからきらいな由夫が、いやに落ちついて、竜一をじらしているのを見ると、むかむかしだした。

「竜ちゃん、よせ、そんなこと、つまらないや。」

彼は由夫の計画をぶちこわしにかかった。

「いやだい、もうすぐ追いつくんだい。」

竜一は、しかし、かえってむきになるだけだった。

「よしたら、竜ちゃんが負けだぞ。」

由夫はずるそうに念《ねん》を押《お》した。彼はもうその時、九匹目をかみつかせていたのである。

「そら、九匹。……もうあと二匹だい。」

そう言って、彼は蝗の胴を引っぱった。胴はすぐちぎれた。そしてあとには、寒天《かんてん》のような白い肉がぽっちりと陽《ひ》に光って、青い首の下に垂れさがっていた。

とたんに、次郎の心はしいんとなった。彼は、ふと亡《な》くなったお祖父《じい》さんの顔を思い出したのである。しかし、それもほんの一瞬《いっしゅん》であった。次の瞬間《しゅんかん》には、彼はもう由夫の胸に猛然《もうぜん》と飛びついて、蝗の首を残らずはらい落としてしまっていた。

「ばかやろう、何をしやがるんだい。」

由夫はよろめきながらこぶしを握って振《ふ》り上《あ》げた。しかし、その姿勢はむしろ守勢的で、眼《め》だけが鼬《いたち》のように光っていた。

「竜ちゃん、帰ろう。」

次郎は、平気な顔をして竜一のほうを向いて言った。

竜一は、まだその時まで、蝗を一匹手に握ったまま、ぽかんとして二人を見ていたが、次郎にそう言われると、すぐそれをなげすてて、

「僕んところに遊びに行く?」

「うむ、行くよ。」

二人はすぐあるきだした。あるきながら、竜一は、自分の胸にくっついている蝗の首をはらい落とした。

「覚えてろ!　竜ちゃんも覚えてろ!」

由夫は無念《むねん》そうに二人を見送りながら、何度《なんど》も叫《さけ》んだ。

二四　乱《らん》闘《とう》

ひえびえと薬の匂《にお》いのする薬局《やっきょく》の廊下《ろうか》をとおって、つきあたりの土蔵《どぞう》の階段を上がると、そこが子供部屋《べや》になっている。一方の壁《かべ》には何段にも棚《たな》が取りつけてあって、絵本や、玩具《おもちゃ》が、いっぱいのせてある。すこし暗いが、わりに涼《すず》しい。

次郎は竜一《りゅういち》とよくこの部屋《へや》で遊ぶ。このごろ彼の遊び相手は、ほとんど竜一だけだと言ってもいいくらいだが、それは竜一に親しみがあるからというよりも、むしろこの部屋が好きだからである。戸外《こがい》での乱暴《らんぼう》な遊びの代《か》わりに、本を読んだり、絵を描《か》いたりすることに興味を覚えだした彼にとっては、この部屋が一番しっくりする。いろいろのおもしろい本が読めるうえに、何となく自由で、心が落ちつけるのである。それに、竜一の姉の春子――去年女学校を出て、看護婦がわりに父の手助けをしている――が、おりおりこの部屋にやって来て、二人の相手になってくれるのが、何よりうれしい。春子を見ると、彼は、いつも、自分にもこんな姉があればいいな、と思うのである。

二人は部屋にはいると、すぐ、棚からめいめいに好きなものを引きずり出して遊びはじめた。

竜一は少しあきっぽい性質で、一つの遊びをそうながく続けようとはしない。次郎もこの部屋でだけは、大てい竜一の言いなりになって遊ぶのである。で、まもなく、部屋いっぱいに、いろんなものが散らかった。

「まあ、やっと今朝《けさ》きれいにしてあげたばかりだのに。」

と、梯子段《はしごだん》から、春子が白いふっくらした顔を出した。

「姉《ねえ》ちゃん、今日《きょう》、おやつない？」

竜一は姉の顔を見ると、すぐにたべ物をねだった。

「おやつなんか、あるもんですか、こんなに散らかして。」

春子は眉《まゆ》を八の字によせて竜一をにらんだが、本気で怒《おこ》っているようなふうには、ちっとも見えなかった。

次郎は、こんなふうに姉にしかられている竜一が、うらやましかった。

「ぶつよ、おやつ持ってこなきゃあ。」

竜一は、絵本をぐるぐると巻《ま》いて、振《ふ》り上《あ》げた。

「姉ちゃんをぶったりしたら、次郎ちゃんに笑われるわよ。……さあ、お部屋をもっときれいになさい。そしたら、おやつあげるわ。」

春子はそう言って、自分で散らかったものを片づけはじめた。

次郎は、すぐにもそれを手伝いたかった。しかし何だかきまりが悪くて、なかば腰《こし》を上げたまま、竜一の顔ばかりを見ていた。

「次郎ちゃんはいい子ね。手伝ってくださるでしょう?」

春子にそう言われると、次郎は、もうぐずぐずしてはおれなくなった。彼はいそいそと、玩具やら、春子が重ねてくれた絵本やらを、棚に運んだ。部屋はまもなくきれいに片づいた。

「ありがと、次郎ちゃん。では、いいものをあげましょうね、おすわり。」

春子は、ハンカチで口のまわりの汗《あせ》をふきふき、部屋のまん中にぺったりすわった。

「なあに、姉ちゃん。」と、それまでぶっちょうづらをして突《つ》っ立《た》っていた竜一が、春子にしなだれかかって、その白い頸《くび》に手をかけた。

「まあ、暑いわよ。いやね。竜《りゅう》ちゃんは。お手伝いもしないで。」

春子は、口ではいじわるくしかりながら、すぐ袂《たもと》に手をつっこんで、小さな紙の袋《ふくろ》を出した。袋には、飴玉《あめだま》が十ばかりはいっていた。三人は、一つずつそれを口にほうりこんで、しばらく黙《だま》りこんだ。

窓先の青桐《あおぎり》に日がかげって、家の中がいやに静かである。次郎は、まもなく帰らなければならない、と思うと、急に物寂《ものさび》しい気分になった。

「次郎ちゃんは、今日《きょう》、由ちゃんとどうかしたんじゃない？」

ふいに春子がまじめな顔をして、二人の顔を見くらべた。

「ううん、何でもないさ。」

と、竜一が飴玉を口の中でころがしながら答えた。次郎は黙っていた。

「でも、さっきから少し変なのよ。」

「どうして？」

「竹ちゃんや、鉄ちゃんが、何度《なんど》も裏口からのぞいて、次郎ちゃんはまだいるかってきくの。何でも、由ちゃんが次郎ちゃんの帰りを待ってて、いじめるんだってさ。」

「由ちゃんなんか、何だい。僕《ぼく》、あべこべにいじめてやるよ。」

次郎は急に立ちあがった。飴玉は、まだ彼の口の中で半分ほども溶《と》けていなかったが、彼はそれをがりがりとかみくだいた。

「およしよ。由ちゃんはずるいから、お友だちを何人もかたらっているらしいのよ。」

「卑怯《ひきょう》だなあ。僕、負けるもんか。」

「そうだい。次郎ちゃんは強いんだい。僕、見に行ってやらあ。」

竜一までが立ちあがった。

「およしったら、けんかなんかつまらないわ。……次郎ちゃん、ゆっくりしておいで。竜ちゃんといっしょに、夕飯《ゆうはん》をご馳走《ちそう》してあげるわ。」

次郎はまだこの家でご飯をよばれたことがなかった。子供にとって他人の家の食事というものは、大きな魅力《みりょく》をもっているものだが、とりわけ次郎にとっては、そうであった。彼のいきりたった気分が、春子にそう言われて、急にやわらぎかけた。しかし、すぐすわりこむのも何だか恥《は》ずかしかったので、彼は立ったままもじもじしていた。

「ね、いいでしょう、お母《かあ》さんにおねがいしとくわ。」

「次郎ちゃん、ご飯たべていけよ。由ちゃんをなぐるのは明日《あす》でもいいや。」

竜一も、友だちを自分の家の食卓《しょくたく》に迎《むか》える楽しさに胸をおどらせながら、次郎の手を引っぱった。

「明日になれば、由ちゃんだって、もうけんかなんかしたくなくなるわ。だから、今日《きょう》は外に出ないことよ。なんなら泊《と》まっていってもいいわ。」

次郎は由夫《よしお》のことなんか、もうどうでもいいような気になって、すっかり落ちついてしまった。

夕飯は、茶《ちゃ》の間《ま》の涼しい広縁《ひろえん》で、おおぜいといっしょだった。漆塗《うるしぬ》りの餉台《ちゃぶだい》がばかに広くて、鏡のように光っているのが、まず次郎の眼《め》についた。金縁《きんぶち》の眼鏡《めがね》をかけた竜一の父が、ちょうど彼のまうしろに、一人だけの膳《ぜん》についていたが、次郎は、たえず背中《せなか》をみつめられているような気がして、窮屈《きゅうくつ》だった。しかし、春子が何かと気をくばって彼の世話をやいてくれるのが、たまらなくうれしかった。彼は、正木の家でのように、自由にたらふく食《く》うことはできなかったが、何かしら、これまでに知らなかった食卓のうるおいというものを、子供心に感ずることができた。

夕食を終えると、竜一と次郎とは、裸《はだか》になって、庭に出してある縁台《えんだい》の上で、腕押《うでお》しをはじめた。腕押しでは、竜一は次郎の敵ではなかった。次郎は一度くらい負けてやってもいいと思ったが、竜一のほうがすぐやめてしまった。竜一は別に残念そうでもなかった。そして、

「一番星見つけた。」

と、だしぬけに、西の空を指して叫《さけ》んだ。そこには金星があざやかに光っていた。

それから二人は、縁台にあおむけに寝転《ねころ》んで、じっと大空に見入った。そして新しい星を見つけるたびに、やんやとはしゃいだ。次郎はそのあいだにも、春子が早くやって来ればいいのに、と思っていた。

空が螺鈿《らでん》をちりばめたようになったころ、やっと春子がやって来た。次郎は、彼女が縁台に腰をかけた時、ほのかに化粧《けしょう》の匂《にお》いが闇《やみ》を伝わって来るのを感じた。

「蚊《か》がつくわ。」

そう言って、彼女は、持っていた団扇《うちわ》で二人をあおいだ。次郎は、ねていては悪いような気がして、斜《なな》めにからだを起こした。

「次郎ちゃん、帰りたくなったら、だれか送って行ってあげるわ。」

次郎は、春子が、来るとすぐそんなことを言いだしたので、がっかりした。しかし、帰りたくないとは言いかねて、黙《だま》って縁台をおりた。

「それとも泊まって行く？　お母《かあ》さんにしかられやしない？」

「僕帰るよ。」

次郎はそう答えるよりほかなかった。

「じゃ、だれかに送らせるわ。」

春子は、次郎の予期《よき》に反して、あっさりとしていた。

「一人でいいんだい。」

「いけないわ、由ちゃんの仲間が、まだそこいらに見張っているかもしれないのよ。あの子はしつっこいから。」

「僕、負けはしないよ。」

「勝ったって、負けたって、けんかする人、大きらいだわ。」

「大きらい」という言葉が、次郎の頭に強く響《ひび》いた。しかし、送ってもらって、由夫に卑怯《ひきょう》だと思われるのもいやだった。

「次郎ちゃん、泊《と》まっていけよ。」

竜一が起きあがって言った。次郎は春子の顔をうかがいながら、黙って立っていた。

「でも、お母さんにしかられやしない。」

春子は念《ねん》を押した。

「しかられはしないけど。……」

次郎は竜一がもっと何とか言ってくれるのを期待しながら、あいまいな返事をした。

ちょうどその時だった。二、三間《げん》先の庭の生籬《いけがき》が、だしぬけにざわざわと音をたてて揺《ゆ》れだした。だれか外のほうから揺すぶったらしい。

三人はいっせいにそのほうに眼をやった。

「だあれ?」

春子が声をかけた。しかし、それっきりしんとして物音《ものおと》がしない。

「犬かしら。」

彼女は立ちあがって、二、三歩生籬に近づきながらつぶやいた。

「人間だよ。」

生籬《いけがき》の外からおどけたような子供の声が聞こえた。つづいて四、五人の子供が、わざとらしく高笑いした。

そのあと、急に生籬の外がそうぞうしくなった。

「里《さと》っ子《こ》、ちびっ子、よういよい。ちびっ子、じろっ子、よういよい。」

この辺の盆踊《ぼんおど》りの節《ふし》をまねて、そううたいながら、子供たちは生籬の外で足拍子《あしびょうし》を踏《ふ》んだ。

「まあにくらしい。……次郎ちゃん、がまんするのよ。」

春子は、生籬のほうを向いたまま、右手をうしろのほうで振《ふ》って、次郎をなだめるような格好《かっこう》をした。が、もうその時には、次郎は縁台の近くにはいなかった。彼は裸のまま、いつのまにか門のほうへ回って、子供たちの群《むれ》におそいかかっていたのである。

生籬の外では、たちまち大乱闘《だいらんとう》が始まった。

「わあっ。」

という子供の悲鳴。棒切れのふれ合う音。折り重なった黒い人影《ひとかげ》。

「だれか早く来て!」

春子は金切《かなき》り声《ごえ》をあげた。

竜一の家の人たちが飛び出して、みんなをとりしずめた時には、次郎は四、五人の子供たちによって、さんざん棒切れでなぐられているところだった。しかし、不思議にも、悲鳴をあげていたのは彼ではなかった。彼は自分のからだの下に、しっかりと一人の子供をおさえつけて、そのほっぺたを、両手でがむしゃらにつかんでいたのである。一人の子供というのは、いうまでもなく由夫であった。由夫の顔は、次郎の爪《つめ》で、さんざんに引っかかれていた。

しかし次郎の傷はいっそうひどかった。彼の裸の体は、ほうぼう紫色《むらさきいろ》にはれあがっていた。ことに後頭部にはかなり大きな裂傷《れっしょう》があって、血が背中や胸にいくすじも流れていた。彼が明るい電灯《でんとう》の下に、歯をくいしばった姿を表わした時には、春子をはじめ、みんなが顔色をまっ青《さお》にしたほどだった。

傷は竜一の父に二針《ふたはり》ほど縫《ぬ》ってもらった。春子は繃帯《ほうたい》をかけてやりながら、なかば独《ひと》り言《ごと》のように言った。

「私、お母《かあ》さんにすまないわ。傷が治るまで次郎ちゃんをおあずかりしようかしら。」

次郎はそれを聞くと、眼《め》を輝《かがや》かした。しかし、まだ繃帯を結び終わらぬうちに、廊下にあわただしい足音がして、母のお民《たみ》が診察室《しんさつしつ》に顔を現わした。そして次郎はまもなくつれて行かれた。

二五　姉《ねえ》ちゃん

次郎の頭に巻《ま》かれた繃帯《ほうたい》は、学校じゅうの注目の焦点《しょうてん》になった。だれもそれを彼《かれ》の敗《はい》北《ぼく》のしるしだと思う者はなかった。このごろ少し落ち目になっていた彼の勇名《ゆうめい》は、そのため完全に復活した。上級の子供たちまでが、学校の行き帰りに、彼に媚《こ》びるようなふうがあった。由夫《よしお》とその仲間たちは、いつもびくびくして彼を避《さ》けることに苦心した。次郎は、しかし、みんなのそうした様子《ようす》には、まるで無頓着《むとんちゃく》なような顔をしていた。彼はともすると、むっつりして、ひとりで何か考えこんだ。それが子供たちをいっそう気味悪《きみわる》がらせた。

「打ちどころが悪ければ、死ぬところだったね。」

彼は、事件のあとで、いろんな人にそう言われたのを、おりおり思い出す。しかし彼は、そう聞いても、死ぬのがこわいという気にはちっともなれない。生籬《いけがき》の根もとに、血まみれになってぐったりと倒《たお》れている自分の姿を想像してみても、さして痛切な感じが起こるのでもない。死ぬなんて何でもないことだ、というような気がする。

だが、彼は、自分の死骸《しがい》を想像すると同時に、きっとその死骸を取り巻いている多くの人々を想像する。すると、彼の心は決して平静であることができない。それは、そのなかに、父や、母や、祖母や、春子などの顔が、さまざまのちがった表情をして現われて来るからである。祖母の顔を想像すると、彼は、何くそ、死ぬものか、という気になる。父や春子の顔を想像すると、哀《あわ》れっぽい甘《あま》い感じになって、死ぬことを幸福だとさえ思う。

（ところで、母《かあ》さんはどんな顔をするだろう。）

彼はいつも、一所懸命《いっしょけんめい》で母の表情を想像してみるのだが、どういうものか、ほかの人たちの顔ほど、はっきり浮《う》かんで来ない。そして、時とすると、母の顔が、ひょいとお浜《はま》の顔に変わったりする。むろんそれは非常にぼやけている。しかしお浜の顔が浮かんでくると、しみじみと死んではならないという気になる。そして、想像の世界から急に現実の自分にかえって、お浜の思い出にふけるのである。

だが、お浜の記憶《きおく》は、もう何といってもうっすらとしている。そして寂《さび》しい。そんな時に、彼の心を明るいところにつれもどしてくれるのは、いつも竜一《りゅういち》である。竜一は、別に次郎の気持ちを知っているわけではなく、むろん自分で彼をどうしようというのでもないが、学校の休み時間などに次郎が一人でいるのを見つけると、すぐそばに寄って来る。すると次郎はすぐ、春子に繃帯《ほうたい》を取りかえてもらう時の喜びをひとりでに思い出して、明るい気分になるのである。

その繃帯も、しかし、十日ほどで必要がなくなった。春子は、その日絆創膏《ばんそうこう》をはりながら、いかにもうれしそうに言った。

「やっと、さばさばしたわね。暑苦しかったでしょう。……もうこれからあんなばかなまねはしないことよ。」

しかし、次郎は、たった一つの楽しみをもぎとられたような気がして、変に寂しかった。

「姉《ねえ》ちゃん。」

と、はたでつけかえを見ていた竜一が言った。

「学校では、みんなが次郎ちゃんをこわがるんだよ。僕《ぼく》、次郎ちゃんと仲がいいもんだから、僕までいばれらあ。」

「まあ、いやな竜《りゅう》ちゃん。」

春子は吹《ふ》きだしそうな顔をして、そう言ったが、急にまじめになって、

「次郎ちゃんは、お友だちにこわがられるのがお好き？」

次郎は、春子に真正面からそう問われて、うろたえた。そして、つまらないことを言

いだした竜一を、心のうちでうらんだ。

「竜ちゃん、うそ言ってらあ、だれもこわがってなんか、いやしないじゃないか。」

彼はむきになって打ち消しにかかった。

「うそなもんか。ほら、昨日《きのう》だって、次郎ちゃんが行くと、みんな鬼《おに》ごっこをやめて、逃《に》げちゃったじゃないか。」

「いけないわ、そんなじゃあ。」

と、春子は、絆創膏をはり終わって、じっと次郎の顔を斜《なな》めうしろから見おろした。

次郎は何とか弁解《べんかい》しようと思ったが、どう言っていいのかわからなくて、椅子《いす》にかけたままもじもじしていた。すると、いきなり春子の手が、うしろから彼の肩《かた》をつかんだ。

「次郎ちゃん、お願いだからいい子になってね。いいでしょう、ね、ね。」

春子の頰《ほお》が息づまるように、次郎の頰にせまって来た。次郎は柔《やわ》らかな光の渦《うず》に巻きこまれるような気がして、ぼうっとなった。そして、うれしいとも悲しいともつかぬ涙《なみだ》が、ぽたぽたと彼の膝《ひざ》に落ちた。

「乳母《ばあ》やさんが聞いたら、どんなに心配するかしれないわ。」

春子の声が、彼の耳もとでふるえるようにささやいた。

次郎は、それを聞くと、いきなり椅子からすべって、春子に抱《だ》きついた。

「僕、悪かったよ、僕……僕……」

彼は、顔を春子の胸にうずめて、泣き声をおさえた。春子は次郎の頭をなでながら、

「そう？　わかってくれて？　じゃもういいわ。」

「なあんだ、つまらないなあ。姉ちゃん生意気《なまいき》だい、次郎ちゃんをしかったりするんだもの。」

と、竜一は口をとがらしながら、それでも何だか訳《わけ》がわからなそうな顔をして、立っていた。

「そうね、ほんとに悪かったわね。……じゃ、二人でお二階へ行ってらっしゃい。いいものあげるから。」

竜一はすぐ次郎の手を引っぱった。次郎は一方の手で涙を押《お》さえながら、まるで、ずっと年上の人にでも手を引かれているかのように、竜一のあとについて、二階に行った。

＊

傷が治ってからも、彼は毎日のように竜一の家に遊びに行った。

そのうちに、次郎は竜一にならって、春子を「姉ちゃん」と呼ぶようになってしまった。最初にそう呼ぶ機会をとらえるためには、次郎はひとかたならぬ苦心をした。三人

で何か取り合いっこをして、大はしゃぎにはしゃいでいる最中、竜一が、

「姉ちゃん、いけないや。」

と言ったのを、そのまま自分もまねてみたのが始まりだった。まねてみて、次郎は顔をまっかにした。しかし、春子も竜一も、まるで気がつかなかったふうだったので、彼は勇気を得、それから盛《さか》んに、「姉ちゃん」を連発した。そして、その日は、とうとう二人にそれを気づかれずにすんでしまった。

「あら、いつから次郎ちゃんは、あたしを姉ちゃんって呼ぶようになったの。」

そう言って、春子が不思議がったのは、それからずいぶんたってからのことであった。

二六　没《ぼっ》落《らく》

「あなた、どうなさるおつもり？　恭一《きょういち》も、せっかくああして中学校にはいる準備《じゅんび》をしていますのに。」

「中学校ぐらい、どうにかなるさ。」

「どうにかなるとおっしゃったって、四里《り》もある道を通学させるわけにはいきません

わ。どうせ寄宿舎《きしゅくしゃ》とか下宿とかいうことになるんでしょう？」

「そりゃ、そうさ。」

「そうなれば、今のままでは、とてもやっていけませんわ。いよいよ土地が売れたら、小作米《こさくまい》だって、ぐっと減《へ》るでしょう？」

「減るどころじゃない。まったくなくなるさ。」

「まったく？　じゃ残らず売っておしまいになりますの？」

「五段《たん》や六段残したってしようがないし、先方《せんぽう》でも、できるだけまとまったほうがいいって言うからね。」

「まあ！　それでは仏様《ほとけさま》に対して申しわけありませんわ。」

「そりゃおれも申しわけないと思ってる。しかし、こうなればしかたがないさ。」

「しかたがないではすみませんわ。……あたし、正木の父に相談してみましょうかしら。」

「ばか言え。……おれの不始末《ふしまつ》は、おれが何とかする。」

「だって、一粒《ひとつぶ》の飯米《はんまい》もはいらなくて、これからどうなさるおつもりですの。」

「食《く》うだけは、おれの俸給《ほうきゅう》で、当分《とうぶん》何とかなるだろう。」

「俸給ですって！　これまでろくに見せてもくださらなかったくせに。」

「これからは、みんなお前に渡《わた》すよ。」

「みんなって、いかほどですの。」

「お前、主人の俸給も知らないのか。」

「そりゃ存じませんわ。これまで何度《なんど》おたずねしても、俸給なんかどうでもいいじゃないかって、いつも相手にしてくださらなかったんですもの。」

「そうだったかな。しかし、これからは、大いに俸給を当てにしてもらうことにするよ。」

「すると、いかほどですの?」

「だいたい、米代ぐらいはあるだろう。」

「はっきりおっしゃってくだすっても、いいじゃありませんか。あたし、これからの心組《こころぐ》みもあるんですから。」

「そう心組みにするほどのものではないよ。……そのうち俸給袋《ほうきゅうぶくろ》を見ればわかる。」

「まあ! 心細いこと。とにかく、恭一の学費までは出せませんわね。」

「そりゃむろん出ない。しかし土地を全部売ると、いくらか浮《う》きが出るはずだから、当分のところ何とかなるだろう。」

「そのあとは、どうなさるおつもり?」

「町に出て、小店《こみせ》でも出そうかと思っている。」

「えっ？」

「何だ、変な顔をするじゃないか。」

「だって……だって……あたしは、とてもそんなことできませんわ。それに、正木の父が聞いたら、何と思うでしょう。」

「しかたがないと思うだろう。」

「あなた！」

「なんだ。」

「子供たちの行《ゆ》く末《すえ》も、ちっとはお考えくださいまし、ごしょうですから。」

「考えているから、商売でもやろうと言ってるんじゃないか。」

「商売なんて、そんな……」

「商売が子供たちのためにならない、とでも言うのかい。」

「知れてるじゃありませんか。……子供たちは、石にかじりついても、学問で身をたてさせたいと思っていますのに。」

「だから、商売でもうけて、大学へでもどこへでも、はいれるようにしたらいいじゃないか。」

「人間は、卑《いや》しくなってしまっては、学問も何もあったものではありませんわ。」

「なあるほど、お前はそんなふうに考えていたのか。……だが、もうそんな時代おくれの考え方はよしたほうがいいぜ。これからの世のなかは、まかり間違《まちが》えば、子供を丁《でっ》稚奉公《ちぼうこう》にでも出すぐらいの考えでいなくちゃあ……」

「まあなさけない！」

「大学を出たって、丁稚奉公をしないとは限らないんだ。」

「まさか、そんなことが……」

「あるとも、だが、今のお前の頭じゃ、何を言ったってわかるまい。」

「…………」お民《たみ》は横を向いた。

「おこるのはよせ。大事な場合だ。……とにかく、商売でもやるよりしかたがなくなったんだから、その覚悟《かくご》でいてくれ。」

「…………」

「不賛成か。困ったな。……だが、実をいうと、もう何もかも、そのつもりで運んでいるんだがな。」

「すると、この家も引きはらって、町に引っ越すんですか。」

「そうだ。いずれ家も売る事にしているんだから。」

「えっ！」

「実は、家だけはそうもなるまいと考えてたんだが、商売をやるとなると、その資本がいるんでね。」

「あなた、だいじょうぶ？　やけくそにおなりになったんではありません？」

「そうでもないさ。」

「それで、お母《かあ》さんには、もうお話しなすったの。」

「いいや、まだ話さん。お母さんはどうせ反対するだろうからな。」

「あたし、何だかこわくなりましたわ。」

「実はおれも少しこわい。しかし、このままでこの村にいたんでは、どうにもならんからな。」

俊亮《しゅんすけ》とお民とは、子供たちが寝床《ねどこ》につくのを待って、ひそひそとそんな話をはじめた。寝間《ねま》はすぐ次の部屋《へや》だったが、次郎《じろう》はまだ寝ついていなかったので、ついそれを聞いてしまった。そして、父が太《ふと》っ腹《ぱら》すぎて困るとか、お祖父《じい》さんが死んだら、あとが大変《たいへん》だとか、そういった話を、これまでにちょいちょい耳にはさんでいたので、彼はそれと結びつけて、今夜《こんや》の二人の話をおぼろげながら理解した。

彼は、しかし、父が商売人になるのを、大して悪いことだとは思わなかった。そして、この村の荒物屋《あらものや》や、薬屋などの様子《ようす》を思い浮かべて、頭の中で、自分をそれらの店の小僧《こぞう》に仕立ててみたりした。朝から晩まで父といっしょに働ける、――そう考えると、彼はむしろうれしいような気にさえなった。

だが、彼の眼《め》には、まもなく竜一《りゅういち》と春子の姿がちらつきだした。

（町に行ってしまうと、もうめったに二人にはあえない。）

そう思うと、彼はめいるように寂《さび》しかった。――父といっしょに働くほうがいいのか、毎日竜一の家で遊ぶほうがいいのか。――彼はそんなことを考えて、俊亮とお民が寝たあとでも、ながいことねむれなかった。

二七　長持ち

俊亮《しゅんすけ》は、それ以来、土曜日曜にかけて帰って来るごとに、必ず一度は二階に上がって、簞笥《たんす》や長持ちの中をのぞいた。そして、いつもその中から、刀剣類《とうけんるい》や、軸物《じくもの》や、小箱《こばこ》などを、いくつかずつ取り出して風呂敷《ふろしき》に包んだ。

次郎には、それが何を意味するかが、すぐわかった。彼《かれ》は、そんな時には、いつもそ知らぬ顔をして俊亮のそばにくっついていた。次郎にくっついていられることは、俊亮にとっては、少なからず迷惑《めいわく》であった。しかし、彼は強《し》いて次郎を追いはらおうとはしなかった。だんだんたび重なるにつれて、かえって品物の説明などして聞かせることもあった。そして、いつのまにか、風呂敷に包まれなかった品物をもとのところに納めるのが、次郎の役目のようになってしまった。

これまで、茶棚《ちゃだな》や、戸棚や、火鉢《ひばち》の抽斗《ひきだし》ぐらいよりのぞいたことのなかった次郎は、長持ちや、箪笥《たんす》の奥《おく》から、桐箱《きりばこ》などに納められた珍《めずら》しい品物が、いくつも出て来るのを見て、まったく別の世界を見るような気がした。彼は、ともすると、暗い長持ちの底をのぞきこんで、亡《な》くなったお祖父《じい》さん、そのまたお祖父さんというふうに、遠い昔《むかし》のことなど考えてみた。そして何とはなしに、家の深さというものが、次第《しだい》に彼の心にしみて来た。そのために、彼はこれまでとはいくぶんちがった眼《め》で家の中のあらゆるものを見まわすようになった。

が、同時に彼は、美しい鍔《つば》をはめた刀《かたな》や、蒔絵《まきえ》の箱《はこ》や、金襴《きんらん》で表装《ひょうそう》した軸物《じくもの》などが、つぎつぎに長持ちの底から消えていくのを、寂《さび》しく思わないではいられなかった。俊亮は、むろん彼に何も話して聞かせなかったし、彼もまたたずねてみようともしなかったが、風呂敷に包まれた品物が、そのたびごとに、俊亮の自転車にゆわえつけられて、人《ひと》目《め》にたたぬようにどこかに持ち出されるのを、彼はよく知っていたのである。

風呂敷包みができあがる頃《ころ》には、大てい、お民《たみ》が足音を忍《しの》ばせるようにして、二階に上がって来た。そしてその包みの中をいちおうあらためてから、きまって右手を襟《えり》につっこんで、軽い吐息《といき》をもらした。

「あなた、その品だけは、もっとあとになすったら、どう?」

彼女《かのじょ》は時おり、力のない声で、そんなことを言った。しかし、俊亮の答えは、いつもきまっていた。

「おそかれ早かれ、一度は始末《しまつ》するんだ。」

次郎は、そんな時には、不思議に母に味方がしてみたくなった。そして、長持ちに突《つ》っこんだ顔を、そっと父のほうにねじ向けるのだった。

しかし、彼の視線《しせん》がまだ父の顔に届かないうちに、それを途中《とちゅう》でさえぎるのは、母の鋭《するど》い声だった。

「次郎、もういいから、お前は階下《した》に行っといで。」

そう言われると、次郎の母に味方したいと思った感情は、一時にけしとんだ。同時に、長持ちの中の品物なんかどうだっていい、という気になった。そして、あとに残るのは、父に対する親しみの感情だった。

だが、こうして秘密な売り立ても、そうながくは続かなかった。

ある日次郎は、父が小用か何かに立ったあと、一人で長持ちの前にすわって、長い刀を、おずおず半分ばかり引きぬいて、その鏡のような刃《は》に見入っていると、うしろに足音がした。何だか父の足音とはちがうと思って、ひょいと振《ふ》り向《む》くと、そこにはお祖母《ばあ》さんが立っていた。次郎はびっくりして刀をぱちんと鞘《さや》に収めた。そして、あたりに散らかっている品物を、急いで木箱に収めにかかった。彼は、お祖母さんには万事《ばんじ》秘密だということを、はっきり言い聞かされていたわけではなかったが、何とはなしに、秘密にしなければならないような気がしていたのである。

「次郎!」

と、お祖母さんの声は、ものすごいふるえを帯びていた。

「お前はいったい、そこで何をしているのだい。」

次郎はちらりとお祖母さんの顔を見た。すると、その顔は、蛙《かえる》が喉《のど》をわくわくさせている時のような顔に見えた。

彼はどうしていいのかわからなかった。で、すわったまま、視線をあちらこちらにそらした。半《なか》ば引き出されたままの箪笥《たんす》の抽斗《ひきだし》や、ふたをあけた長持ちや、木箱や、金蒔《きんまき》絵《え》や、青い紐《ひも》などが、雑然と彼の眼《め》に映《うつ》った。彼はますますうろたえた。

「いつのまに、お前はこんなことを覚えたのだい。」

そう言って、お祖母さんは、二、三歩彼に近づいて来た。次郎は押《お》されるように、窓ぎわににじり寄った。

「次郎！」

お祖母さんのいきりたった声が、次郎の膝《ひざ》の関節をぴくりとさせた。もしその時、お祖母さんのうしろに、厳粛《げんしゅく》な、それでいて、どこかに笑いを含《ふく》んだ父の顔が見いだされなかったら、次郎は、あるいは二階の窓から、逃《に》げだそうと試みたかもしれない。

「次郎のいたずらじゃありません。」

俊亮は、散らかった木箱をまたぎながら、そう言って、次郎のすぐそばに、どっしりとすわりこんだ。

次郎はひとまずほっとした。しかし、父と祖母との間に何事《なにごと》か起こりそうな気がして、何となく不安だった。

お祖母さんは、まだうさんくさそうに、次郎の顔と、散らかった品とを見くらべていたが、ふと思いついたように、長持ちのそばに寄って行って、その中をのぞきこんだ。そして、しばらくはしきりに小首《こくび》をかしげていたが、そのまま簞笥《たんす》のほうに歩いて行って、開いている抽斗《ひきだし》はむろんのこと、袋戸棚《ふくろとだな》から小抽斗《こひきだし》に至るまで、引っかきまわした。

俊亮は、その間、黙然《もくねん》とすわって腕組《うでぐ》みをしていた。

お祖母《ばあ》さんは、べたりと俊亮の前にすわると、下からその顔をのぞきこむようにした。

「俊亮や――」

「相《あい》すみません。」

俊亮は、しずかにそう言って、やはり腕組みをつづけていた。

次郎は、一心《いっしん》に、父の様子《ようす》を見守った。彼はこれまで、父に対してだけは、心からしみじみとした感じになれたのであるが、こうして祖母の前にかしこまりながら、しかも、どこかにゆとりのある態度ですわっている父の様子を見ると、悲しいような、うれしいような、何とも言えない感じになっていくのだった。

「こないだから、すこしおかしいとは思っていましたが、……ま……まさか、一周忌《いっしゅうき》もすまないうちに、こ、……こんな……」

お祖母さんは、俊亮の前に突《つ》っ伏《ぷ》して、声をとぎらした。

「次郎、お前は階下《した》で遊んでおいで。」

俊亮は、やはり腕組みをしたまま、わずかに顔を次郎のほうにふり向けて言った。

次郎はすぐ階下に降りたが、何だか気がかりで、梯子《はしご》段《だん》の近くをうろうろしていた。そのうちにお民が二階にあがって行った。三人の話し声はいつまでも続いた。次郎は、祖母と母の泣き声にまじって、おりおり聞こえる父の簡単な、落ち着いた言葉に耳をそばだてたが、何を言っているのかは、少しもわからなかった。

二八　売り立て

大っぴらな売り立てが始まったのは、それからまもなくであった。

ある日、朝早くから、洋服を着た人や、角帯《かくおび》をしめた人たちが、五、六人やって来て、目《め》ぼしい品物をすっかり座敷《ざしき》に並《なら》べて、大声で叫《さけ》んだり、小さな紙片《しへん》に何か書いて、ボール箱《ばこ》の中に投げこんだりした。村じゅうの人たちが、庭いっぱいに集まって来て、それを見物した。中には、洋服や角帯の人たちといっしょになって、紙片を投《な》げ込《こ》む者もあった。

人だかりの割《わり》に、変にぎこちない空気が、全体を支配した。めったにだれも笑わなかった。角帯の人たちは、おりおり下卑《げび》たことを言って、みんなを笑わせようとしたが、村人たちは顔を見合わせて、かえってにがい顔をした。女の人もかなり来ていたが、中には、そっと眼頭《めがしら》をおさえている者すらあった。ただ俊亮《しゅんすけ》だけが、いつも微笑《びしょう》を含《ふく》んでいた。

次郎は、そうした人たちの表情を、ほとんど一つも見のがさないで見ていた。俊亮のほかに、家の者でその場に顔を出していたのは、次郎だけだった。彼は、しばしば茶《ちゃ》の間《ま》から、母に呼びつけられて、

「子供の見るものではない。」

と叱《しか》られたが、どんなに叱られても、彼は、また、いつのまにか座敷にやって来ていた。

彼の心をひかれた品物がだれの手に渡《わた》るのか、そして、その人がどんな顔つきをして、品物を受け取るのか、それが、むしょうに見たくてしかたがなかったのである。

売り立てが始まってから、二時間もたった頃《ころ》、竜一《りゅういち》の父が診察着《しんさつぎ》のままで、あたふたとやって来た。そして、俊亮に何かこそこそと耳打ちした。しかし俊亮は、

「ご好意はありがとう。だが、いずれ一度は始末《しまつ》をつけなければならんのでね。……いや、まったくどちらにも相談なしさ。」

竜一の父は、軽くうなずいた。そして、すぐ角帯や洋服の間に割《わ》りこんで行って、どの品にも札《ふだ》を入れた。

めぼしい品がつぎつぎに彼の手に渡された。角帯や、洋服は、変な眼《め》つきをしておた

がいに顔を見合わせた。次郎は、それが何を意味するのか、ちっともわからなかった。彼はただ、いい品物がたくさん竜一の家にいくのだと思うと、いくらか安心した。

売り立ては夜の十時ごろまでつづいて、めぼしい品は大てい片づいた。残ったのは、虫の食《く》った挟《はさ》み箱《ばこ》や、手文庫《てぶんこ》、軸《じく》の曲がった燭台《しょくだい》、古風な長提灯《ながちょうちん》、色のあせた裃《かみしも》といったような、いかにもがらくたという感じのするものばかりであった。

みんなが引きあげたあと、俊亮と竜一の父とは、座敷に残って、何かひそひそと話しだした。俊亮は、次郎が、まだ、残っていたがらくたを眺《なが》めながら立っているのを見て、

「何だ、お前まだ起きていたのか。ばかだな。早く寝《ね》るんだ。」

と、いつになく、きびしい顔をしてしかった。

次郎が、茶の間にはいって驚《おどろ》いたことは、いつのまに来たのか、正木のお祖父《じい》さんが、白い鬚《ひげ》をしごきながら、端然《たんぜん》とすわっていることであった。お祖父さんの前には、お民《たみ》とお祖母《ばあ》さんとが、悄然《しょうぜん》と首をたれていた。次郎は、正木のお祖父さんの顔を見ると、急に、今まで売り立てを見ていたのが、何か非常に悪いことのように感じられだした。で、後ろのほうから、いそいでお辞儀《じぎ》をして、すぐ寝間《ねま》に行こうとした。するとお祖父さんは、

「次郎は相変《あいか》わらず元気じゃな。」

と、彼のほうをふり向きながら、眼元《めもと》に微笑をたたえて言った。

「ええ、ええ、もう元気すぎて、さきざきどうなるものでございますやら。家《うち》がこんなになるのも平気だと見えまして、一日じゅう、ああして売り立てを見物しているのでございますよ。」

お祖母《ばあ》さんは、そう言って、いかにもわざとらしい、ふかい吐息《といき》をついた。

「ほほう、見ていましたか。……どうじゃな、次郎、おもしろかったのか。」

「おもしろくなんかありません！」

次郎は憤然《ふんぜん》として答えた。

「おもしろくない？……ふむ。」

と、正木のお祖父《じい》さんは、静かに眼をつぶって、また顎鬚《あごひげ》をしごいた。

「でも、見るものではないって、あれほどあたしが言うのに、よく一日見ておれたものだね。」

お民が白い眼をして言った。

「僕《ぼく》、刀《かたな》やなんかが、だれんとこにいくか、見てたんだい。」

次郎の言った意味は、だれにもはっきりしなかった。三人は言いあわしたように、次郎の顔を見つめた。

「でも、竜《りゅう》ちゃんとこにたくさんいったから、いいや。」

正木のお祖父さんは、ほっと吐息をもらした。それから静かに手招《てまね》きして、

「次郎、ここにおすわり。」

次郎が気味《きみ》わるそうにすわると、

「人をうらむんじゃないぞ。買ってくださる方は、みんな親切な方じゃ。……なあに、いらないものを売って、いるものに代《か》えるんだから、ちっともかまわん。いいかの、次郎。」

次郎は、そう言っているお祖父さんを、妙《みょう》に寂《さび》しく感じた。彼は黙《だま》っていた。すると、お祖父さんは、また言った。

「刀が欲《ほ》しいのか。刀なら、このお祖父さんのうちに行けばたくさんある。」

「僕、欲しくなんかないけれど、僕、なんだかいやだったよ。」

次郎は、自分の気持ちを言いあらわす言葉に困って、やっとそれだけを言った。

「いやなのに、見ていたのかい。」

お民がすぐ問いかえした。

「恭一《きょういち》なんか、いやがってのぞこうともしなかったのにね。」

と、お祖母さんが、それにつけ足した。

正木のお祖父《じい》さんは、にがりきって、また顎鬚《あごひげ》をしごいた。

そこへ俊亮と竜一の父とが、晴れやかな笑い声をたてながら、はいって来た。俊亮は、正木の老人を見ると、急にあわてて、

「やっ、これは……」

と、いかにも恐縮《きょうしゅく》したらしく、その前にすわって両手をついた。

次郎の眼には、父のそうした姿勢がまったく珍《めずら》しかった。彼は、ゴム人形の膝《ひざ》を無理に曲げてすわらしたときの格好《かっこう》を心に思《おも》い浮《う》かべて、おかしくなった。

「もうすっかりすみましたかな。」

老人は、いかにも物静《ものしず》かに言って、俊亮と竜一の父とを見くらべた。

「まったくめんぼく次第《しだい》もないことで……」

と、俊亮はその丸っこい膝を何度《なんど》も両手でさすった。

「いや、どうも、実は私も今日はじめて、承《うけたまわ》りまして、おどろいているような次第で……」

と、竜一の父は、俊亮の助太刀《すけだち》でもしているかのような口調《くちょう》だった。

「皆《みな》さんにご心配かけます。」と、老人はていねいに頭を下げた。それから、しばらく何か思案《しあん》していたが、急に俊亮を見て、

「ふいと思いついたことじゃが、次郎をしばらくわしのほうにあずからしてもらえませんかな。」

みんながてんでに顔を見合わせた。次郎はまず母を見た。次に父を見た。それから祖母をちらっと横目で見て、視線を正木のお祖父さんに移した。

「次郎、どうじゃ、当分《とうぶん》わしのほうから学校に通うては。」

「…………」

次郎は返事をする代わりに、再び父の顔を見た。

「いや、よくわかりました。どうかお願いします。」

と、俊亮は、ちらっと次郎を見ながら言った。みんなは変におし黙っていた。

もうずいぶんおそかったが、正木の老人は、その晩のうちに次郎を連れて帰ることにした。次郎は、何のために自分が正木の家にあずけられるのかわからなかった。しかし、彼は、それを決して不愉快《ふゆかい》には思わなかった。むしろ、何もかも忘れて、いそいそと出て行った。ただまっ暗な道を、村はずれまで歩いて来た時に、彼は、ふと、竜一と春子とのことを思い出して、急に泣きたいような寂しさを覚えた。

その後、彼の足の下で、ぴたぴたと鳴る草履《ぞうり》の音が、いやに彼の耳につきだして、彼の気持ちはいつまでも落ちつかなかった。

二九　北極星

「星がきれいだのう。」

正木の老人は、ゆったりと歩《ほ》を運びながら、独《ひと》り言《ごと》のように言った。秋近い空はすみずみまで晴れて、凪《な》ぎ切《き》った夜の海のように広がった稲田《いなだ》の中に、道がしろじろと乾《かわ》いていた。

次郎は空を見上げただけで、返事をしなかった。彼《かれ》は、正木のお祖父《じい》さんに十分な懐《なつ》かしみを感じ、二人きりで夜道を歩くのをほこらしいとさえ思いながらも、ふだん正木の家に行くときのように、朗《ほが》らかにはなれなかった。彼は、まだ、老人の気持ちを計りかねていたのである。

（なぜだしぬけに、僕《ぼく》をあずかるなんて言いだしたんだろう。）

この疑問は、一足《ひとあし》ごとに深まっていった。竜一《りゅういち》や春子に遠ざかる寂《さび》しさが、それにからみついた。そして家の没落《ぼつらく》ということが、次第《しだい》にはっきりした意味を持って、彼の胸にせまって来るのだった。

彼の眼《め》のまえには、売り立ての光景《こうけい》がまざまざと浮《う》かんで来た。散らかった品物の間から、いろんな表情をした人たちの顔が現われて来る。そして、時おり、微笑《びしょう》を含《ふく》んだ父の顔が糸の切れた風船玉のように、彼の鼻先に近づいて来る。彼は、父の微笑の中に、ついさっきまで気づかなかった、ある寂しい影《かげ》を見いだした。そして、彼の気持ちは、いよいよめいいるばかりだった。

「次郎、あれが北極星じゃ。」

正木の老人は、ふいに道の曲がり角で立ち止まって、遠い空を指《ゆび》さした。

次郎は、指さされたほうに眼をやったが、どれが北極星だか、すこしも見当《けんとう》がつかなかった。彼の眼には、まだ父の顔がぼんやりと残っていて、その顔の中に、星がまばらに光っていた。

「学校で教《おそ》わらなかったかの?」

「ううん。」

「ほうら、あそこに、柄杓《ひしゃく》の格好《かっこう》に並《なら》んだ星が、七つ見えるだろう。わかるな。あれを北斗七星《ほくとしちせい》というのじゃ。」

次郎は、やっと自分にかえって、老人の説明をききながら、一つ一つ指さされた星を捜《さが》していった。そして、最後に、やっとのこと、北極星を見いだすことができたが、その光が案外《あんがい》弱いものだったので、彼はなんだかつまらなく感じた。

「海では、あの星が方角《ほうがく》の目じるしになるのじゃ。あれだけは、いつも動かないからの。」

老人はそう言って歩きだした。次郎はこれまで星が動くとか、動かないとかいうことについて、まったく考えたこともなかったので、老人の言うことを、ちょっと珍《めずら》しく思った。

「ほかの星はみんな動いていますか？」

「ああ、大てい動いている。あの七つの星も、北極星のまわりを、いつもぐるぐる回っているのじゃ。一時間もたつと、それがよくわかる。」

いつまでも動かない星、――それが、ふと、ある力をもって、次郎の心を支配しはじめた。彼は歩きながら、ちょいちょい空を仰《あお》いで、北極星を見失うまいとつとめた。そして、これまでに経験したことのない、ある深い感じにうたれた。「永遠」というものが、ほのかに彼の心に芽を出しかけたのである。

彼は、本田のお祖父《じい》さんの臨終《りんじゅう》のおりに、ちょっとそれに似た感じを抱《いだ》いたことを、記憶《きおく》している。しかし、それはほんの瞬間《しゅんかん》で、しかもその時の感じは、お祖母《ばあ》さんとのいきさつのために、ひどく濁《にご》らされていた。今夜《こんや》の感じには、それとは比べものにならなない、澄《す》みきった厳粛《げんしゅく》さがあった。

しかし、一方では、彼の草履《ぞうり》の音が、ぴたぴたと音をたてて、たえず、彼の耳に、彼自身の運命をささやいているかのようであった。

（恭《きょう》ちゃんや俊《しゅん》ちゃんは、何があっても、平気で家に落ちついていられるのに、自分だけが、なぜ乳母《ばあ》やの家から本田の家へ、本田の家から正木の家へと、移って歩かねばならないのだろう。いったい、どこが自分の本当の家なのだ。）

（父《とう》さんはこれから、どこへ行くのだろう、そして何をするのだろう。乳母やとは、あれっきり、一度もあったことがないが、父さんにもこれっきり、あえなくなるのではなかろうか。）

そうした疑問が、次から次へと、彼の頭の中を往来した。むろん、永遠とか、運命とかいうようなことを、はっきりと意識する力は、まだ少年次郎にはなかった。ただ、彼には、ふだんとちがった、厳粛な寂しさがあった。そして、星の光と草履の音との交錯《こうさく》する中を、黙《だま》りこくって老人のあとについて歩いた。

「眠《ねむ》たいかの。」

「…………」

「こ、こけるといけない。手をつないでやろう。」

次郎の手を握《にぎ》った老人の掌《てのひら》は、しなびていた。しかし、その皮膚《ひふ》の底から、柔《やわ》らかに伝わって来るあたたか味《み》にふれると、彼はしみじみとした喜びを感じた。そして、急に明るい気分になってたずねた。

「僕、お祖父《じい》さんとこに、いつまでいるの?」

「いつまででもいい。」

「いつまででも?」

そう言った次郎の心には、再び不安と喜びとがもつれあっていた。

「早く帰りたいかの。」

「ううん。」

次郎は首を横に振《ふ》った。しかし、思い切って振れないものが、何か胸の底に沈《しず》んでいた。

「帰りたくなったら、いつでも帰っていい。だが……」

と、老人はしばらく考えてから、

「お前の家には、だれもいなくなるかもしれない。」

この言葉は次郎の胸におもおもしく響《ひび》いた。動かぬ星と草履《ぞうり》の音とが、ひえびえと彼の心を支配した。彼は泣きたくなった。

「しかし、心配することはない。人間というものは、心がたいせつじゃ。心さえまっすぐにしておれば、家なんかどうにでもなる。」

次郎には、その意味がよくのみこめなかった。そして、彼の前には、再び父の寂しい顔があらわれた。

(お祖父さんは、父《とう》さんの心がまっすぐでない、というのだろうか。いや、そんなわけはない。父さんほどまっすぐな人はないはずだ。これまでだって、僕が悪くない時に、僕をしかったことなんか一度だってないんだから。)

が、次郎は、その時、ふと、父が非常に酒好きなことを思い出した。

＊

父は一人で飲むだけでなく、よくいろんな人を呼んで来ては、相手をさせるのだったが、ある晩のごときは、近在のごろつき仲間と言われた五、六人の若い者を呼んで来て、次郎にお酌《しゃく》をさせながら、おそくまで飲んだ。何でもけんかの仲直りらしかったが、次《し》第《だい》に酒がまわるにつれて、ほんのちょっとした言葉のゆきちがいから、またけんかになってしまった。最初にたんかを切りだしたのは眉《まゆ》の濃《こ》い、眼玉《めだま》のどんよりした、獅子《しし》っ鼻《ぱな》の大男だった。彼は子供のころ、饅頭《まんじゅう》の売り子をしていたため、「饅頭虎《とら》」とあだ名されていた。彼が食《く》ってかかった相手は、「指無しの権《ごん》」だった。小指を一本切り落とされていたので、そういうあだ名がついていたが、青い顔の、見るからに辛辣《しんらつ》そうな、やせぎすの男だった。

「旦那《だんな》をおいて、貴様《きさま》のその言いぐさは何てこった。」

といったようなことから始まって、口論は次第に激《はげ》しくなった。饅頭虎が、とつとつと、しゃがれ声で物を言うのに対して、指無しの権は、ねっちりした、しかし、突《つ》き刺《さ》すような皮肉《ひにく》な言葉をつかった。父は、はじめのうちは、黙って二人の口論をきいていた。しかし、それが次第に険悪《けんあく》になって、今にも立ち回りが始まりそうになると、急にいずまいを正して、

「虎！　……権！」とつづけざまに大喝《だいかつ》した。そして、いきなり両肌《もろはだ》をぬいで、

「それほどけんかがしたけりゃ、きり合うなり、突き合うなり、勝手にするがいい。だが、おれもいったん仲にはいったからには、おれの眼玉の黒いうちは困る。まずおれのほうを片づけてからにしてもらおうかな。」

そう言って、父は自分の胸をこぶしでぽんとたたいた。二人は父にそうどなられると、すぐべたりとすわって、平身低頭《へいしんていとう》した。

次郎は、父のすぐ横にすわって、その光景を見ていたが、一面恐怖《きょうふ》を感ずるとともに、

父の英雄的《えいゆうてき》な態度に対して身ぶるいするような感激《かんげき》を覚えた。そして、彼自身が仲間とけんかをする場合の、すばしこい、思い切ったやり口が、こうしたことに影響《えいきょう》されていなかったとは、決していえなかったのである。

＊

だが、正木の老人と手をつないで、静かな星空の下を、今こうして歩いていると、そんな思い出が、何となくつまらないことのように思えてならなかった。

（父《とう》さんは、あんなことをまじめな気持ちでやったのだろうか。第一、あんな人たちと酒を飲んだりするのは、いいことだろうか。もしかすると、あんなことのために、家がだんだん貧乏《びんぼう》になってしまったのかもしれない。）

次郎が、父に対してこんなふうな考え方をするのは、これが始めてであった。これまでにも、父が酒を飲むのを、多少うるさいとは思っていたが、その善悪などを、本気で考えてみたことはまったくなかった。むしろ、父のすることなら、何でもいいことのように思えて、母にしかられながらも父のそばにくっついて、よくお酌《しゃく》をしたりしたものである。で、彼は、考えてはならないことを考えるような気がして、何となく父にすまなく思った。しかし、一度きざした考えは容易《ようい》に消えなかった。父を大事に思えば思うほど、いよいよそのことが気になって来た。

「次郎は何になるつもりじゃ。」

正木のお祖父《じい》さんが、ふと、そんなことをたずねた。

次郎はお祖父さんも、自分と同じように、父のことを考えているような気でいたのに、ふいにそうたずねられたので、変な気がした。それに彼は、さきざき何になるなどということを、これまで一度だって考えたことがなかった。彼の友だちの中には、よく大将になるとか、大臣になるとか言って、得意《とくい》になっている者もあったが、彼としては、そんなことを考えるよりも、彼に親切な人がだれだかを知ることのほうが、よほどたいせつだったのである。

「返事をせんところをみると、まだ何も考えていないのじゃな。」

老人は非難するように言った。

「お祖父さんは、小さい時に、何になろうと考えたの?」

「うむ……」

老人は逆襲《ぎゃくしゅう》されてちょっと返事に困ったふうであったが、

「お祖父さんの子供のころは、親のあとを継《つ》ぐ気でいればよかったのじゃ。」

「今はいけないの?」

「いけないこともないが……」

と、また老人は返事に困った。

「僕の父《とう》さんは役人でしょう。」

「うむ……」

老人はますます窮《きゅう》した。

「僕、役人になってもいいんだが、父さんは、すぐ役人をよすんじゃありません?」

「父さんがよしたら、お前もよすかの?」

「僕、父さんと、なるたけいっしょのほうがいいや。」

「うむ。」

正木の老人は、闇《やみ》をすかしてそっと次郎を見おろしたが、そのまま黙って歩《ほ》を運んだ。

「お祖父さん。――」と、次郎は急に改まった調子で、

「ねえ、お祖父さん、父さんは心がまっすぐなんでしょう?」

老人は、次郎が何を言いだすのかと思って、ちょっと思案《しあん》した。が、すぐ、

「そりゃまっすぐじゃとも、どうしてそんなことをきくかの。」

「父さん酒飲むの、悪かありません?」

「うむ、……そりゃ、酒はのんでも、心がまっすぐならいいだろう。」

次郎は満足しなかった。しかし、それ以上、強《し》いてたずねてみたい気もしなかった。

そしてしばらくは、二人の足音だけが、闇《やみ》に響《ひび》いた。

「次郎――」

正木の老人は、村の入り口に来たところに、やっと再び口をひらいた。

「世の中で一番偉《えら》い人はな、お前の父《とう》さんのように、どんな人でもかわいがってやれる人じゃ。父さんが、今日《きょう》、いろんなものを売ったのも、困っている人たちを、これまでにたくさん助けたため、金が足りなくなって来たからじゃ。お前、父さんのように偉い人になれるかの。嫌《きら》いな人がたくさんあったりしてはだめじゃが。」

次郎の頭には、すぐ祖母と母との顔が浮《う》かんで来た。そして老人の言葉を、自分に対する訓戒《くんかい》と考える前に、父と彼ら二人とを心の中で比べていた。

「母《かあ》さんも、お祖母《ばあ》さんも、だから偉くないや。」

次郎ははき出すように言った。

「そうか。……では次郎はどうじゃ？」

「僕も偉くないや。」

次郎の答えは、老人の予期《よき》に反して、きわめて率直《そっちょく》だった。

「偉くなりたくないかの？」

「なりたいけれど、僕……」

「だめかな。」

「だって、僕……乳母《ばあ》やといっしょだといいんだがなあ。きっと偉くなれるんだけれど……」

老人はぴたりと歩みをとめた。そして次郎の両手を握《にぎ》って、彼を自分のほうに引きよせながら、闇をすかして、その顔をのぞきこんだ。

「お前は、まだ乳母やのことが忘れられないのか。」

老人の声はふるえていた。次郎はしかられていると思って、握られた手を、無理に引っこめようとした。

「しかっているんじゃない。乳母やにあいたけりゃ、このお祖父《じい》さんが今にあわしてやる。だから、きっと偉くなるんじゃぞ。」

次郎はしゃくりあげそうになるのを、じっとこらえてうなずいた。

二人が、正木の家の門口《かどぐち》に近づいたころ、北方の空を二つに割《わ》って、斜《なな》めに大きな星が流れた。

「あっ。」

次郎は、声をあげてそれを仰いだが、その光が空に吸いこまれると、彼の眼は、いつのまにか北極星を凝視《ぎょうし》していた。

しかし、彼が「永遠」と「運命」と「愛」とを、はっきり結びつけて考えうるまでには、彼は、まだこれから、いろいろの経験をなめなければならないであろう。

三〇　十五夜

次郎が正木の家にあずけられてから、十四、五日の間は、ほとんど一日おきぐらいに、お民《たみ》が訪《たず》ねて来た。もっとも、それは次郎の顔を見たいためではなかった。彼女がやって来るのは、いつも次郎が学校に出たあとだったし、たまたま顔をあわせることがあっても、

「おとなしくするんだよ。」と、通りいっぺんの、冷《ひや》やかな注意を与《あた》えるぐらいで、大ていは、正木の老夫婦《ろうふうふ》と、ひそひそと相談ごとをすますと、すぐ大急ぎで帰って行くのだった。

次郎は、しかし、別にそれを気にもとめなかった。この家のにぎやかな空気が、もう十分に、彼の心を幸福にしてしまっていたのである。

だが、ある日、本田の一家が、うちそろって正木を訪ねて来た時には、彼もさすがにはっとした。もう夕飯《ゆうはん》に近い時刻だったが、彼らが門口《かどぐち》をはいると、急に家じゅうが忙《いそが》しそうになった。台所からは、黒塗《くろぬ》りのお膳《ぜん》が、いくつもいくつも座敷《ざしき》に運ばれた。座敷の次《つぎ》の間《ま》には、長方形のちゃぶ台が二つ続きにすえられて、そこにもいろいろの御馳《ごち》走《そう》が並《なら》べられた。次郎は、それが何を意味するかを、すぐ悟《さと》った。

大人《おとな》たちは座敷で、子供たちは次の間で、正木と本田の両家がうちそろって、食事をはじめたのは、夕暮《ゆうぐ》れ近いころであった。座敷のほうは、正木のお祖父《じい》さんと、俊亮《しゅんすけ》の二人が、何のこだわりもなさそうに高話《たかばなし》をするだけで、ほかの人たちは、いやに沈《しず》んだ顔をしていた。次の間は、これに反して、おそろしくにぎやかだった。ただ、次郎だけは、いつも座敷のほうの様子《ようす》に気をとられていた。彼は、食《く》うだけのものは、だれにも劣《おと》らず食ったが、みんなといっしょになってはしゃぐ気には、どうしてもなれなかった。

食事がすんで、お膳が下げられると、大人も子供も座敷に集まって、菱《ひし》の実《み》をかじった。もっとも俊亮の前だけには、正木のお祖母《ばあ》さんの気づきで、小さなお盆《ぼん》に、燗徳利《かんどくり》と、杯《さかずき》と、塩からのはいった小皿《こざら》とが残して置かれた。しかし、俊亮は、一、二度お祖母さんにお酌《しゃく》をしてもらったきり、ほとんど杯を手にしなかった。次郎は、何度《なんど》も自分でついでやりたいと思ったが、きまりが悪くてとうとう手を出さなかった。

二升《しょう》ほどもあった菱の実は、三、四十分もたつと、うず高い殻《から》の山になっていた。

「もう菱も、そろそろ出なくなりますころね。」

お民は、寂《さび》しそうに、菱の殻に眼《め》をやりながら、言った。

「これだけでも採《と》らせるのは、やっとだったよ。……でも、恭一《きょういち》や俊三《しゅんぞう》が、これからはめったに食べられないだろうと思ってね。」と、正木のお祖母《ばあ》さんも、何だか心細そうであった。

すると俊亮が笑いながら、

「なあに、菱なら町のほうがかえって多いくらいでしょう。毎晩、近在の娘《むすめ》たちが、何十人と売りに出るんですから。」

「ほう、それは……」と、正木のお祖父《じい》さんが、俊亮を見て何か言おうとした。

すると、本田のお祖母さんが、

「俊亮、お前何をお言いだね。せっかくこちらのお祖母さんが、ああして気をつかっていてくださるのに。」

「いや、こいつは大しくじり。わっはっはっ。」

俊亮はわざとらしく笑いながら頭をかいた。しかしだれも笑わなかった。みんな妙《みょう》に顔をゆがめて、本田のお祖母さんから、眼をそらした。

子供たちは、菱の実がなくなると、すぐ縁側《えんがわ》に出て腕角力《うでずもう》や、じゃんけんをはじめていたが、次郎はそのほうに心をひかれながらも、大人たちの席から、遠く離《はな》れようとはしなかった。彼は、畳《たたみ》と縁《えん》との間の敷居《しきい》に尻《しり》を落ちつけて、庭のほうに向きながら、耳の神経を絶えずうしろのほうに使っていた。

庭の隅《すみ》に一本の榎《えのき》の大木があった。その枝《えだ》の間を、まんまるい月がそろそろと昇《のぼ》りはじめた。初秋の風が、しのびやかに葉末《はずえ》をわたるごとに、露《つゆ》がこぼれ落ちそうだった。次郎はいつとはなしに、それにも眼をひかれていた。彼の心は子供たちの騒《さわ》ぎと、うしろの話し声と、美しい月の光との間にはさまれて、しょんぼりと寂しかった。

話は、いつのまにか、ひそひそした声になっていた。それが、ややもすると、子供たちの騒ぎにまぎれそうであったが、次郎の耳の神経は、そうなると、かえって鋭《するど》く働いた。話は彼自身に関することであった。

お民――「一人だけ、わけへだてをされたように思って、ひがんでも困りますので、やはりいっしょにつれて行くほうが、いいのではないかと思いますの。」

正木の祖父――「ふむ……」

正木の祖母――「それは、何といってもね。……でも、本人さえこちらにいる気になれば、その心配もなかりそうに思うのだがね。」

正木の祖父——「本人はだいじょうぶじゃ。元来《がんらい》あれは、ここが好きなのじゃから
な。」

本田の祖母——「まあ、さようでございましょうか。それにしましても、今度《こんど》の場合
は、本人にとくときいてみませんと……」

本田のお祖母《ばあ》さんの声だけが、わざとのように高い。

正木の祖父——「それは、わしのほうで、もうきいておきました。」

本田の祖母——「やはり、こちら様にご厄介《やっかい》になりたいと、そうはっきり申すのでご
ざいましょうか。」

正木の祖父——「さよう。はっきり、そう言っております。」

本田の祖母——「まあ、まあ、厚かましい。……そして、何でございましょうか、本
人に何か考えでも……」

正木の祖父——「本人には、考えというほどのこともありますまい。何しろ、まだ子
供のことでしてな。」

本田の祖母——「でも、訳《わけ》もなしに、こちら様にご迷惑《めいわく》をおかけ致《いた》しましては、私ど
もといたしまして……」

正木の祖父——「いや、わけはあります。つまりその……いつかもお宅で申しました

通り、わしが当分《とうぶん》あずかってみたいのでしてな。はっはっはっ。……それとも、わしの考えどおりにはさせんとおっしゃるかな。」

正木のお祖父《じい》さんの声も、次第《しだい》に高くなって来た。

本田の祖母――「いいえ、めっそうな。わたくし、そんなつもりで申しているのではございません。それはもう、あなた様のお手もとでしつけていただけば、何よりでございましょうとも。でも、私のほうから申しますと、あれも同じ孫でございますし、一人残しておいて、変にひがみましてもと存じましたものですから、ついその。ほ、ほ、ほ。……お民さん、どうだね、せっかくああおっしゃってくださるんだから……」

お民――「ええ、でも、今度は、あたし、ほんとにあの子にすまない気がしてならないんですの。ながいこと里子《さとご》にやったり、おきざりにしたりしたんでは、一生《いっしょう》親とは思われないんじゃないかしら、などと考えたりしまして……」

お民の声は、いつになく、しんみりしていた。

次郎は、思わずうしろをふり向いた。すると、ぱったりと俊亮の眼に出っくわした。俊亮は、さっきから彼を見ていたものらしい。

次郎はうろたえて眼をそらすと、すぐ立ちあがって一人で庭に下りた。素足《すあし》でふむ飛び石がひえびえと露にぬれていた。

「次郎ちゃん、どこへ行く?」

他の子供たちがじゃんけんをやめて、つぎつぎに飛び石をつたって、彼のあとを追った。次郎は、池にかけてある石橋の上まで来ると、立ち止まって、うしろをふり向いた。

「きれいだぜ、月が。」

彼は水を指《ゆび》さしてそう言ったが、眼は庭木をすかして座敷のほうを見ていた。座敷では、四人がまだ額《ひたい》を集めて話しこんでいる。

子供たちは、それから、池に小石を投げたり、樹《き》をゆすぶったり、唱歌をうたったりして、遊んだ。次郎もいつのまにか、彼らといっしょになってはしゃぎだした。そうなると、もう飛び石も地べたもなかった。彼らははだしでめちゃくちゃに走りまわった。

「次郎!　次郎!」

二、三十分もたったころ、俊亮の声が縁側からきこえた。そのまるまるしたからだが、室内の灯火《とうか》を背《せ》にうけて、黒々と立っている。次郎は、飛び石に足のうらをこすり父のそばに行った。父は縁側に腰《こし》をおろしながら言った。

「どうだい、父《とう》さんたちは、もう明日からみんな町のほうに行くんだが、お前もいっしょに行きたいか。それとも、ここにいたいのか。お前のすきなようにしていいんだから、思うとおりに言ってごらん。」

座敷のほうから、みんなの視線が、一《いっ》せいに次郎に注《そそ》がれた。次郎は返事に困った。彼は、これまで、どうせ自分はこちらに残されるものだと決めていたし、またそのほうを喜んでもいたのであるが、いざとなると、変に物寂《ものさび》しい気持ちが、胸の奥《おく》からこみあげて来る。それは、父に対する愛着からだとばかりはいえない。みんなが打ちそろって出て行くのに、自分だけあとに残されるということが、予期《よき》しなかったいやな気持ちに、彼を誘《さそ》いこんでいくのである。それに、さっきのしんみりした母の言葉が、妙《みょう》に彼の頭にこびりついて、彼の心をいっそう悲しくさせた。できるなら、いっしょについて行きたい、とも思う。

しかし、魅力《みりょく》は何といっても正木の家にある。ついては行きたいが、いざ正木を離れると思うと、あたたかいふとんの中から急に冷たい畳の上に放り出されるような気がする。せめて本田のお祖母《ばあ》さんさえいなければ、と思うが、現にその蛇《へび》のような眼が、自分を見つめている。やっぱり、ついて行くのはいやだ。

「どうだい、いっしょに行くか。」

「…………」

「やっぱり、ここにいたいのか。」

「……………」

「どうした？　黙《だま》ってちゃわからんが。」

「……………」

「母《かあ》さんは、お前をつれて行きたいって言うんだ。」

次郎は、伏《ふ》せていた眼を、ちょっとあげて父を見た。しかし、返事はしない。

「ところで、お祖父《じい》さんは、お前をこちらにおきたい、とおっしゃるんだ。」

次郎は、正木の老人のほうをちらりと見た。が、またすぐ眼を伏せてしまった。

「困ったな。そうぐずぐずじゃあ。……だが、まあいい。いいか、今夜《こんや》は、みんなこちらに泊《と》まるんだから、明日の朝までによく考えておくんだ。お前の好きなようにしていいんだからな。」

俊亮は、そう言って縁側を去ろうとした。すると、次郎が、

「父《とう》さんは、どっちがいい？」

俊亮は、予期しなかった問いに、ちょっとまごついた。そして、しばらく次郎の眼を見つめていたが、

「父さんか。父さんはどうでもいい。次郎の好きなようにするのが一番いいと思って

いるんだ。」

次郎は、首をかしげて、右手の指先で、縁板《えんいた》をこすりはじめた。十秒あまりの沈黙《ちんもく》がつづいた。蚊《か》が一匹《いっぴき》、弱々しい声をたてて、次郎の耳元で鳴いた。次郎は、手をふってそれを追ったが、すぐまたその手で、縁板をこすりはじめた。

「次郎や——」と、その時、本田のお祖母《ばあ》さんが、少し膝《ひざ》を乗り出して、声をかけた。

「私も、お母さんと同じ考えなんだよ。そりゃあ、もう、こちら様のご親切は、よくわかっていますが、何といっても、兄弟《きょうだい》三人そろっていてもらうほうが、私も気が安まるのでね。一人残して置いたんでは、夜もおちおち眠《ねむ》れまいと思うのだよ。」

みんなの次郎を見ていた眼が、気まずそうに畳の上に落ちた。次郎は、じろりと本田のお祖母さんを見たが、すぐその眼で俊亮を見上げながら、きっぱりと言った。

「父さん、僕、ここに残るよ。」

だれも、しばらくは、一語も発しなかった。俊亮も、少しあきれたように、次郎の顔を見ていたが急にわれにかえって、

「そうか。うむ。それでいい。それでいいんだ。……なあに、町までは、たった四里《り》しかないんだから、わけはない。土曜から泊まりに行くんだな。」

正木のお祖父さんは、その場の気まずい空気をふり払《はら》うように、つと立って縁に出た。

「おお、いい月じゃ、お茶でも入れかえてもらおうかな。」

正木のお祖母《ばあ》さんは、顔を畳にすりつけるようにして、座敷から空をのぞいていたが、

「そうそう。今夜はちょうど十五夜でございましたよ。」

「あら。すると次郎の誕生日《たんじょうび》ですわ。あたし、かまけていて、すっかり忘れていましたの。」

と、お民がいそいそと立ちあがって、月を見た。すると、本田のお祖母さんが、

「私、気づかないでもなかったんだがね。こちら様で、そんなことを言いだすものでもないと思って。」

それでまた、あたりが変に気まずくなった。次郎は、しかし、もうその時にはそこにはいなかった。彼は、彼が物《もの》ごころづいて以来、しばしば聞かされてきた「八月十五夜」が、ちょうど今夜だということなど、まるで思いつきもしないで、遠慮深《えんりょぶか》そうにしている恭一や俊三を尻目《しりめ》にかけながら、わが物顔《ものがお》に庭をあちらこちらと飛びまわっていた。

三一　新生活

翌日は本田の一家が出発する日だったにもかかわらず、次郎《じろう》は、平気で学校に行った。みんなも、いっそそのほうがよかろうというので、強《し》いて休ませようともしなかった。帰って来てみんなの姿が見えなかったら、きっと寂《さび》しがるだろうと、正木では気をつかっていたが、別にそんなふうにも見えなかった。

それ以来、彼《かれ》の日々は割合《わりあい》平和に過ぎた。気持ちがのびのびとなるにつれて、けんかをしたりすることも、割合に少なくなった。

土曜から日曜にかけて、正木のお祖父《じい》さんや、お祖母《ばあ》さんにつれられて、おりおり本田の家にも訪《たず》ねて行った。しかし、彼が帰りをしぶるようなことは一度だってなかった、ただ、町のにぎやかさは、彼にとって新しい刺激《しげき》だった。——町は、人口三、四万の、古い城下町だったのである。

俊亮夫婦《しゅんすけふうふ》は、この町の、割合にぎやかな通りに、店を一軒《いっけん》借りて酒類の販売《はんばい》を始めていた。店は間口《まぐち》も相当《そうとう》に広く、菰《こも》かぶりや、いろいろの美しいレッテルを貼《は》った瓶《びん》などを、たくさんならべてあって、次郎の眼《め》にはまばゆいように感じられたが、奥《おく》は、以前の家とは比べものにならない、狭《せま》い、汚《きた》ならしい部屋《へや》ばかりだった。恭一《きょういち》と俊三《しゅんぞう》とが机《つくえ》を並《なら》べている部屋は、ちょうど店の二階になっていた。そこは物置き同様で、鉄格子《てつごうし》の小窓《こまど》がたった一つあいているきりだった。庭もあるにはあった。しかし、それは、隣家《りんか》の苔《こけ》だらけの土蔵《どぞう》で囲まれた、ほんの五、六坪《つぼ》ほどのもので、そこからは、湿《しめ》っぽい土の匂《にお》いが、たえず室内に流れて来た。次郎は、その匂いをかぐと、すぐめいりそうな気になるのだった。ことに、昼間でもまっ暗な、狭くるしい便所に行かなければならないのが、何よりもいやだった。正木の家でなら、もっと明るい、ゆとりのある便所がいくつもあったし、それに小用ぐらいなら、自由に野天《のてん》で放つこともできたのである。

このような陰気《いんき》な家の中で、顔を合わせる本田のお祖母《ばあ》さんが、次郎にとって、いよいよ不愉快《ふゆかい》な存在になって来たことは、言うまでもない。家が手狭《てぜま》なだけに、お祖母さんの言うこと、することが、始終《しじゅう》彼の頭を刺激した。いっしょに食卓《しょくたく》につくと、どんな好きなものでも、気持ちよく腹に納まらないような気がするのだった。

母のほうは、しかし、訪ねるたびに、次第《しだい》にやさしくなっていくように感じられた。気のせいかうす暗い部屋の中で見る母の顔に、何かしら、しっとりしたものが流れていて、それがそろそろと彼の心にせまって来るのだった。彼女《かのじょ》は、時として、絵本や、美しい箱入《はこい》りの学用品などを買って、町はずれまで、彼の帰りを見送ってくれることがあったが、そんな時には、彼は、お浜《はま》にあっているような感じにさえなるのだった。

恭一や俊三に対する彼の気持ちは、別れる前から、いくらかずつよくなって来てはいたが、このごろ、たまにあうせいか、二人とも、自然次郎本位《ほんい》に遊んでくれるので、そのたびごとに、親しみをまして来た。以前、彼が二人に対して抱《いだ》いていた反抗心《はんこうしん》などは、もうこのごろではまったくなくなってしまって、三人いっしょに町を歩いたりするのが、本田を訪ねる彼の楽しみの一つになって来たのである。

だが、本田の家に対して彼が感ずる最も大きな魅力《みりょく》は、何といっても俊亮《しゅんすけ》であった。俊亮は格別《かくべつ》彼をちやほやするのでもなく、どうかすると、公園につれて行ってやる約束《やくそく》をしておきながら急用ができたと言っては、彼をすっぽかしたりするようなこともあった。しかし、そんな時に、次郎は、淡《あわ》い失望を感じこそすれ、あざむかれたという気持ちになることなどは、一度だってなかった。彼は父に、「ほう、来たな。」と、ごくあっさり言葉をかけられたり、忙《いそが》しい合《あ》い間《ま》にも、ちょいちょい顔をのぞかれたりするだけで、父の気持ちを十分に知ることができた。そして、もし自分にできることなら、恭一や俊三との遊びをやめても、父の仕事の手伝いをしてみたい、という気にさえなるのであった。で、町の魅力と、母や兄弟《きょうだい》に対する親和の情とが、かなり強いものになっていたとしても、もし彼に、父にあえるという大きな楽しみがなかったとしたら、彼はわざわざ四里《り》もの道を、陰気臭《いんきくさ》い家までやって来て、祖母の顔を見る気には、まだなかなかなれなかったであろう。

正木の家では、彼はほとんどあらゆる場合に自由であった。そこでは次郎の神経を刺激するような、冷たい、とげとげした言葉など、まったく聞かれなかった。むろん、祖父や祖母が、次郎に全然叱言《こごと》を言わないわけではなかった。しかし、その叱言は、少しも彼の苦にならない叱言だった。それに、第一、この家の生活には、いろいろの変化があった。櫨《はぜ》の実《み》を俵《たわら》に入れてたくさん積んである大きな土蔵の中で、かくれんぼをしていると、山奥《やまおく》で洞穴《ほらあな》の探検でもやっているような気分が味わえた。また、広い土間《どま》に広げられた櫨の実をから竿《ざお》で打ち落としたり、蒸《む》し炉《ろ》の焚《た》き口《ぐち》に櫨滓《はぜかす》を放りこんだり、蠟《ろう》油《ゆ》の固まったのを鉢《はち》からおこしたり、干場《ほしば》一面のまっ白な蠟粉に杉葉《すぎば》で打ち水をしたりする男衆《おとこしゅう》や女衆にまじって、おぼつかない手伝いをするのも、誇《ほこ》らしい喜びだった。ことに「灰汁入《あくい》れ」作業の手伝いは、次郎が学校を休んでもやりたいと思う仕事の一つだった。

この作業の日には、付近の農家から、手のあいた女たちがおよそ二十人近くも手伝いに来た。その中には、婆《ばあ》さんもいれば、若い娘《むすめ》もいた。それらの人たちに、家内《うち》の婢《おんな》たちや、子供たちも交えて、三十幾名《いくめい》のものが、土間に蓆《むしろ》をしいてずらりと二列に並《なら》ぶ。めいめいの前には、擂鉢型《すりばちがた》の浅い灰色の鉢に、一本の擂古木《すりこぎ》をそえたのが一つずつ置いてある。やがて、蠟油を溶《と》かした黄褐色《おうかっしょく》の液体が、一定の分量ずつ、男衆によって鉢に注《そそ》がれる。注がれた人は、すぐ擂古木をとって、それをかきまわさなければならない。かきまわしているうちに、はじめさらさらした蠟油が、次第にさめて、白《しら》ちゃけたどろどろの液になって来る。適当の時期を見はからって、男衆はそれに一《ひと》ひしゃくの灰汁《あく》を注ぎこむ。この時、まぜ手《て》は油断してはならない。精《せい》いっぱいの速度で擂古木をまわさなければならないのである。灰汁が注がれると、鉢の中の蠟油は、たちまちのうちにまっ白に変わり、同時に、擂古木が少々の力ではまわせないほど、ねばっこくなって来る。すると男衆は、すばやくその鉢をかかえて、あらかじめ水を打ってある他の鉢に、その中味をうつす。蠟はそこで徐々《じょじょ》に固まっていって、鉋《かんな》をかけられ、干場に出されるのを待つのである。

こうした作業が、毎日夜明けから日暮《ひぐ》れまで、二、三日もつづけて繰《く》りかえされる。その間には、婆さんたちの口から、腹をよらせるようなおもしろい話も出れば、娘たちの喉《のど》から、美しい歌も流れる。食事以外には定まった休憩《きゅうけい》の時間はないが、一鉢《ひとはち》あげるごとに、随意《ずいい》に渋茶《しぶちゃ》も飲めるし、また薩摩芋《さつまいも》や、時には牡丹餅《ぼたもち》などの御馳走《ごちそう》も、勝手にいただけるのである。

次郎もそうした中にまじって擂古木《すりこぎ》を回すのであったが、それがちょうど日曜日ででもあると、彼は終日あきもしないですわりとおすのであった。

「本田の坊《ぼっ》ちゃんは、何て辛抱強《しんぼうづよ》いんでしょう。」

「まったく珍《めずら》しいお子さんだよ。」

「坊ちゃん、ちょっと遊んでおいでよ。」

もし、こうした声が、一座の中から聞こえて来ようものなら、次郎はいよいようれしくなって、あくまでもがんばりつづけようとするのであった。

ただ、次郎にとっての困難は、灰汁《あく》入《い》れの瞬間《しゅんかん》だった。この大事な瞬間になると、さすがに彼の細腕《ほそうで》では、どうにもならなかった。で、彼は、その時になると、いつも隣《となり》のだれかに擂古木を回してもらうことにした。しかし、それは決して彼の恥辱《ちじょく》にはならなかった。というのは、ごく年上の婆さんたちや、若い娘たちの中にも、次郎と同じように、灰汁入れの時に人手を借りる者が、必ず何人かはいたからである。

次郎の野外《やがい》における楽しみも、屋内のそれに劣《おと》らず、変化に富んでいた。彼は、男衆に教《おそ》わって、天竺針《てんじくばり》をかけることや、どうけを沈《しず》めることを知った。日暮れにかけておいた天竺針には、朝になるときっと鰻《うなぎ》や鯰《なまず》がかかっている。どうけというのは、舌のついた目のあらい竹籠《たけかご》の底の部分に、焼《や》き糠《ぬか》をまぜたどろをぬり、それを、この付近によくあるため池の浅いところに沈めておいて、鮒《ふな》や鯉《こい》を捕《と》るのであるが、これも日暮れに沈めておくと、朝には大てい獲物《えもの》がはいっている。次郎は、その季節になると、よく夕《ゆう》飯《はん》におくれたり、まだ暗いうちから起きあがって、戸をがたびしいわせたりして、みんなに叱言《こごと》を食《く》うのであった。大川が近いので、男衆はちょっとしたひまをみては投網《とあみ》に行って、鱸《すずき》などをとって来るのだったが、そんな場合、次郎がいっしょでないことは、ごくまれであった。

大川の土堤《どて》を一里あまり下ると、もう海である。ちょうど同じくらいの距離《きょり》を上手《かみて》に行くと、旧藩《きゅうはん》時代の名高い土木家が植えたという杉並木《すぎなみき》がある。次郎は、そのどちらも好きであった。彼は、別におもしろいことが見つからないと、仲間を誘《さそ》っては、よくそのどちらかに出かけて行った。海では、干潟《ひがた》で貝を捕り、杉並木では木登りや、石投げをやった。

いつのまにか、彼は小船をこぐことを覚えた。また近所の農家で馬にも乗せてもらった。従兄弟《いとこ》たちといっしょに、この村の祭りに加わって、若衆組《わかしゅぐみ》の下働《したばたら》きもさせてもらった。本田の家では許されなかったようなことが、ここではほとんど自由であった。こうして、次から次へと新しい楽しみがふえて来た。その間に、農家の生活がどんなものだかも、次第《しだい》にわかって来て、ちょっとした手伝いぐらいは、彼にもできるようになったのである。

しかし、次郎の新しい生活は、単にこうした方面ばかりではなかった。竜一《りゅういち》とは毎日学校で顔を合わせるにもかかわらず、わざわざ葉書《はがき》を書いて、自分が正木に来ていることを報じたりした。それが春子への通信を意味したことは、言うまでもない。また、恭一の仲よしであった真智子《まちこ》のお伽噺《とぎばなし》の本が一冊、どうしたはずみか、次郎の机の中にまぎれこんで正木に届けられていたのを、これも、学校では返さないで、わざわざ郵便で送り返した。これは真智子の返事をもらいたかったからであったことは、その後しばらく、日に一回の郵便配達があるのを、非常に注意して待っていたのでもわかる。むろん彼に、恋心《こいごころ》というようなものが、すでにわいていたわけではない。彼が郵便を愛したことは、お鶴《つる》からの年賀状をたいせつにしまいこんでいたことでもわかるし、また父や兄に、おりおり手紙をかいて、その返事が来ると、従兄弟《いとこ》たちの前で、声たかだかと読みあげたりするのでもわかる。しかし、春子や真智子からの郵便を待つ心に、ある特別の感情が伴《とも》なっていたことも、やはり否《いな》めない事実であった。

彼はまた、一心《いっしん》に水を見つめたり、雲をながめたり、風の音や鳥の声に耳をかたむけたりすることもあった。ある日など、大川の土堤《どて》の斜面《しゃめん》にねころんで、赤い蟹《かに》が芦《あし》の茎《くき》を上ったり下ったりするのを、一時間あまりも一人で眺《なが》めていて、自分でも不思議に思ったことがある。しかし、あとで考えると、そんな時には、大てい、校番室を思い出し、お浜や、弥作爺《やさくじい》さんや、お鶴や、お兼《かね》や、勘作《かんさく》や、それからそれへと、正木の家に来るまでのことを、一巡《ひとめぐり》思い起こしていたことに気づくのである。

彼は、以前の悪癖《あくへき》がなおらないで、このごろでもしばしば生きものを殺した。しかし、殺したあとでは、いつも変に気味《きみ》わるい感じになるのであった。そんな時に、彼がよく思い出すのは、村はずれの団栗林《どんぐりばやし》だった。そこには小さな祠《ほこら》が祭られていたが、その祠の真うしろの、一番大きい団栗の幹に、大釘《おおくぎ》が五本ほど打ちこんであるのを、かつて彼は見たことがあった。村の人たちの話では、だれかが人をのろって、その両眼《りょうめ》と両耳と口とを利《き》かなくしようとしたものだ、ということだった。なるほど、そう聞くと、釘の位置が、ちょうどそんなふうになっていた。次郎には、運命というようなものを考える力はなかったが、思わぬ敵や、災《わざわ》いが、どこにひそんでいるかわからぬ、といったような感じが、そんなことから、いつとはなしに、彼の胸に芽生えはじめていたのである。

彼は、学校で、綴《つづ》り方《かた》はいつも甲をもらった。先生に教室でそれを読みあげてもらったりすることもまれではなかった。しかし、彼の綴り方は、勇ましい活動的な方面を書いたものよりも、むしろ、そうした沈《しず》んだ感傷的なもののほうが多かった。

こうして、彼の正木における新生活は、一見《いっけん》すらすらと流れているようで、かなりこみ入った内容を持ちはじめていたのである。

三二　土蔵《どぞう》の窓

正木の家での次郎の自由な生活に、ごくかすかではあったが、暗い影《かげ》を投げている人が一人だけあった。それは先年亡《な》くなった伯母《おば》の夫に当たる人で、名を謙蔵《けんぞう》といった。次郎はこの人にだけは、最初から何とはなしに気がおけていたのである。

正木の老人には、末っ子に男の子が一人あった。しかし、彼には学問で身をたてさせることにしていたので、総領娘《そうりょうむすめ》――お民《たみ》の姉――に早くから謙蔵を迎《むか》えて、蠟屋《ろうや》の仕事いっさいを任《まか》せて来たのだった。ところが、その男の子は、東京に遊学中病気になり、若くして死んでしまったので、謙蔵が、自然、この家を相続することになったわけなのである。

謙蔵は、村内のさる中農の次男だったが、性来《せいらい》実直で、勤勉で、しかもどこかに才幹があるというので、正木の老人の眼鏡《めがね》にかなったのだった。もっとも、彼は小学校きり出てなかったので、その点では、この家の相続人として不似合いであり、彼自身でも、人知れずそれにひけ目を感じていたらしかった。しかし、櫨《はぜ》の実《み》の買いつけから、蠟のうりさばきにいたるまでの商売上のかけひき、その他、日々の一家の経営にかけては、人にうしろ指をさされたことがなく、それに、すでにそのころには、子供が二人もできていたので、正木の相続人としての彼の資格に、もうどこからも文句《もんく》の出ようはずはなかった。

正木の老人に対する彼の態度は、ほとんど絶対服従と言ってもいいくらいであった。また老人のほうでも、命令ずくで彼に対するようなことは決してなく、むしろ、ちょっとしたことにも、なるべく彼を立てていく、といったふうがあった。今度《こんど》次郎をあずかるについても、むろん二人の間には、いつのまにか相談ができており、謙蔵のほうに、次郎をいやがるような気持ちなど、少しもなかったのである。

次郎は、しかし、謙蔵の前に出ると、何となく気づまりだった。食事の時など、彼が近くにいるのといないのとでは、すわり方からいくぶんちがっていた。謙蔵は、元来《がんらい》無口で、めったに笑顔《えがお》を見せない性質だったが、次郎にとっては、それが自分に対する時だけのように思われてならなかった。で、彼は、なるべく謙蔵に近づかない工夫《くふう》をした。謙蔵のほうでは、別にそれを気にもとめず、かといって、進んで次郎を手なずけようとする努力もはらわなかった。こんなふうで、二人の間には、いつまでたっても、伯父甥《おじおい》らしい親しみが生まれて来なかったのである。

謙蔵に対して、ちょうど次郎と同じ気持ちでこの家に寝起《ねお》きしている子供が、もう一人いた。それは、お延《のぶ》という次郎の叔母《おば》――お民の妹――の一人子で、次郎より一つ年下の誠吉《せいきち》だった。

お延は、ある官吏《かんり》の妻になっていたが、誠吉がまだお腹《なか》にいたころ、夫に死に別れて、正木に戻《もど》り、そこで誠吉を生んだのだった。男の子が生まれれば先方《せんぽう》の籍《せき》に入れる、ということになっていたが、いよいよ生まれてみると、第一お延が手放したがらないし、それに、先方でも喜んで引き取るような様子《ようす》がなかったので、正木の老人は、いろいろと考えた末、謙蔵夫婦《ふうふ》に相談して、表面その実子《じっし》にして籍を入れてもらうことにしたのである。

謙蔵夫婦は、別に誠吉を愛しもせず、さればといって憎《にく》みもしなかった。いったいに二人とも、自分たちの実子に対しても、こまかな心づかいなどしないほうで、いつも商売や家庭のきりもりにかまけているほうだった。だから、あたりまえなら、誠吉は、他の子供たちにくらべて、そう不幸なはずもなく、謙蔵に対して変な気など起こす理由は少しもなかったのである。

罪はむしろ母のお延にあった。彼女は、必要以上に自分の境遇《きょうぐう》にひけ目《め》を感じていた。その結果、自分だけが遠慮《えんりょぶか》深くふるまうだけでなく、誠吉にもそれを強《し》いた。謙蔵の目の届くところでは、ことにそれがはなはだしかった。台所のほうのことは、大ていお延に任されていたが、彼女は誠吉を偏愛《へんあい》するとみんなに思われたくないところから、わざわざ誠吉の食物を他の子供たちよりも悪くしたり、何かの都合で、さかななどが人数に足りないと、誠吉だけにがまんさせたりした。また、誠吉が従兄弟《いとこ》たちといっしょに何かいたずらでもすると、しかられるのは、いつも誠吉だけだった。しかも彼は、しばしば謙蔵の前で謝罪《しゃざい》を強いられるのだった。謙蔵は、そんな場合、深く取りあいもしなかったが、悪戯《いたずら》の性質上、それが一番年下の誠吉の罪でないと見ると、彼は自分の長男の久男や、二男の源次を呼んで、ひどくしかった。お延は、そうなると、ますますうろたえて、自分は自分で、誠吉にうんと叱言《こごと》を言うのだった。

次郎が正木にあずけられる少し前、お延は、亡くなった姉のあとに直って、謙蔵と結婚することになったが、そうなると、彼女はいよいよ、人前で誠吉に叱言を言ったり、差別待遇《さべつたいぐう》をしたりすることが多くなった。そして、おりおり彼を陰《かげ》に呼んでは、母らしい情愛をもって彼を抱擁《ほうよう》し、同時に、その幼い頭に、義理《ぎり》ある父に対する従順の徳を説《と》き、義兄弟《ぎきょうだい》たちに対して、すべてを譲《ゆず》るように、因果《いんが》をふくめるのだった。

村人たちにとっては、腹をいためた子以上に義理ある子を愛するということは、まさに驚異《きょうい》に値《あたい》する婦徳の一つであった。

「お延さんは、さすがに正木の娘《むすめ》さんだ。」

そうした賞讃《しょうさん》の声が、あちらでも、こちらでも聞かれた。それはお延自身の耳にも謙蔵の耳にも、正木老夫婦《ろうふうふ》の耳にもはいった。お延はいよいよ自分を引きしめた。謙蔵は自分の妻をほめられて悪い気持ちはしなかった。そして、誠吉を愛するのは自分の役目かな、と考えてみたりした。彼はしかし相変《あいか》わらず、どの子供に対しても、自分から進んで気を使おうとはしなかった。正木老夫婦は、安心とも心配ともつかぬ気分で、謙蔵とお延と孫たちを眺《なが》めていた。

次郎の耳には、世間《せけん》のうわさなど、そう多くははいらなかったかもしれぬ。しかし、彼は、こうしたことにはだれよりも敏感《びんかん》であった。以前から、誠吉の立場が、他の従兄弟たちといくらかちがっていることには、ぼんやり感づいていたが、今度来てみて、しばらくいっしょにくらしているうちに、はっきりそれがわかって来た。そして誠吉が、食事のときなど、ちょっとのびあがってみんなの皿《さら》を見まわしたり、なんでもないことをするのにも人目《ひとめ》を避《さ》けたり、必要もないのに自分から言いわけをしようとしたりする気持ちが、次郎にはよくのみこめた。

次郎は、最初、以前自分が母に対して抱《いだ》いていたと同じような感じを、お延に対して抱きはじめた。しかし、時が経《た》つにつれて、自分の場合と誠吉の場合とは、かなり様子がちがっていることに気がついて来た。そして、誠吉本人がいつも警戒《けいかい》しているのは、お延でなくて謙蔵であることが、次第《しだい》にわかって来ると、彼は、お延と誠吉と自分とで、内密に攻守《こうしゅ》同盟でも結んでいるかのような気になってしまった。

誠吉は気の弱い子で、次郎の遊び相手としてはすこぶる物足《ものた》りなかった。しかし、次郎は、いかなる場合にも誠吉の味方になることを忘れなかった。学校の行き帰りはもとより、戦争ごっこや、鬼《おに》ごっこや、隠《かく》れんぼなどで、誠吉が不利な立場に立っていると、何とかして彼を助けてやろうとした。また時としては、正木老夫婦や、謙蔵や、お延の前で、こまちゃくれた口のききかたをして、誠吉の過失を弁護《べんご》したりすることもあった。そんな場合、お延は迷惑《めいわく》そうな顔をして、次郎の出しゃばりをたしなめ、いっそうきつく誠吉をしかるのだった。次郎は、しかし、それはお延の本心ではなく、内心ではかえって自分に感謝しているのだと、一人ぎめに、きめてしまっていたのである。

次郎のこまちゃくれたおせっかいも、この程度《ていど》でとまっていれば、大したことにはならなくてすんだのであるが、あるはずみから、とうとう彼は、取り返しのつかない失敗を演じてしまったのである。

ある日次郎が、みんなより少しおくれて、学校から帰って来ると、土蔵《どぞう》と母屋《おもや》との間の路地《ろじ》に、誠吉がしょんぼりとたたずんで泣いていた。わけをたずねてみると、土蔵の白壁《しらかべ》に鉛筆《えんぴつ》で落書きをしているところを謙蔵に見つかって、しかられたというのである。おそらくそれは、謙蔵が通りがかりにちょっと注意した程度のものだろうと思われるが、かりそめにも、謙蔵に直接叱言《こごと》をくったということは、誠吉にとって気味《きみ》の悪いことだったに相違《そうい》ない。次郎もむろん無関心ではおれなかった。彼は、彼の頭に映《うつ》っている謙蔵と、目の前にしょんぼり立って泣いている誠吉とを結びつけて考えながら、一種の義憤《ぎふん》にかられて来た。しかし、自分が全然知りもしないことを、いつものとおり誠吉のために弁解するのも変だ。また、かりに弁解するとしても、どう弁解すればいいのか、だれのところに持っていけばいいのか。これまではしかり手《て》が必ずお延だったので、言いだしやすかったが、謙蔵に直接では、すこし勝手がわるい。――次郎はそんなことを考えているうちにますます謙蔵が悪い人のように思われて来た。

「次郎ちゃん、あやまっておくれよ。」

誠吉は、口に指をくわえながら言った。次郎は、しかし、誠吉の弱々しい言葉をきくと、いっそう力《りき》みかえった。

「何だい？　あやまることなんか、あるもんか。」

「だって、僕《ぼく》、見つかったんだもの。」

「見つかったって、何だい。久ちゃんだって、源ちゃんだって、みんな落書きしてらあ。」

誠吉は、それはそうだ、と思った。しかしそう思っただけで、心はやはり落ち着かなかった。

「あやまらないと、僕、母《かあ》さんにもしかられるんだよ。」

「だって、叔母《おば》さん、まだ知らないだろう。」

「もう知ってるかも知れないよ。」

「叔母さんにも、言いつけるだろうか、あいつ。」

誠吉は、次郎の「あいつ」と言ったのに、眼《め》を見はった。次郎は、しかし、平気で言いつづけた。

「僕、あいつ、きらいだい。いつも叔母さんにばかり誠ちゃんを叱《しか》らすんだもの。」

二人は、しばらく黙《だま》りこんだ。次郎はやがて、何かふと思いついたように、

「誠ちゃんは、あいつを、いつも父《とう》さんって言うんだろう?」

「…………」

誠吉は、いよいよ変な顔をして、次郎を見た。彼は、正木で生まれて正木で育ったの

で、従兄弟《いとこ》たちといっしょに、少しの無理もなく、謙蔵を父《とう》さんと呼びならわして来ている。彼が実の父でないことを、はっきり知っている現在でも、それだけは、彼にとって、ちっとも不自然には感じられないのである。

「父さんでもない人を、父さんなんていうばかがあるもんか。」

次郎は、平気でそんなことを言った。彼はそれがいかに毒《どく》のある言葉であるかを、まだよく知らなかったのである。誠吉は、しかし、何となく恐《おそ》ろしくなった。彼は心配そうにたずねた。

「じゃ、何て言うの?」

「何とも言わなくったっていいや。僕だって、もうこれからは伯父《おじ》さんなんて言わないことにすらあ。だから、誠ちゃんも、父さんって言うの、よせよ。」

「だって、用がある時、どうする?」

「用なんかあるもんか、用があったら、僕、お祖父《じい》さんに言わあ。誠ちゃんも、お祖父さんに言えよ。」

「僕はお祖母《ばあ》さんが一等《いっとう》いいんだがなあ。」

「そんなら、お祖母さんでもいいさ。僕はお祖父さんにするから、誠ちゃんはお祖母さんにしろよ。」

「でも、母《かあ》さんは、何でも父さんにきかないと、いけないって言うよ。」

「ばかにしてらあ。お祖父さんが一番の大将だよ。あいつなんか、他所《よそ》から来たんだい。」

次郎はそう言って、得意《とくい》らしく顔をあげた。すると、驚《おどろ》いたことには、すぐ鼻先の土蔵の窓から、人の顔がのぞいていた。

それは、ちらっと見えてすぐ消えたが、謙蔵の顔らしかった。次郎は急にそわそわしだした。彼は、何か言おうとする誠吉を、手で制しておいて、土蔵の窓に注意をはらいながら、及《およ》び腰《ごし》になって、路地の入り口まで忍《しの》んで行った。

土蔵の戸口には、はたして謙蔵が、大福帳《だいふくちょう》をぶらさげて石のように突《つ》っ立《た》っていた。次郎ははっとして後《あと》じさりしようとした。しかし、もうその時には、異様な輝《かがや》きをもった謙蔵の眼が、青ざめた額《ひたい》の下から、ぐっと次郎を睨《にら》んで放さなかった。

次郎はすぐ地べたに眼を落とした。しかし彼は、自分の右の頬《ほお》に、いりつくような謙蔵の視線をいつまでも感じていた。

あたりはしいんとしていた。路地の奥《おく》では、誠吉が、次郎が何をしてるかを心配しながら待っていた。

やがて、土蔵の戸口から足音がして、次郎のうなだれている顔の前をゆっくり通りぬけた。その足音は、一つ一つ、次郎の鼓膜《こまく》を栗《くり》のいがのように刺激《しげき》した。

次郎が、やっと自分を取りもどして、誠吉のところに帰って行ったのは、それから二、三分もたってからであった。彼は、誠吉に何をきかれてもはっきりした返事をしなかった。彼は何とかごまかしながら、そのまま誠吉を誘《さそ》って、村の中を、あちらこちらと日暮《ひぐ》れごろまで遊びまわった。

その後、この事件がどんな結果になったかは、謙蔵と次郎だけが知っていた。謙蔵はだれにも次郎のふとどきなことを話さなかった。次郎もまたあくまで沈黙《ちんもく》を守った。誠吉は、次郎との会話を謙蔵に聞かれたとは思っていなかったし、また次郎の言ったことが、人に知られてはならないことのように思われたので、やはり口をつぐんで母にも言わなかった。

謙蔵と次郎の視線は、それっきりめったに出っくわすことがなかった。万一《まんいち》出っくわしても、次郎の視線は、謙蔵の剣《つるぎ》のような視線によってすぐはじきとばされた。はじきとばされたのは、彼の視線ばかりではなかった。次郎は謙蔵の眼をさけるために、いつも自分の体の置きどころを考えなければならなかった。――以前からも、彼は謙蔵を避《さ》けるふうがあったが、その当時とは意味がまるでちがって来たのである。――彼はなるべく学校のかえりをおくらす工夫をした。できるだけ魚釣《さかなつ》りに出た。近所の農家が忙《いそが》しくて遊び相手がないと、進んでその手伝いもやった。しかし日暮れになって家の近くまで帰って来ると、彼の胸には、いつも鉛《なまり》のような重いものが、のしかかって来るのだった。

彼は、謙蔵を伯父《おじ》さんとは決して呼ばなくなった。しかしそれは、そう呼ぶのがいやだったからというよりは、呼びたくても、もうそう呼べなかったからであった。謙蔵に何か言わなければならない用を、老夫婦やお延に言いつかると、彼はいつもそれを、巧《たく》みに誠吉や他の従兄弟たちに譲《ゆず》った。そして、彼らが――誠吉もまた――謙蔵を「父《とう》さん」と呼んで、こだわりなく用をすましているのを陰で聞きながら、自分一人が、彼らにまで、のけ者にされているような感じになるのだった。

かように、正木の家の明るい空気の中で、謙蔵の胸には次郎が、次郎の胸には謙蔵が、いつも黒いかたまりになって、こびりついていた。だが、それはあくまで二人きりの問題であった。老夫婦も、お延も、しばらくは、まるでそんなことには気がついていないらしかった。誠吉ですらも、自分以上に次郎が謙蔵を窮屈《きゅうくつ》がっているとは、ちっとも考えていなかった。

こうして正木の家も、次郎にとって、完全に幸福な家ではなくなってしまったのである。

三三　看《かん》病《びょう》

そのうちに、一年半の歳月《さいげつ》が流れて、次郎もいよいよ六年生になった。

学校では、上級学校入学志望の子供たちに対して、学年始めから、特別の課業が始められた。次郎も、その教室に出入りする一人だった。彼《かれ》は、雲雀《ひばり》のさえずる麦畑の間を歩きながら、竜一《りゅういち》たちと、ほのかな希望を語りあったりするのであった。

次郎と謙蔵《けんぞう》との間の黒い影《かげ》は、その後、時がたつにつれて、いくらかずつぼかされていった。そして、ごくまれにではあったが、次郎の唇《くちびる》からも、「伯父《おじ》さん」という言葉がもれるほどになった。しかし、何もなかった以前の気持ちにかえることは、むろん望めないことだった。それに、ながい間には、二人の間の感情が、老夫婦《ろうふうふ》や、お延《のぶ》の眼《め》に映《うつ》らないでいるはずがなかった。で、黒い影は、ぼかされていく一方、そろそろと家じゅうの人たちの胸に薄墨《うすずみ》のようにしみていくのであった。

しかし、だれの心にも、次郎がこの家にいるのも、もうあと一年だ、という考えがあった。そして、謙蔵は舅《しゅうと》や姑《しゅうとめ》に対する義理合《ぎりあ》いから、お延は姉のお民《たみ》に対する思わくから、老夫婦は、次郎本人に対する愛と俊亮《しゅんすけ》に対するめんぼくから、それぞれにあと一年をがまんすることにした。もっとも、老夫婦はただがまんするというだけでなく、これからの一年間にいくらかでも次郎の性質を矯《た》め直《なお》して、謙蔵にもよく思われ、俊亮夫婦にも喜んでもらいたいという気持ちでいっぱいであった。

次郎は、そうした間にあって、いよいよませて来た。そして、世間《せけん》というものがいくらかずつわかりだすと、もう自分の家と親類の家とをはっきり区別して、自分が現在どんな位置にいるかを考えずにはいられなくなって来た。

(自分はこの家で生まれた人間ではない。誠吉《せいきち》ならいばってこの家の飯《めし》を食《く》っておれるが、自分はそういうわけにはいかないのだ。)

こんなことに気がつきだした彼は、変に何事《なにごと》にも用心深くなった。そしてこれまで謙蔵に対してだけ感じていた窮屈《きゅうくつ》さを、この家のすべての人に対して感じるようになり、祖父や祖母に対してすら何かと気兼《きが》ねをするようになった。また、雇《やと》い人《にん》たちが彼に向かって軽口《かるくち》をたたいたり、ちょっと手伝いを頼《たの》んだりすると、何だか侮辱《ぶじょく》されたような気がして、以前のように気軽にそれに受け答えすることができなくなってしまった。

それに、何よりも、彼に変に思われだしたのは、このごろのお祖父《じい》さんやお祖母《ばあ》さんのそぶりに、何か彼にかくしだてをしているようなところが見えることであった。二人とも、最近しげしげと本田を訪《たず》ねるのに、いつも次郎には知らさないで出て行ってしまった。帰って来ても、本田の話をするのを、なるだけ避《さ》けようとするふうがあった。

「町になんか行くひまに、うんと勉強して、お前も来年は中学生になることじゃ。」

これが、彼を町につれて行かなかった場合の、お祖父《じい》さんのいつもの口癖《くちぐせ》であった。

するとお祖母《ばあ》さんも、すぐそのあとについて、

「恭一《きょういち》は優等で二年になったそうだよ。」

と、きまり文句《もんく》のように言うのであった。

次郎は、そんなふうに言われると、いよいよ疑《うたぐ》り深くなった。彼は本田と正木との間に、自分のことについて、何かこそこそと相談しあっているのではないか、と疑ったりした。こうして彼の幼いころからの孤独感《こどくかん》は、ますます色が濃《こ》くなっていくのであった。

そろそろ夏が近づいて来た。ある日、彼が学校から帰って来て、子供部屋《べや》になっている二階に上ろうとすると、座敷《ざしき》のほうから、思いがけない俊亮の声が聞こえて来た。彼は、はっとして梯子段《はしごだん》を上りやめて、そっと声のするほうをのぞいてみた。すると、そこには、老夫婦に、謙蔵、お延、俊亮の五人がまじめくさった顔をしてすわっていた。彼らは、次郎が梯子段を上る音で話をやめ、いっせいにこちらを見たらしかったが、だれの顔も石像のように固かった。ひさびさであった俊亮ですら、じっとこちらを見てい

るだけで、言葉をかけそうな気配《けはい》さえ見せなかった。

次郎は、どうしていいかわからなくて、しばらく梯子段にくぎづけにされたように突《つ》っ立《た》っていたが、みんなが彼の姿の見えなくなるのを待っているとしか思えなかったので、不安な気持ちに襲《おそ》われながら、そのまま二階に上って行ってしまった。

二階に上ると、彼はいつになく机《つくえ》の前にすわって、教科書をひろげた。むろん勉強する気には少しもなれなかった。彼はぼんやりと教科書を見つめながら、耳を階段の下にすました。

話し声は、しかし、まるで聞こえなかった。いつもの彼なら、廂《ひさし》から庭木を伝ってでも下におりて盗《ぬす》み聞《ぎ》きするのだが、今日《きょう》は不思議に手足までが固くなったような気がして、机の前にすわったきり、小《こ》一時間も動かなかった。

窓の外では、廂の上に伸《の》び出《で》た橙《だいだい》の木に、蜜蜂《みつばち》が何匹《なんびき》もたかって、白い花をほろほろとこぼしていた。次郎は、見るともなしにそれを見つめていた。すると、梯子段の下から、だしぬけにお延の声がきこえた。

「次郎ちゃん、お勉強?」

次郎は、なぜか、すぐには返事ができなかった。彼は、急いで筆《ふでい》入れの中から鉛筆《えんぴつ》を一本取り出し、しきりにそれを削《けず》りはじめた。

「おや、いないの？」

お延の足音が梯子段《はしごだん》を上って来た。次郎が、鉛筆と小刀《こがたな》を持ったまま、あわてて立ちあがると、もうお延の顔がのぞいていた。

「まあ、返事をしないものだから、どうしたのかと思ったわ。……父《とう》さんが呼んでいらっしゃるから、すぐおりておいで。」

次郎は、異様な緊張《きんちょう》を感じながら、お延のあとについて階下におりた。

座敷には、もう謙蔵の姿は見えなかった。俊亮と老夫婦とは、相変《あいか》わらず硬《かた》い顔をしてすわっていた。次郎は、俊亮にお辞儀《じぎ》をして、窮屈《きゅうくつ》そうにその前にすわったが、その眼は、みんなの顔を見くらべては、すぐ畳《たたみ》の上に落ちていくのであった。

「次郎、お前には、これから、母《かあ》さんにしっかり孝行《こうこう》をしてもらわねばならんが……」

俊亮はかなりながい間次郎を見つめてから、いつもに似ぬおもおもしい口調《くちょう》で言った。

次郎は、そう言われただけでは、むろん返事のしようがなかった。彼はただ、自分のことについて、父が何か重大なことを言いだそうとしていると思って、いよいよ固くなるばかりであった。

「母さんも、もう二、三日すると、こちらにご厄介《やっかい》になることになったんだよ。」

次郎はわけがわからなかった。しかし、自分の予想していたこととは、話が大ぶちがっていそうに思えたので、いくらか安心した。そして、まじまじと父の顔を見た。

「お前にはまだ知らしてなかったが、母さんは病気になってね。」

俊亮の声はいやに寂《さび》しかった。彼はまだ何かつづけて言うつもりらしかったが、それだけ言うと急に黙《だま》りこんでしまった。すると正木のお祖母《ばあ》さんが、すぐそのあとを引きとって、ぐちっぽくいろいろと話をした。それによると、お民の病気は肺《はい》で、町の狭《せま》くるしい、陰気《いんき》な家にいては、ますます重くなるばかりだから、お祖父《じい》さんの発意で、こちらでゆっくり養生《ようじょう》することになった、というのであった。

むろん、俊亮の経済的な窮迫《きゅうはく》とか、本田のお祖母さんの病人に対するしうちとかについては、一言《ひとこと》も話されなかった。しかし、次郎は話をききながら、そうしたことについても、大ていは想像してしまった。

ひととおり話が終わると、俊亮が言った。

「実は、母さんがそんな事になったので、お前までご厄介になるというわけにはいかんから、今日《きょう》にもお前を町につれて帰ろうかと思っていたんだ。ところが、お祖父さんは、お前が母さんに孝行をするのはこんな時だ、どうせ小学校を出るまでこのままおいたらどうだ、とおっしゃってくださる。どうだ、お前に母さんの看病《かんびょう》ができるか。」

次郎は、母の看病のことを考える前に、町の陰気な部屋《へや》をひとりでに思《おも》い浮《う》かべた。

そして、その中で本田のお祖母《ばあ》さんに何もかも世話を焼いてもらう自分を想像してみた。彼は、その想像だけで、もう何も考えてみる必要を感じなかった。謙蔵伯父《おじ》のことがちょっと頭にひらめかぬでもなかったが、母の看病をするという理由がある以上、これからはかえってだれにも気兼ねなしに、正木の家におれるような気さえした。彼はむしろ勇みたつようにして答えた。

「僕《ぼく》、きっと母《かあ》さんの看病ができるよ。」

「そうか。では、どんなことをするんだい。」

俊亮はかすかに微笑《びしょう》しながら言った。

「看病ぐらい、わかってらあ。」

「わかってる? じゃ言ってみたらいいじゃないか。」

「薬をついでやったり、体をさすってやったりするんだろう。」

「それっきりか。」

「氷で冷やしてやることもあるよ。」

「それっきりか。」

「まだいろいろあるさ。」

「いろいろってどんなことだい。」

次郎は、父が変に皮肉《ひにく》を言っているような気がして、少し腹がたった。で、それっきり返事をしないで、そっぽを向いてしまった。

俊亮は、しばらくその様子《ようす》を見まもっていたが、急におさえつけるような口調で、

「次郎、そんなことじゃ、お前にはまだ母さんの看病はできない。お祖父《じい》さんがせっかくああおっしゃってくださるが、やっぱり父《とう》さんと町に帰ることにしたらどうだ。」

次郎は驚《おどろ》いて父を見た。それから正木老人を見た。しかし、二人とも恐《おそ》ろしくまじめな顔をして、彼を見つめているだけだった。彼はますますうろたえて、祖母とお延を見た。しかし、この二人もにこりともしないで口を結んでいる。

こんなことは、次郎にとってまったくはじめてであった。これまで彼が困った場合、彼を救ってくれるのは、いつも俊亮であり、正木の老夫婦であった。お延にしても、謙蔵に対する気兼ねから、きわだって彼に味方することはなかったが、心の中では彼の肩《かた》を持ってくれている一人に相違《そうい》なかった。それが今日《きょう》は申し合わせたように、冷たい眼をして彼を見守っている。

（これはただごとではない。）

彼はそんな気がした。しかし、どうしていいのか、さっぱりわからなかった。どんな場合にも、抜《ぬ》け道《みち》を見いだすことにかけては本能的である彼も、自分の味方だと思って

いる人たちに、こうおし黙って見つめられていたのでは、手も足も出なかったのである。彼は生まれてはじめて、本当の行き詰まりを経験した。箱《はこ》の中に入れられて、押《お》し詰《つ》められるような感じである。たまらなくくやしい。しかも、そのくやしさの奥《おく》から、わけのわからぬ恐怖《きょうふ》が入道雲のように押し寄せて来る。反抗《はんこう》もできない。皮肉な態度にはむろんなれない。かといって、この場を逃《に》げだすきっかけも見つからない。彼は泣くよりほかに道がなかった。

涙《なみだ》というものは、よかれあしかれ、たいていのことを結末に導いてくれるものである。次郎の涙はまったくわけのわからぬ涙であったとしても、四人の心を動かすには十分であった。ことにこの場合は、次郎の涙は彼らによって待たれていたものだとも言えるのであった。

「泣くことなんか、ありゃしない。」

お祖母《ばあ》さんがまず口を切った。

お祖父《じい》さんが、すぐそのあとについて、慰《なぐさ》めるとも叱《しか》るともつかぬ口調で言った。

「ここにいたければ、いてもいい。じゃが、もっとすなおな心になってもらわんと、みんなが困る。父《とう》さんもそれを心配していられるんじゃ。」

それを聞くと、次郎の頭には、すぐ謙蔵の顔がひらめいた。彼だけがこの席をはずしているわけも、どうやらわかるような気がした。しかし、それならそれで、はっきりそういってくれてもよさそうに思えた。何で父は、母の看病のことなんかで、あんないじわるを言ったんだろう。そう思うと、やはりわけがわからない。次郎は、しくしく泣きながらも、頭の中は、かなり忙《いそが》しく働かせていた。

「お祖父さんのおっしゃるとおりだ。」と、今度《こんど》は俊亮が言った。

「もうお前も六年生だ。少しは道理もわかるだろう。少しのことにすねたりして、お祖父さんやお祖母さんに、いつまでも心配をかけるんじゃない。それに第一、――」と、少し間《ま》をおいて、

「伯父《おじ》さんや叔母《おば》さんのご苦労は、これからなみたいていじゃないんだ。何しろ病人を世話してくださるんだからね。この上、お前に変にひねくれたまねなんかされたんでは、この父さんがまったく申しわけがない。母《かあ》さんだって落ちついて養生《ようじょう》ができないだろう。お前は、母さんの看病ぐらい何でもないように言っているが、本当の看病はね、病人に気をもませないことなんだ。ことに母さんの病気は気分が何よりたいせつだからね、もしこちらにいたけりゃ、第一、皆《みな》さんの言いつけをすなおにきくこと、それに勉強、それから学校がひけたら、さっさと帰って来て、さっきお前が言ったように、母さんのお世話をすることだ。いいか。次郎。」

次郎はこれまで、こんなにたてつづけに、しかも厳《きび》しい口調で、父に教訓された経験がなかった。彼は、父特有ののんきな調子を、どこにも見いだすことができなかったばかりか、かえって言葉のはしばしに、何かしら深い苦しみがにじみ出ているようにさえ感じた。

彼はやはり泣きつづけていた。しかし、もう彼の涙は、決してわけのわからぬ涙ではなかった。彼は父の立場を考えた。彼自身の立場を考えた。そして、何かしら非常に重たいものが、彼の五体にのしかかって来るような感じがした。

彼はむせびながら言った。

「父《とう》さん、悪かったよ。僕……僕……」

彼はこの謝罪《しゃざい》には、少しの偽《いつわ》りもなかった。かといって、それは純粋《じゅんすい》な感情の表示《ひょうじ》でもなかった。この言葉の奥には、感情とともに理性と意志とが働いていた。彼はもう一個の自然児ではなかった。複雑な人生に生きて行く技術を意識的に働かそうとする人間への一転機が、この時はっきりと彼の心にきざしていた。それほど、彼は、彼自身と周囲との関係をおもおもしく頭の中に描《えが》いていたのである。

三四　牛　肉

正木の家の離室《はなれ》が、お民《たみ》の病室になったのは、それから三日の後であった。その三日間を、次郎は、深くものを考えるような、それでいてそわそわと落ちつかないようなふうで暮《く》らした。

お民は見ちがえるほどやせていた。青白い額《ひたい》の皮膚《ひふ》が、冷たく骨にくっついて、その下から眼《め》だけが澄《す》みきって光っていた。次郎が学校から帰って来てはじめて彼女の病室にはいった時には、彼女はしずかに眠《ねむ》っていたが、まもなく眼をさまして彼の顔を見ると、いかにも寂《さび》しく微笑《びしょう》した。その微笑が、遠い世界からの不思議な暗示《あんじ》のように次郎の心をとらえた。そして蠟細工《ろうざいく》のような血《ち》の気《け》のない唇《くちびる》の間から、まっ白に浮《う》き出《だ》した歯が、なまなましく次郎の眼にしみついた。

病室には、ほとんど正木のお祖母《ばあ》さんがつききりだった。で、次郎には大して用もなかったが、彼は、学校から帰ると、なるだけ病室を遠く離《はな》れないように努めた。そして、母のほうからよく見える次《つぎ》の間《ま》の片隅《かたすみ》に机《つくえ》を置いて、おさらいをしながら、お祖母さんが何か用を言いつけるのを待っているようなふうであった。

彼は、学校の帰りに道草《みちくさ》を食《く》ったり、一人で遊びに出たりすることはほとんどしなくなった。遊びに出るにしても、それは大てい従兄弟《いとこ》たちに誘《さそ》い出《だ》される場合に限られていた。そして、そうした場合でも、彼は必ず病室にいるお祖母《ばあ》さんの許しを得てからにするのであった。で、あとでは、従兄弟たちも、次第《しだい》に彼を特別扱《あつか》いするようになり、彼を誘い出すのを遠慮《えんりょ》したり、忘れたりすることが多くなった。

だが、彼のこうした態度には、まだかなりの無理があった。病気の母に対する子として自然の感情からというよりは、この場合そうしなければならぬという義務的な気持ちのほうが強かった。だから、従兄弟たちだけで自由にはしゃぎまわっている声がきこえたりすると、彼は変に落ち着かなかった。そして病気の母に対して淡《あわ》い反感をさえ抱《いだ》くことがあった。しかし、その反感を、少しでも、顔や言葉に表わすようなことは決してなかった。

彼の変化は、むろんだれの目にもついた。そして、それがあまり著《いちじる》しいので、みんなを驚《おどろ》かせもし、涙《なみだ》ぐましい気持ちにもさせた。

「何といういじらしい子だろう。」

そう言って正木のお祖母さんは、おりおり袖口《そでぐち》で目尻《めじり》をふいた。

「次郎のことだけが心残りだったんですけれど、こんなふうだと安心して死ねますわ。」

お民はよくそんなことを言っては、みんなを泣かした。

お延《のぶ》は、むろん、誠吉《せいきち》を戒《いまし》める材料に、しょっちゅう次郎を引き合いに出した。謙蔵《けんぞう》ですら、子供たちがあまりそうぞうしいと、

「少し次郎ちゃんに見習って、勉強するんだ。」とどなることがあった。

正木のお祖父《じい》さんだけは、不思議に何とも言わなかった。言っているのかもしれなかったが、次郎の耳には少しもはいらなかった。次郎にとっては、それはたしかに物足《ものた》りないことの一つではあったが、しかし、そのために彼は決して悲観はしなかった。なぜなら、この家で、お祖父さんは彼の第一の味方であり、その第一の味方が、他の人たち以上に彼をほめていないわけはない、と彼は確信しきっていたからである。

ところで、そうした讃辞《さんじ》は、次郎にとって大きなよろこびであるとともに、また強い束縛《そくばく》でもあった。彼はいつも人々の讃辞に耳をそばだてた。そして、一つの讃辞は、やがて次の新しい讃辞を彼に求めさせた。彼は、彼自身の本能や、自然の欲求に生きる代《か》わりに、周囲の人々の讃辞に生きようと努めた。それも彼の本能の一つであったといえないことはないかもしれない。しかし、そのために、彼が次第に身動きができなくなっ

て来たことはたしかだった。しかも、時としては、彼は、そのために、心にもない善行にまで追いつめられることさえあったのである。

ある日彼は、おりおりこの村にやって来る顔なじみの肉屋が、近所の農家の前に目籠《めご》をおろして、肉を刻《きざ》んでいるのを見た。その時は、ちょうど学校の帰りがけで、村の仲間たちといっしょだった。仲間たちは、肉屋を見ると、すぐそのまわりを取り巻いた。巧《たく》みな出刃《でば》の動きにつれて、脂気《あぶらけ》のない赤黒い肉が、俎《まないた》の片隅《かたすみ》にぐちゃぐちゃにたまっていくのを、彼らは一心《いっしん》に見入った。空がどんよりと曇《くも》って、むし暑い空気の中を、肉の匂《にお》いがむせるように漂《ただよ》った。

次郎もいっしょになって、しばらくそれを見ていたが、ふと彼は、母が毎日飲む肉汁《スープ》の事を思い起こした。「鶏《にわとり》の肉汁にはもうあきあきした。何か変わったものはないかしら。」……そう言って眉根《まゆね》をよせながら、肉汁をすすっている母の顔が目に浮かんで来た。「今度《こんど》肉屋が来たら、一度牛肉にしてみようかね。」——祖母のそうした言葉も同時に思い出された。

彼の机の中には五十何銭《せん》かの貯金があった。それは学用品代として俊亮《しゅんすけ》にもらったもののあまりや、近所に牡丹餅《ぼたもち》を配ったりした場合、先方《せんぽう》から使い賃《ちん》として一銭ずつもらったのを貯《た》めておいたものである。彼はこの貯金のことを思いだすと、急に胸がどきどきしだした。そして大急ぎで家に帰ると、珍《めずら》しく病室にも顔を出さないで、すぐ自分の机の抽斗《ひきだし》をあけた。そしてその中の小箱《こばこ》から、音のしないように十銭白銅《はくどう》三枚をつまみ出すと、すぐまたこそこそと家を出て、肉屋のいるところへ走って来た。

肉屋は、ちょうど俎と出刃とを目籠《めご》の中にしまいこむところだった。子供たちは、まだみんなその周囲に立っていた。そして、次郎が息をはずませながら、帰って来たのを見ると、その中の一人が、見物事《けんぶつごと》はもうすんだといったような顔をして言った。

「次郎ちゃん、もっと早く来ればよかったのに。」

次郎は、勢いこんで走って来たものの、妙《みょう》に気おくれがして、みんなのいる前で、肉屋にもう一度目籠のふたをあけさせる勇気が出なかった。買いにやられたことにすれば何でもないはずだったが、彼は自分の手に握《にぎ》っている金で、どのくらいの分量の肉が買えるものか、その見当《けんとう》がまるでつかなかったのである。彼は、友だちの顔と肉屋の顔とを等分に見くらべながら、しばらくぐずぐずして立っていた。そのうちに肉屋は、彼に頓着《とんちゃく》なく、目籠をかついで、正木の家とは反対の方向に歩きだした。同時に、仲間たちもばらばらに散ってしまった。彼らがまた肉屋のあとについて歩くのではないかと心配していた次郎は、それでほっとした。

仲間たちの姿が見えなくなると、彼は急いで肉屋のあとを追った。彼が追いついたのは、どの家からもかなり離《はな》れた畑の中の道だった。幸《さいわ》い近くには人影《ひとかげ》が見えなかった。彼は何度《なんど》もちゅうちょしたあとで、とうとう思いきって声をかけた。

「肉屋さん、肉まだある？」

「ええ、ありますよ。」

肉屋はふりかえってそう答えたが、目籠《めご》をおろしそうなふうには見えなかった。

「少うしでも売る？」

「ええ、いくらでも売りますよ。」

「じゃ、これだけおくれよ。」

次郎は思いきって、握っていた手をひろげて突《つ》き出《だ》した。三枚の白銅がびっしょり汗《あせ》にぬれて、掌《てのひら》の上に光っていた。

肉屋はけげんそうに次郎の顔を見て、金を受け取ったが、すぐ、目籠をおろして、幅《はば》一寸《いっすん》長さ三寸ぐらいの肉片を俎《まないた》の上にのせた。

次郎はそれをみんな刻んでくれるのかと思って見ていると、秤《はかり》にかけられたのはその半分ほどだった。それでも秤は錘《おもり》のほうがはね上がった。すると肉屋はまたそれを俎の上におろして、ほんの少しばかり端《はし》っこを切りとった。そしてもう一度秤にかけた。今度は錘のほうがやや低目になった。すると切りとった端っこの肉を、さらに半分ほど切りとって秤の肉につぎ足した。それで秤はだいたい水平になった。肉屋はその肉を俎においで刻み終わると、からからになった脂肪《しぼう》の一片をそれに加え、竹の皮に包んで次郎に渡《わた》した。次郎は、牛肉というものについて、ある新知識を得たような気持ちで、それを受け取った。

彼は受け取るとすぐ、周囲を見まわしながら、それを懐《ふところ》に押《お》しこんだ。そして恥《は》ずかしいような、誇《ほこ》らしいような変な気分を味わいながら、母の病室にはいって行った。

病室には正木の老夫婦《ろうふうふ》のほかに、ついさっきまでいなかったはずの謙蔵がいた。次郎はお祖母《ばあ》さん一人の時のほうがぐあいがいいように思ったが、思いきって竹の皮包みをみんなの前に出した。

「何だえ、それ。」

お祖母さんがたずねた。

「牛肉だよ。」

「牛肉？　どうしたんだえ。」

「買って来たのさ。」

「買って来た？　どこで？」

「村に売りに来ていたんだよ。」

みんなは変な顔をして、竹の皮包みと次郎の顔とを見くらべた。

「だれかに言いつかったのかい。」

「ううん。」

「お金は？」

「僕《ぼく》持っていたんだい。」

「お前のお小遣《こづか》い？」

「そう。」

「何で牛肉なんか買って来たんだえ。」

「母《かあ》さんが、鶏《にわとり》のスープはもう飽《あ》いたって言っていたからさ。」

「まあ、お前は……」

お祖母《ばあ》さんは急におろおろした声になって、ぼろぼろと涙をこぼした。お民の眼にも涙が浮いていた。謙蔵は微笑《びしょう》しながら言った。

「そいつは感心だ。で、どれほど買って来た？」

「三十銭だけど、たったこれっぽっちさ。」

次郎はそう言って竹の皮を開いて見せた。お祖母さんがそれでまた涙をこぼした。

「いや、今日《きょう》は牛肉のご馳走《ちそう》がたくさんにできるぞ。叔母《おば》さんも、さっき一斤《いっきん》ほど買ったようだから。はっはっはっ。」

謙蔵は、以前のいきさつなどすっかり忘れているかのように朗《ほが》らかだった。次郎は、しかし、それを聞いてちょっとがっかりした。小さな竹の皮に、薄《うす》くぴったりと吸いついている赤黒い肉が、彼の眼にはいかにもみじめだった。

「次郎、ありがとう。じゃ叔母さんに買っていただいたのといっしょにしておもらい。」

次郎は、母にそう言われて、少しきまり悪そうに、もとどおり竹の皮包みに紐《ひも》をかけた。そして立ちあがりしなに、はじめてちらりとお祖父《じい》さんの顔を見た。すると、驚《おどろ》いたことには、お祖父さんは、彼がこれまでにまだ見たことのないような渋《しぶ》い顔をして、彼を見つめていた。次郎の誇《ほこ》らしい気持ちは、その瞬間《しゅんかん》にすっかりけしとんだ。

（生意気《なまいき》なことをするやつだ。）

お祖父さんの眼が、そう言っているような気がしてならなかった。そして、彼の手に持っている竹の皮包みからは、いやな匂《にお》いがぷうんと彼の鼻をついた。

彼はその後お祖父さんの前に出ると、妙に手も足も出ないような気持ちがするのであった。

三五　薬局

正木に来てからのお民《たみ》の主治医は竜一《りゅういち》の父だった。薬は三日に一度もらうことになっていたが、その使いをするのは、いつも次郎の役目だった。それが次郎にとって何よりの楽しみだった。薬局にはたいてい春子がいた。――親孝行《おやこうこう》の名において、しかも竜一を囮《おとり》に使うめんどうもなく、きわめて自然に「姉《ねえ》ちゃん」の顔が見られ、声が聞かれる。何という恵まれた機会を次郎は持ったことであろう。

最初の一回だけは、彼《かれ》は薬局の窓口から薬壜《くすりびん》と薬袋《くすりぶくろ》とを差し出した。すると、美しい眼《め》がすぐ窓口から次郎をのぞいた。そして、

「あら、次郎ちゃんじゃない？　こちらにおはいり。」

次郎は、むろんちゅうちょしなかった。そして第二回目からは、案内も乞《こ》わないで、さっさと薬局の中にはいりこんだ。たまには足音を忍《しの》ばせて春子を驚《おどろ》かしたりすることもあった。

調剤《ちょうざい》の時には、春子はいつもまっ白な上被《うわぎ》をかけ、うぶ毛《げ》のはえた柔《やわ》らかな腕《うで》を、あらわに出していた。次郎にはその姿が非常に清らかなもののように思われた。彼は春子が仕事をしている間は、自分からはめったに話しかけなかった。そして、ガラスや金属のふれあうひそかな音に耳をすましながら、一心《いっしん》に彼女《かのじょ》の手つきを見つめた。

春子は、ガラスの目盛《めも》りをすかして見たりしながら、よく次郎に母の容態《ようだい》をたずねた。そんなときには、次郎はいかにも心配らしく、かなり大ぎょうな調子で自分の直接知っていることや、祖母たちの話していることを伝えた。そして、春子が眉根《まゆね》をよせたり、眼を見はったり、「まあ、まあ」と叫《さけ》んだり、あるいは笑顔《えがお》になったりする表情を、自分自身に対する深い同情のしるしとして受け取り、甘《あま》い気分になってそれに陶酔《とうすい》するのであった。

彼が薬局に来ているのを知ると、竜一がすぐ飛んで来て、彼をほかの部屋《へや》に誘《さそ》い出《だ》そうとした。次郎は、しかし、それをあまり喜ばなかった。そして、心の中で、自分の来ていることが竜一に知れなければいい、などと思ったりすることがあった。で、学校などで、竜一に、今度《こんど》はいつ来るかときかれても、あいまいな返事をすることが多かった。

しかし、竜一の存在は、彼にとっていつもじゃまであるとは限らなかった。ほかに薬をもらいに来ている人がないと、竜一はきまって自分と次郎とのために、春子におやつをねだり、それを二階の子供部屋《べや》でいっしょに食べるのだった。春子も手があいているかぎり、必ず二人の相手をした。次郎にとっては、おやつもうれしかったが、春子に相手になってもらうことが、それ以上にうれしかった。もしおやつも春子もいっしょであれば、それが最上だったことはいうまでもない。

しかし、あまりながく次郎が遊んでいるのを、春子は決して許さなかった。薬壜《くすりびん》を渡《わた》されてから、三十分以上も次郎がぐずぐずしていると、春子はきまって言った。

「お母《かあ》さんが待っていらっしゃるわ。もう帰らないと。」

次郎は、そう言われないうちに立ちあがりたいとは、いつも思っていた。しかし思っているだけで、それに成功したことは一度だってなかった。彼は最後の十分間ほどを、いつもはらはらしながら過ごした。そして春子のその言葉を聞くたびにいつも後悔《こうかい》した。しかし、いったんそう言われると、彼はもうぐずぐずはしなかった。いかにも「うっかりしていた」というような顔つきをして思い切りよく立ちあがった。この時の彼の「さようなら」は、決して元気のない声ではなかった。

次郎は背《せ》は低かったが、同じ年配《ねんぱい》のどの少年にも負けないほど、足の速い子であった。ことに竜一の家で三十分以上も遊んだ場合には、おどろくほどの速さで帰って行った。一方は櫨並木《はぜなみき》、一方は芦《あし》のしげった大川の土堤《どて》を、短距離《たんきょり》競走《きょうそう》でもやっているかのように走って行く彼の姿を、村人たちはしばしば見るのであった。それは、「お使いに行っても決して道草《みちくさ》を食《く》わない子だ。」という正木の家でのこのごろの定評を裏切るのは、彼としてあまり好ましいことではなかったからである。

ところで、こうした定評などにかまっていられない、一つの重大な、彼にとってはおそらく最も不幸だと思われる事件が、彼に近づいて来た。それは春子の身上に関することであった。

暑中休暇《しょちゅうきゅうか》が始まるのもあと二、三日という、ある日の朝、竜一は学校で次郎の顔を見ると、いかにも得意《とくい》らしく言った。

「僕《ぼく》、休みになったら、すぐ東京見物に行くよ。次郎ちゃんは東京に行ったことある？」

次郎は侮辱《ぶじょく》されたような気がして、ちょっと不愉快《ふゆかい》だった。しかし、怒《おこ》る気にはなれなかった。それに好奇心《こうきしん》も手伝って、もっとくわしい話をきかないわけにはいかなかった。

「いいなあ。東京に親類があるんかい。」

「ううん。まだ親類はないんだけれど、すぐ親類ができるんだい。」

次郎にはわけがわからなかった。彼は竜一の顔を問いかえすように見たが、竜一はにやにや笑っているだけだった。

「だれがつれて行くんだい。」

そうたずねた次郎の心には、もし竜一の父だと、その留守中《るすちゅう》、母の病気はだれがみてくれるだろうか、というかすかな心配があった。

「たいてい母《かあ》さんだろうと思うけれど、はっきり決まってないや。僕は父《とう》さんのほうがいいんだがなあ。」

「でも病人をほったらかしちゃいけないんだろう。」

「だから、父さんはどうしてもいけないんだってさ。でも姉《ねえ》ちゃんは、母さんがついて行くほうが好きなんだよ。」

「姉ちゃんも行くんかい。」

次郎は、薬局から当分《とうぶん》春子の姿が消えるんだと思うと、急に寂《さび》しい気がした。

「姉ちゃんが行くんだよ。だから僕らもついて行くんだよ。」

次郎の頭には、竜一が「すぐ親類ができる」と言った言葉が、雷光《らいこう》のようにひらめいた。そして、急に竜一の顔がにくらしくなり、もう相手になって話したくないような気にさえなった。しかし、一方では、いつまでも竜一にくっついて、どんづまりまできいてみないではいられないような気もした。

「いつ帰るんだい。」

「学校が始まるまでに帰るよ。」

「母さんもかい。」

「うむ、だって僕一人では帰れないんだもの。」

「姉ちゃんは？」

次郎は何でもないことをきいているように見せかけようとして、竜一と肩《かた》を組んだが、その声は変に口の中でねばっていた。

「姉ちゃんもいっしょに帰るよ。」

次郎はほっとした。同時に、竜一の肩にかけていた彼の腕《うで》が少しゆるんだ。しかし、竜一はつづけて言った。

「だけど、またすぐ東京に行くんだろう。東京にお嫁入《よめい》りするんだから。」

次郎は、木の枝《えだ》から果物《くだもの》をもいだ瞬間《しゅんかん》、足をふみはずして落っこちたような気がした。

まもなく、始業の鐘《かね》が鳴った。次郎は教室にはいっても春子のことばかり考え続けた。

竜一の言ったことは、まるで出たらめのような気もした。しかし、それにもかかわらず、春子が遠くに消えていくたよりなさが、一秒一秒と彼の胸の奥《おく》にしみていくのだった。

春子のお嫁入り、それは次郎にとって少しも悲しいことではない。彼は、村の娘《むすめ》たちの嫁入り姿をこれまで何度《なんど》も見たのであるが、そんな時に春子の場合を想像しても、それは美しいまぼろしでこそあれ、決して苦痛とは感じられなかった。また春子の相手が、どこのだれであろうと、それも次郎にとって、ほとんど問題ではない。その人物を想像して、それに対して敵意を持つというような気には少しもなれないのである。彼には、ただ春子が薬局から姿を消すのがたまらなく寂しい。それもこの近在にでもいてもらえばまだいい。夏休み中だけで帰って来るのなら、辛抱《しんぼう》もできる。しかし、竜一の言うのが本当なら、彼女は遠い東京に去るのである。もう一度帰って来るにしても、結局は永久にこの村から姿を消すのである。あれほど自分をかわいがっておきながら、どうしてそんな遠いところに行く気になれたのだろう。自分が幼いころからほしいと思っていた「姉」、やっと平気で「姉ちゃん」と呼びうるようになったその「姉」が、どうしてこんなに無造作《むぞうさ》に自分から離《はな》れて行くのだろう。

彼の心には、お浜《はま》に別れた時のかすかな記憶《きおく》があらたによみがえって来た。その時のこまかな事実は、もうたいてい忘れているが、言いようのない寂《さび》しさのために、地の底にでも吸いこまれるように感じたことは、今でもはっきり覚えている。その感じが再び彼の胸にうずきはじめた。むろんそのころとは年齢《ねんれい》もちがうし、お浜と春子との彼に対する関係が同じでないことぐらいは、よくわかっている。春子はただ友だちの姉というにすぎない。薬をもらいに行くたびにどんなに親しみをましていようとも、お浜に期待したものを春子にも期待していいとは決して思わない。道理の上では、それは十分納得《なっとく》のいくことである。しかし、それにもかかわらず、春子に対する彼の気持ちの上での期待は、お浜に対するのとあまり変わらない。否《いな》、それが当面のなまなましい問題であるだけに、遠い過去のそれよりも、いっそう痛切であるとさえいえる。お浜はいわばもう絵に描《か》いた乳母《うば》である。それがものを言わないのは寂しい。しかし、その寂しさはあきらめのつく寂しさである。思い出してその絵を見る時だけの寂しさである。忘れていることもできる寂しさである。期待と名のつくほどのものが彼の心に動くには、お浜は、あまりにも古い絵になりすぎている。だが春子はまだ決して絵ではない。彼女のいかなる部分も生きて動いている。眼《め》が笑い、唇《くちびる》がものを言い、髪《かみ》が揺《ゆ》れ、白い指が薬壜《くすりびん》をふっている。しかも、次郎にとっては、喜び以外の何者でもないただひとりの「姉」である。かりに彼女とお浜とが、同時に次郎の生活に飛びこんで来て、彼に対する愛情の競争をやるとしたら、たぶん「姉」は「乳母」に勝ちをゆずらなければならないであろう。しかし、「姉」が生きた人間で、「乳母」が絵でしかない場合、次郎でなくとも、「姉」を失うことこそ、より大きな不幸と感ずるであろう。

授業は昼ですんだ。その間に何度も鐘が鳴って、彼は教室を出たりはいったりした。

しかし彼が学校にいることをはっきり意識したのは、ほとんど鐘が鳴りだす瞬間だけであった。それほど彼の心は春子のことに集中していたのである。

集中したといっても、何かを頭の中で工夫《くふう》していたのではなかった。彼はただ美しい「姉」の姿を追った。それが汽車に乗って遠くに運ばれて行くのを見た。地図で想像する東京の近くまで来ると「姉」の顔も、列車も、一つの点に消えうせた。あとは、何もかもがらんとしていた。それは光でもない、闇《やみ》でもない、灰色の音のない世界であった。その灰色の世界には、いつのまにか再び「姉」の顔が浮《う》かび出《だ》した。そしてまた東京のほうに消えた。彼の頭の中には、何度も何度もそれがくりかえされた。教室では先生のさしずに応じて、本を開いたり、鉛筆《えんぴつ》を動かしたりはした。しかしそれはまったく機械的だった。運動場ではボール投げもやり、角力《すもう》もとった。しかし、彼は何度もボールを取り落とし、角力ではすぐ押《お》し出《だ》された。

「次郎ちゃんは、今日《きょう》はまじめにやらないんだから、だめだい。」

仲間たちは、何度もそんな不平を言った。次郎は、しかし、力のない微笑《びしょう》をもらすだけだった。

彼は竜一ともほとんど口をきかなかった。しかし、いよいよ最後の授業が終わって教室を出ると、彼はすぐ竜一をつかまえて言った。

「いっしょに君《きみ》んとこへ行ってもいい？」

竜一はむろん喜んだ。二人はすぐ並《なら》んで歩きだしたが、校門を出ると、次郎は急に立ちどまって何か考えるようなふうだった。

「どうしたい。早く行こうや。」

竜一がうながした。すると次郎は、

「君、さきに帰っとれよ。僕すぐ行くから。」

彼は昼飯《ひるめし》のことを思いだしたのだった。昼退《ひるび》けのために弁当を持って来ていないのに、竜一の家に行くのが気まずかったのである。

「どうしてだい。」

「どうしてでもいいから、さきに帰っとれよ。」

彼はそう言って、さっさと門内にはいってしまった。竜一は不平そうな顔をして、しばらく彼を見ていたが、しかたなしに、他の仲間たちといっしょに帰っていった。

次郎はしばらく、教員室に最も遠い校舎の角の、日陰《ひかげ》になったところに、一人でぽつねんと立っていた。そして掃除《そうじ》当番のがたぴしさせる音が少ししずまったころ、再び校門を出た。

強い日照《ひで》りの道を、彼はかなりゆっくり歩いた。そして竜一の家についてからも、しばらく内のようすをうかがってから、敷居《しきい》をまたいだ。敷居をまたぐと、すぐ左側は薬局の窓だったが、中はしいんとしていた。彼はいつものように自分勝手に上がりこむ気になれず、いかにも遠慮深《えんりょぶか》そうに、「竜ちゃあん。」と呼んでみた。どこからも返事がない。遠くのほうから、食器のふれるような音が、かすかに聞こえてくる。彼はもう一度呼んでみる勇気が出なくて、そのまま上《あ》がり框《がまち》に腰《こし》をおろした。

彼は少しつかれていた。戸外《こがい》のぎらぎらした光線が、汗《あせ》ばんだ彼の顔を褐色《かっしょく》に光らせていた。彼は気が遠くなるような、息がはずむような変な気がした。

「あら、次郎ちゃんじゃない？　今日《きょう》はお薬の日だったの？」

だしぬけに春子の声がうしろにきこえた。次郎はうろたえて立ちあがりながら、

「ううん。竜《りゅう》ちゃんは？」

「竜一？　いるわ。たった今学校から帰って、ご飯《はん》たべたところなの。次郎ちゃんも学校のお帰り？　ご飯まででしょう？」

「うん、僕たべたくないや。」

「どうかしたの？」

「ううん。」

次郎は首をふった。春子はちょっと変な顔をして彼を見つめたが、

「じゃ二階に上がってらっしゃい。すぐ竜ちゃんを呼んで来てあげるわ。」

春子はそう言って奥へ行った。次郎には彼女がいつもよりよそよそしいように思われてしかたがなかった。来なければよかったというような気もした。しかしそのまま帰るのもぐあいがわるくて、またぽつねんと立ったまま戸外をながめていた。

竜一がまもなく走って来た。二人はすぐ二階にあがった。次郎はつとめていつものとおりふるまおうとしたが、やはり気が落ちつかなくて、二人の遊びはしばしば間《ま》がぬけた。春子が二階に上がって来たのは、それから三十分もたってからであった。

彼女は、父が病家から持って帰ったらしいお菓子《かし》の紙包みを、二人の前にひらきながら、

「ほんとに次郎ちゃん、今日はどうしたの。学校の帰りにより道なんかして。」

「…………」

「何かまたいたずらをしたんじゃない？」

「ううん。」

「お母《かあ》さんが心配なさるわよ。」

「…………」

「おかしいわね。黙《だま》ってばかりいて。」

「………」

「ほんとに、どうしたのよっ。」

春子は、めずらしく真剣《しんけん》に怒《おこ》っているような声を出した。すると次郎は、それとはまるで無関係のように、まじめな顔をして、だしぬけにたずねた。

「姉ちゃんは、東京に行くの？」

「あらっ。」

春子の顔は、瞬間にまっかになった。そしてすぐ竜一のほうを見ながら、

「竜ちゃん、もうしゃべったのね。いいわ、もうこれからなんにもあげないから。」

春子は菓子の包みをひったくるようにして、さっさと下に降りて行ってしまった。

竜一と次郎とは、ぽかんとして顔を見合わせた。しかし次の瞬間には、次郎はもうそわそわしだした。彼は、幾日《いくにち》かの後に失わるべき春子が、すでに彼からまったく姿を消してしまったように思った。そして何よりも彼をうろたえさせたのは、春子を怒らしてしまったことであった。

竜一は、しかし、憤慨《ふんがい》した。

「ばかにしてらあ。東京に行くの大喜びのくせに。……お菓子くれなきゃ、くれないでいいや。僕とって来るから。」

そう言って竜一はすぐ下に行った。

次郎はいよいようろたえた。彼は竜一が菓子をもって再びやって来るのを待っている気がしなかった。で、自分もすぐ下におりて、足音を忍《しの》ばせながら、大急ぎで外に出てしまった。

正木の家に帰ると急に空腹を感じて、しきりに飯《めし》をかきこんだ。そしてだれもたずねもしないのに掃除《そうじ》当番でおそくなったのだ、と何べんも言いわけをした。むろんそれにしては時間がおくれすぎていたが、別にだれも怪《あや》しむものはなかった。

翌日は薬をもらいに行く日だった。次郎は何となく行きづらいような、それでいて早く行ってみたいような気がした。薬局の外には、六、七人の人が待っていたが、彼が敷《しき》居《い》をまたぐ音がすると、すぐ窓から春子の眼《め》がのぞいた。そして、

「次郎ちゃん？　ここでも二階ででもいいから、しばらく待っててね。今日は、ほら、こんなにたくさん待っていらっしゃるから。」

次郎はほっとした。そしてすぐ薬局の中にはいって、例のとおり春子の調剤《ちょうざい》の手つきを見まもった。

「次郎ちゃんは、昨日黙って帰っちゃったのね。あたしが怒ったからでしょう。かんにんしてね。」

春子は微笑しながら言った。しかし東京行きのことは、みんなの調剤が終わるまで一《ひと》言《こと》も言わなかった。そして次郎が薬壜《くすりびん》を受け取って、部屋《へや》を出ようとすると、

「あたしがお薬をこさえてあげるの、これでおしまいよ。」

と言った。その声は少しさびしかった。次郎はふりかえって、じっと春子の顔を見た。春子も彼を見つめた。

「いつ東京にたつの？」

「五、六日してからだわ。でも、今夜《こんや》あたしの代《か》わりをする人が来るんだから、明日からはその人にやっていただくの。」

次郎は黙って歩きだした。すると春子は、

「ちょっと待っててね。」

そう言って奥に走って行った。そして紙に包んだものをもって帰って来ると、

「今日は竜ちゃんがいないから、これ、帰ってから食べてちょうだいね。」

次郎は泣きたくなった。彼はほとんど無意識に紙包みを受け取ると、黙って外に出た。

午後の日は暑かった。彼は大川の土堤《どて》に来ると、斜面《しゃめん》の櫨《はぜ》の木の陰《かげ》にねころんだ。そして紙包みから菓子を出して、むしゃむしゃたべながら、青空の中に春子の顔を描《えが》いていた。

三六　火傷《やけど》

村の夏祭が近づいて、大川端《おおかわばた》で行なわれる花火のうわさが村人の口に上るころになると、子供たちも薬屋から硝石《しょうせき》と硫黄《いおう》とを買って来て、それに木炭の粉末をまぜて火薬を造り、毎晩小さな台花火《だいはなび》などをあげて楽しむのだった。彼らは「しだれ桜《ざくら》」だとか、「小米《こごめ》の花」だとか「飛び雀《すずめ》」だとか、そういった台花火のいろいろの名称《めいしょう》を知っていたが、むろん彼らにそんな巧妙《こうみょう》なものができようはずはなかった。彼らはただ小さな竹《たけ》筒《づつ》に手製の火薬をつめ、それをいくつも竿《さお》に結びつけて水ぎわに立て、下から順々に火を点じてさえいけば、それで満足したのである。もし、一筋《ひとすじ》の糸が張ってあり、それを伝って一つの花火が突進《とっしん》し、それを導火にして一番下の竹筒が火を吹《ふ》きはじめ、あとは次第《しだい》に上に燃え移るように口火《くちび》がつながっており、それに最上端の花火が回転するしかけにでもなっていれば、それは彼らの工夫《くふう》としては、最上のものであった。中には、火薬の中に鉄粉をまぜて、青い花火を出してみせようと試みる者もあったが、それに成功するものはきわめてまれであった。

「次郎《じろう》ちゃん、買って来たよ。」

ある日、次郎が例のとおり病室の次《つぎ》の間《ま》で、憂鬱《ゆううつ》な顔をして机《つくえ》の前にすわっていると、誠吉《せいきち》が縁側《えんがわ》からはいあがって来て、こっそり耳うちした。それは春子が東京に去ってから数日後のことであった。

彼は相変《あいか》わらず、「いじらしい子」ではありたかった。しかし、春子が去ったあと、彼が心にもない善行をつづけていくには、彼の心はあまりにも寂《さび》しかった。それでなくてさえ、花火の誘惑《ゆうわく》は、このごろ日ごとに彼の心を刺激《しげき》して、もうじっとしてはおれなくなっていた。で、今日《きょう》はとうとう誠吉に例の貯金の中から銅貨を何枚か渡《わた》して、だれにも秘密に、硝石と硫黄とを少しばかり買って来てもらったのである。

彼は誠吉を手まねで制しておいて、そっと病室のほうをのぞいてみた。母はしずかに眼《め》をとじている。敷布《しきふ》の上をはっていた蝿《はえ》が、彼女の額《ひたい》に飛びうつったが、彼女はかすかに眉《まゆ》をよせただけである。蝿はすぐまたどこかへ飛んでいってしまった。祖母も莫蓙《ござ》をしいて向こうむきにねている。夜中に眼をさますことが多いので、午後になると、たいていぐっすり昼寝《ひるね》をする習慣になっている。ことに次郎が近くにいると、祖母は安心してねるのである。

次郎は、お祖母《ばあ》さんがねむっている時に出て行くのは悪いような気がして、ちょっとためらった。しかし、正木の家では、花火は危険だからと言って、なるだけ子供たちには作らせないことにしている。お祖母さんが目をさましている時だと、何とか口実《こうじつ》をつくらなければならないが、それもめんどうだ。ねむっている間に火薬の調合だけでもすましておくほうが都合《つごう》がよい。そう思って彼はすぐ立ちあがった。そして誠吉を顎《あご》でしゃくって先に行かせ、その後から、足音をたてないように、縁側を降りると、いっさんに築山《つきやま》のかげに走って行った。

そこには、もう蠟鉢《ろうばち》と擂古木《すりこぎ》と消し炭《けずみ》の壺《つぼ》とが、誠吉によって用意されていた。二人はまず硝石をすり、次に硫黄をすった。すられた硝石と硫黄とはべつべつの紙に包まれて、大事に石の上に置かれた。最後に消し炭をするのだったが、それは分量が多いだけにほねがおれた。二人は代《か》わる代《が》わる擂古木をまわした。一人が擂古木をまわしている時には、もう一人は鉢《はち》が動かないようにその縁《ふち》をおさえていた。消し炭は、指先でもんでも、少しもざらざらした感じがしないまでにすらなければならなかった。そのために、二人は、汗《あせ》がしばしば顎をつたって鉢の中にしたたり落ちたほど、一所懸命《いっしょけんめい》になって擂古木をまわした。

消し炭が十分すれたところで、硫黄と硝石との粉が、適当の割合《わりあい》に、鉢の中に加えられた。あとはよくまぜればよかったのである。しかしよくまぜるには、やはり擂古木でするほうが一番よかった。

で、次郎がまずすった。次に誠吉がすった。次郎は、両手で鉢をおさえ、できるだけ顔を鉢に接近さして中をのぞきながら、

「もういい、もういいよ。」と言った。

その時誠吉がすぐ手を休めさえすれば、何事《なにごと》もなくてすんだかもしれなかった。しかし誠吉はおまけのつもりで、しかも最後だというのでうんと力を入れて、急速度に擂古木《すりこぎ》をまわした。

とたんに火薬は一度に爆発《ばくはつ》した。音は高くはなかった。それはぼっとした夢《ゆめ》のような音だった。しかし、鉢の縁《ふち》とすれすれに顔を近づけていた次郎は、その音にはじかれたように草の上に突《つ》っ伏《ぷ》してしまった。

「次郎ちゃん、次郎ちゃん。」

誠吉の緊張《きんちょう》した、しかし人をはばかるような声が、次郎の耳元できこえた。次郎は気を失っていたわけではなかった。しかし、その声をきくまでは、彼は泥水《どろみず》の底に沈《しず》んでいるような気がしていた。

起きあがって眼を開けると、まつ毛《げ》がじかじかした。顔がほてって、皮膚《ひふ》が変にこわばっていた。彼は誠吉を見ながら、心配そうにたずねた。

「僕《ぼく》の顔、どうかなってる？」

「まっ白だい。煙《けむり》がくっついているんだろう。」

次郎はそっと手で顔をさわってみた。ぬるぬるしたものがくっついているような気がする。さほどひどくはないが、ぴりぴりした痛みを覚える。

「早く水で洗っておいでよ。」

誠吉が言った。

次郎は離室《はなれ》や座敷《ざしき》のほうをそっとのぞいてから、池の水を両手ですくって、顔にもっていった。が、それと同時に彼は悲鳴に似た声をあげ、再び築山《つきやま》のかげに走って来た。彼の顔は、ところどころ鮪《まぐろ》の刺身《さしみ》のようにまっかだった。誠吉は眼を皿《さら》のようにして立ちすくんだ。

次郎は草の上に仰向《あおむ》けに寝《ね》ころんで、ふうふう息をした。顔全体から炎《ほのお》が吹き出しているような感じだが、どうすることもできない。彼はただ手足をばたばたさして苦痛をこらえた。誠吉は全身をぶるぶるふるわせながら、しばらくそれを見ていたが、急に声をたてて泣きだした。そしていっさんにどこかに走って行った。

まもなくお延《のぶ》が子供たちといっしょに走って来たが、次郎の顔を見ると、

「あれえっ。」

と、けたたましい叫《さけ》び声《ごえ》をあげた。

つづいて雇《やと》い人《にん》たちがどやどやとやって来た。すこしおくれて謙蔵《けんぞう》が来た。最後にお祖父《じい》さんが来た。そしてお祖母《ばあ》さんは、離室《はなれ》の縁《えん》から、

「どうしたのだえ。どうしたのだえ。」

と、もどかしそうに何度《なんど》も叫んだ。

しばらくはただ騒《さわ》がしかった。次郎はその間じゅう、眼をつぶってうめいていた。彼の苦痛は実際ひどかった。が、彼はうめきながらも、みんなの驚《おどろ》きや、心配や、同情の程度《ていど》をひそかに測定することを忘れなかった。そして、彼のむごたらしい面相《めんそう》と、苦痛を訴《うった》えるうめき声とによって、彼の悪行《あくぎょう》——少なくとも大きな過失に対する非難は、とっくに帳消《ちょうけ》しにされてしまっているらしいのを知って、内心ほっとした。実際彼には、証拠《しょうこ》が言いわけをするだけの心のゆとりがなかった。また言いわけをしようとしても、あまりに歴然としていて、まったくその余地が残されていなかった。そんな場合に、彼が自分の過失からうけた災害が、みんなの同情をひくほどに大きかったということは、彼にとって何というしあわせなことであったろう。

彼はみんなにいたわられ、慰《なぐさ》められながら、母屋《おもや》のほうに運ばれた。そして取りあえず卵の白身を顔一《いっ》ぱいに塗《ぬ》られ、その上に紙をはられた。そのときになって彼自身も気

がついたことだが、手首《てくび》から親指にかけても、かなり大きく皮膚がただれていた。そこにも卵の白身が塗られた。

それから一時間あまりもたって、竜一《りゅういち》の父が来た。そして今度《こんど》は変な匂《にお》いのする黄いろいものをべたべたと塗りつけ、眼と口だけを残して、ほとんど頭全部に繃帯《ほうたい》をかけた。彼は繃帯をかけながら言った。

「ほんの上皮だけだから大したことはない。しかし、笑ったり泣いたりして、顔をゆがめちゃいかん。」

そのくせ、彼自身はそう言いながら笑っていた。

次郎は、寝ているには及《およ》ばない、と言われた。しかし起きれば母の部屋《へや》に顔を出さないわけにはいかない。それは気づまりで、彼はもう大して痛みを感じなくなってからも、じっと寝ていた。いろんな人が彼をのぞきに来たが、だれもかれも、

「案外《あんがい》たいしたことでなくてよかった。」とか「もう痛みはとれたのか。」とか、そういった同情的な言葉だけを残して行った。

誠吉はお延にひどく叱《しか》られたらしい。彼も実は、右手の小指から手首にかけて、細長く火ぶくれがしていたが、それをだれにもかくしていた。夜になって、こっそり次郎にだけそれをうちあけ、枕元《まくらもと》にあった黄いろい薬を少しもらって塗りつけながら、彼は母

に叱られた話をした。

「お祖父《じい》さんに叱られやしない？」

次郎は、祖父にだけまだ言葉をかけてもらえないでいるのが、非常に気がかりだった。

「ううん、何にも言わないよ。」

誠吉は無造作《むぞうさ》に答えた。彼は、祖父の自分に対する愛がこのごろ衰《おとろ》えたとは決して思っていない。だが、その愛には何か犯《おか》しがたいものがあって、うっかりとびついて行けないような気がする。牛肉一件以来彼はそうした気持ちになっているのである。その意味で、祖父に愛されていることは、彼にとって一つの重荷であるとさえ言える。しかし、それだからといって、彼は祖父の愛から逃《に》げだしたい気持ちには少しもなれない。何といっても、祖父は正木の家では他のだれよりも大きな魅力《みりょく》を持っている。もし祖父の彼に対する愛が少しでもさめかかったと知ったら、彼はおそらく、春子に別れたときとはまったくちがった、あるどす黒い絶望を感じたかもしれない。それほどの祖父でありながら、いざ自分から近づいて行こうとすると、何となく気おくれがする。それはちょうど大海のまっさおな波に心をひかれながら、思いきって飛びこめないのと同じ気持ちである。で、彼は、いつも遠くから、祖父の本当の気持ちをそれとなく探《さぐ》ろうとする。ことに今日のようなことがあると、それがいっそうひどい。そして、うまくそれが探れないと、彼の気持ちはみじめなほど憂鬱《ゆううつ》になって行くのである。

翌日は、彼はもうがまんにも寝ていられなかった。そして起きあがると、お祖父さんの目につくようなところを何度も行ったり来たりして、何とか言葉をかけてもらうのを待っていた。しかしお祖父さんは、いつもちらりと彼のほうを見るだけで、容易《ようい》に口をきこうとはしなかった。次郎は、あとでは、口をきいてさえもらえばそれがどんなはげしい叱言《こごと》であってもいいような気にさえなった。しかし、お祖父さんの口は依然《いぜん》として固かった。

次郎は絶望に似たものを感じながら、母の病室に行った。彼は、そこでは、最初から母の叱言を予期《よき》していた。ところが、母はただまじまじと彼の繃帯《ほうたい》でくるんだ顔を見つめるだけだった。そして、かすかなため息をもらすと、すぐ眼をそらしてしまった。

「おすわり。」

お祖母《ばあ》さんがやさしく声をかけてくれた。彼はやっと救われたような気になって、彼女の横にすわった。

「そのぐらいですんだからいいようなものの、眼でもつぶれてごらん。それこそ大変《たいへん》だったよ。これからはもう花火なんかこさえるんじゃないよ。」

次郎はおとなしくうなずいた。

「お祖父《じい》さんにはもうあやまって来たのかい。」

次郎ははっとした。彼は、これまでみんなが彼に同情的な言葉ばかりかけてくれていたため、自分のほうからだれにもあやまって出なくてもいいような気になってしまっていた。しかしお祖母《ばあ》さんにそう言われてみると、やはり自分のほうからあやまって出るのが本当だ。お祖父さんが口をきいてくれないのも、あるいは自分があやまって出ないためではなかろうか。そう思って彼はお祖母さんの顔をのぞきながら答えた。

「ううん。」

お祖母さんは、しかし、それっきり黙《だま》ってしまった。そしてお民《たみ》と眼を見合わせた。お民はお祖母さんからすぐ視線を転じて次郎を見たが、やはり口をきかなかった。

次郎はすぐいっさいを悟《さと》った。

(みんなは自分がお祖父さんにあやまって出るのを待っているのだ。それは彼らの間に、もうすっかり話し合いができているらしい。)

そう気がつくと、彼はすぐ立ちあがった。むろん彼はこれまで、叱言《こごと》を言われない先に自分から進んでだれにも謝罪《しゃざい》をした経験がなかった。だから、ちょっと勝手がちがうような感じだった。しかし彼は、もう一刻《いっこく》もぐずぐずしている時ではないように思ったのである。

お祖父さんは、座敷《ざしき》の縁《えん》で、謙蔵を相手に何か話していた。次郎は思いきってそばに行き、窮屈《きゅうくつ》そうにすわった。そして何も言わないで手をついて、お辞儀《じぎ》をした。すると、お祖父さんはすぐ言った。

「ほう、あやまりに来たのか、それでいい、それでいい、それでいい気持ちになったじゃろう。どうじゃ。」

次郎の眼からは、ぽたぽたと涙《なみだ》が縁板《えんいた》にこぼれた。

「泣くことはない。泣くと、繃帯《ほうたい》がぬれるぞ。それに、顔がゆがんでしまったらどうする。はっはっはっ。」

お祖父さんの笑い声につれて、謙蔵も笑った。次郎は、しかし、いつまでもうつむいて、鼻をすすっていた。

三七　母の顔

真夏《まなつ》に、顔全体を繃帯《ほうたい》で巻《ま》きたてているのは、かなりつらいことであった。また、そのためにかえって化膿《かのう》したりする恐《おそ》れもあったので、三、四日もたつと、薬だけが紙にのばして貼《は》られることになった。

繃帯《ほうたい》をかけない次郎の顔は、まことに見苦しかった。自身鏡をのぞいて見て、ぞっとしたほどであった。黄いろい薬の間から、ところどころに赤黒い肉がのぞいていて、眉《まゆ》のところがのっぺりしている。彼《かれ》はおりおりこの村に物もらいにやって来る癩病患者《らいびょうかんじゃ》の顔を思い出した。そして、どんなに暑苦しくても繃帯を巻いているほうがいいとさえ思った。

東京に行っている竜一《りゅういち》から、ある日絵はがきが来た。それには、春子からも「おみやげを待っていらっしゃい」と書きそえてあった。次郎は非常に喜んだ。しかし、すぐ自分の顔の見苦しさを思った。そして、二人が帰って来るまでに、あたりまえの顔になれるだろうかと心配した。

夏休みもあと十日ほどになったころには、薬を塗《ぬ》らなければならない部分は、鼻がしらと頰《ほお》の一部だけになった。しかし、治った部分も、赤く、てかてか光っていて、当分《とうぶん》は普通《ふつう》の色にもどりそうになかった。次郎自身には、薬を塗っている時よりも、かえって無気味《ぶきみ》にさえ思えた。

彼の火傷《やけど》が治って行くのとは反対に、お民《たみ》の病気は次第《しだい》に重くなって行った。喀血《かっけつ》がないので急激《きゅうげき》な変化は見せなかったが、暑気《しょき》がひどくこたえたらしく、衰弱《すいじゃく》が日にまし加わって行くのがだれの眼《め》にも見えた。

俊亮《しゅんすけ》は、これまで大てい一週に一度は顔を見せていた。しかしどういうわけか、恭一《きょういち》や俊三《しゅんぞう》をつれて来ることはめったになかった。夏休みになったら、すぐにもつれて来てゆっくりさせるだろうと、次郎も期待し、正木一家でもそううわさしていたが、やっと二人が父につれられて来たのは、次郎が火傷をしてから五、六日もたった頃《ころ》であった。次郎の火傷が三人を驚《おどろ》かしたことはいうまでもない。しかし、俊亮は正木一家からひととおり説明をきくと、

「いやどうも、いつまでたってもしようのないやつで。ご心配をおかけして申しわけありません。」

と言ったきり、すぐ話をお民の病状にうつしてしまった。お民の話になると、みんなの調子ががらりと変わった。半《なか》ば笑いながら火傷の話をしていたみんなの様子《ようす》が急に沈《しず》んで行った。そばで聞いていた次郎は何だか置きざりにされたような気がした。そこで彼は恭一と俊三とを別のところにつれて行って、しきりに火傷の話をした。

次郎はそれから二人を母の病室につれて行ったが、お民は、二人の顔を見ると、力のない微笑《びしょう》をもらしたきりだった。三人は手持ちぶさたでしばらくそこにすわっていた。

するとお祖母《ばあ》さんが、

「あちらで遊んでおいで、騒《さわ》がないでね。」

そう言われると、次郎はすぐ二人を庭につれだした。そして自分の火傷《やけど》をした現場を二人に説明した。

俊亮は二人を残してその日のうちに帰った。帰りがけに彼は次郎を呼んで言った。

「お母《かあ》さんに見えるところで、兄弟《きょうだい》げんかをするんじゃないぞ。」

次郎は、自分はどうせけんかをするものだときめてかかっているような父の口ぶりが、ちょっと不平だった。そして、

(母さんに見えるところでなくたって、けんかなんかするもんか。父《とう》さんは、このごろ自分がどんなだかちっとも知らないんだ。)

と思った。

火傷のことは、俊亮はもう何とも言わなかった。次郎は安心したような、物足《ものた》りないような気持ちで、父に別れた。

火傷をしたあと、母の薬をもらいに行く役目は、従兄弟《いとこ》たちが代《か》わってやってくれた。春子にあえる楽しみもないし、かりにあえても、彼女に見苦しい顔を見られたくなかったのだから、次郎としては大助かりだった。それに、恭一や俊三がやって来てからは、

うまい口実《こうじつ》ができたような気がして、めったに病室にも落ちつかなかった。彼は誠吉《せいきち》といっしょに二人を近くのため池につれだして、よく鮒《ふな》を釣《つ》った。

四、五日して、珍《めず》らしく本田のお祖母さんがやって来た。今度《こんど》は火傷のことが大ぎょうに問題にされた。彼女《かのじょ》は、お民の病気よりそのほうの話により多くの興味を覚えるらしかった。彼女は幾度《いくど》も幾度も、

「親不孝《おやふこう》の天罰《てんばつ》というものでございます。」と言った。そして次郎に対して、

「お母さんの病気が重くなるのも無理はないよ。それでお前は看病《かんびょう》をしている気なのかい。」

と、いかにも、みんなの前で自分が責任をもって次郎を戒《いまし》めている、といったような調子で言った。次郎はその時そっぽを向いていた。すると、本田のお祖母さんは、正木の老人のほうを向いて訴《うった》えるように言った。

「ほんとに、どう致《いた》したらよいものでございますやら。すぐにも私のほうに引き取らなくてもよろしゅうございましょうか。」

だれも、しかし、まじめになって受け答えするものがなかった。次郎にもよくその場の空気がのみこめた。だから、彼はあまり腹もたてず、かえって、それみろ、といったような気にさえなるのだった。

本田のお祖母《ばあ》さんが来たのは、昼少し前だったが、三時ごろまで病室にすわりこんで、正木のお祖母さんを相手に、病人をあずけておく言いわけやら、感謝やらを、くどくどと述べたてた。むろんその間には、次郎のこともしばしば話の種《たね》になった。そして、彼女はとりわけ調子を強めてこんなことを言った。

「お民さんにせよ、次郎にせよ、遠くに離《はな》れていますと、よけいに気にかかるものでございまして、わたくし、このごろ毎晩のように二人の夢《ゆめ》を見るのでございます。」

次郎たちは、次《つぎ》の間《ま》からそれを聞いていた。

しかし三時をうつと、彼女は急にそわそわしだした。そしていかにも言いにくそうに、

「わたくし、一晩《ひとばん》ぐらいは看病もいたさなければなりませんが、今日《きょう》は俊亮もちょっと遠方《えんぽう》に出ていますし、店のほうが小僧任《こぞうまか》せにしてありますので、日が暮《く》れないうちにおいとまいたしたいと存じます。まことに勝手でございますが……」

お民も、正木のお祖母さんも、ほっとしたらしかった。しかし、本田のお祖母さんはすぐには立ちあがらなかった。そして、次の間にいた子供たちのほうに眼をやりながら、言った。

「ああしておおぜいご厄介《やっかい》になっているのも、かえって病人のじゃまになるばかりでございましょうから、ひとまず、わたくし、つれて帰りたいと存じます。次郎も、もし

火傷《やけど》の薬さえきまっておりましたら、いっしょでもよろしゅうございますが……」

次郎は、それで自分もいっしょに行くことになりはしないか、などと心配する必要はすこしもなかった。しかし、恭一や俊三に帰ってしまわれるのは、いやだった。まだ一度だってけんかもしていないし、それに恭一には、中学校の入学の参考になることを、これからもっと聞きたいと思っている。第一、母《かあ》さんの病気が重いのに、帰ってしまうのはよくないことだ。今は休みなんだから。――彼はそんなことを考えて病室の様子をうかがっていた。

「じゃまなんてことはちっともございません。お民も毎日三人のそろった顔が見られるのが楽しみのようでございますから。」

「それはさようでございましょうとも。でも、私どもといたしましては、病人をおあずけしたうえに、みんなで押《お》しかけて参っているようで、まことにめんぼくがございませんし、やはり行ったり来たりということにさせていただきたいと存じております。」

「そんなことは、こちらでは何とも思うものはございませんが……」

「そりゃもう、こちら様のお気持ちはよくわかっておりますし、いつも俊亮ともそう申しているのでございます。でも、やはり世間《せけん》の眼もありますので……」

「世間など、どうでもよいではございませんか。それを言えば、第一、病人をおあずかりすることからして間違《まちが》っていましょうから。」

正木のお祖母《ばあ》さんは、別に皮肉《ひにく》を言うつもりではなかった。しかし、それは本田のお祖母さんにとっては、何よりも痛い言葉だった。正木のお祖母さんも、言ってしまってから、はっとしたらしかった。

いやな沈黙《ちんもく》がつづいた。庭では蟬《せみ》がじいじい鳴いていた。

「恭一、――俊三、――」と、お民は次の間のほうに顔を向けて二人を呼んだ。二人がやって来ると、力のない声で、

「お祖母さんがお帰りだから、今日はお前たちいっしょにお帰り。またすぐ来ていいんだから。」

そう言って彼女は眼をとじた。眉根《まゆね》にはかすかなしわがよっていた。

本田のお祖母さんは、不機嫌《ふきげん》な顔を強《し》いて柔《やわ》らげながら、ていねいに正木のお祖母さんにあいさつした。お民にも何かと親切そうに言葉をたてつづけに言った。そして二人の孫をうながして立ちあがった。

実をいうと、本田のお祖母さんは、恭一や俊三に病気をうつされるのがこわかったのである。それを体《てい》よくごまかそうとして、妙《みょう》な羽目《はめ》になったので、病室を出てからも、正木一家の人たちに対して、よけいなあいそを言わなければならなかった。そんなわけ

で、彼女はいよいよ正木の家を辞するまでには、おおかた小半時《こはんとき》もかかった。

次郎は見おくっても出なかった。彼は畳《たたみ》の上にねそべって、母の青い顔を見つめていた。すると、母の眼尻《めじり》から、彼のまったく予期《よき》しなかったものが、ぽろぽろとこぼれ落ちた。それは不思議なかがやきをもって彼の心にせまった。

「母《かあ》さん、どうしたの?」

次郎は、はね起きて母の枕元《まくらもと》によって行った。母は、しかし、もうその時には、うるんだ眼に、微笑《びしょう》をたたえて、次郎を見ていた。そして、

「次郎だけは、いつもあたしのそばにいてもらえるわね。」

次郎は、彼の五、六歳《さい》ごろから見なれて来た母の顔を、もうどこにも見いだすことができなかった。そこにはまったくちがった母の顔があった。そしてその顔から、お浜《はま》にも、春子にも、正木のお祖母さんにも見いだせなかったある深い光が、泉の底の月光のように、静かにふるえて流れ出しているのを、次郎は感ずることができたのである。

三八　再　会

九月の新学期が始まるころには、次郎の眉《まゆ》もおかしくないほどに伸《の》びていた。皮膚《ひふ》の色はまだまだらだったが、人に気味悪《きみわる》がられるほどではなかった。次郎はむろん学校に行くつもりでいた。しかし、お民《たみ》の病気は、すでにそのころは危篤《きとく》に近い状態だったので、引きつづき休むほうがよかろうということになった。

次郎は、実は一日も早く竜一《りゅういち》に会ってみたかった。会って東京の様子《ようす》もきき、また春子がいよいよ本式に上京するのはいつごろになるのか、それも知りたかった。で、彼は、学校は三十分もかからないところだし、できればちょっとでも出てみたい、と思わないではなかった。しかし、お民はこの数日、次郎の姿が見えないと、不思議なほど寂《さび》しがった。そして彼に薬をのませてもらったり手を握《にぎ》っていてもらったりするのを、何よりの楽しみにしているらしかった。次郎にしても、母のその気持ちには、次郎の手からだと喜んで口にするというふうだった。飲みたくない薬でも、こみあげて来るような喜びを感じた。彼は、母を看護することによって、彼がかつて知らなかった純な感情を味わうことができた。彼の行為は、少なくとも母の枕頭《ちんとう》でだけは、偽《いつわ》りも細工《さいく》もない、ひたむきなものになっていた。で、竜一に会ってみたいという気持ちも、彼を何時間も病室から引きはなしておこうとするまでには強く働かなかった。

お民は、いよいよいけなくなる四、五日前、枕元《まくらもと》にすわっていた次郎の顔をまじまじと見ていたが、その眼《め》を正木のお祖母《ばあ》さんのほうに向けて言った。

「お浜《はま》の居《い》どころはわかりましたかしら。」

次郎は、このごろ、お浜のことはほとんど忘れていた。彼には「お浜」という言葉が、まったく耳新しくさえ響《ひび》いた。それに、彼の記憶《きおく》に残っている限りでは、母とお浜とは、決して仲のいい間柄《あいだがら》ではなかった。だから、母のその言葉を聞いた時には、彼は喜ぶというよりもむしろ不思議に思ったくらいであった。お祖母さんは答えた。

「ああ、そうそう、まだお前には言わなかったのかね。何でも、駐在所《ちゅうざいしょ》の方に頼《たの》んで調べてもらったので、よくわかったんだそうだよ。やっぱり今でも炭坑《たんこう》で働いているんだとさ。」

「では、呼んでもらいましょうかしら。」

「そうかい、ぜひ会いたけりゃ、すぐにでも呼べるんだがね。でも、お前だいじょうぶかい。ひさびさで会って、気がたったりしては、病気に悪いんだがね。」

実は、お浜には二、三日前に、すでに正木の老人から手紙が出してあり、まさかの時には電報を打つから、すぐ来るようにと、必要な旅費まで送ってあるのだった。お祖母《ばあ》さんはそれをお民にかくしていたのである。

「だいじょうぶですわ。」

お民はにっこり笑って、また次郎を見た。

電報がすぐ打たれた。次郎はそれから妙《みょう》に浮《う》き浮《う》きしだした。しかし、それはうれしくてたまらないからではなかった。うれしいにはうれしいが、その奥《おく》に不安とも、好奇《こうき》心《しん》ともつかぬ、えたいのしれないものが動いていた。彼は自分の落ち着かない気持ちを自覚して、それを母に見せまいとつとめたが、彼の動作はいつもそれを裏切った。彼は用もないのに、部屋《へや》を出たりはいったりした。薬の時間でもないのに、ひょいと薬壜《くすりびん》をとりあげ、その目盛《めも》りをすかして見たり、栓《せん》をぬいてみたりした。また、ぽかんとして庭を見つめていて、急に気がついたように母の顔をのぞいたりした。お民は彼のそんな様子を見ながら、いつも微笑《びしょう》していたが、彼はその微笑にでっくわすと、よけいにそわそわした。

お浜は、電報を受け取ってすぐたちさえすれば、翌日の夕方までには着くはずであった。次郎はお祖母さんの言葉でそれを知っていた。しかし彼は、その時刻になっても病室に落ち着いていて、お浜のつく時間なんか忘れているかのように見えた。そのくせ、彼の言ったり、したりすることは、とんちんかんなことが多かった。彼の頭の中は、もうお浜でいっぱいであった。眼の前にお浜の顔が始終《しじゅう》現われたり消えたりした。それはさほど鮮明《せんめい》ではなかったが、かえってそのために、彼はまぼろしの中に吸いこまれるような気持ちだった。

「次郎ちゃんの乳母《ばあ》やが来たよう。」

誠吉《せいきち》がはだしで庭をまわって来て、そう言うと、またすぐ走って行った。

次郎は思わず立ちあがりそうにしたが、強《し》いて自分を落ちつけた。

「早く迎《むか》えておいでよ。」

祖母と母とがほとんど同時に言った。次郎はそれですぐ立ちあがったが、さほどせきこんでいるふうには見えなかった。それでも、母屋《おもや》に行くまでの彼の足が宙《ちゅう》に浮いていたことは、彼自身が一番よく知っていた。

お浜はもう茶《ちゃ》の間《ま》にすわって、正木の老人とお延《のぶ》を相手に話していた。誠吉やそのほかの従兄弟《いとこ》たちは、土間《どま》に立って、珍《めずら》しそうにその様子を眺《なが》めていた。次郎がはいって行くと、お浜は持っていた団扇《うちわ》を畳《たたみ》に置いて、中腰《ちゅうごし》になりながら、

「まあ。」と叫《さけ》んだ。その叫び声には、ほとんど喜びの調子はこもっていなかった。そ

れは異様なものを見た驚《おどろ》きの叫びだった。次郎の火傷《やけど》のあとのまだらな皮膚の色が、彼女をびっくりさせたのである。

お延がそれに気がついてすぐ説明しだした。説明をききながらも、お浜は何度《なんど》も次郎の顔に目を見はった。次郎はお祖父《じい》さんのそばにすわって、まぶしそうにその視線をよけていた。

説明を聞き終わると、お浜は眉根《まゆね》をよせて次郎のほうに膝《ひざ》をのりだしながら、

「以前からおいたでしたが、今でも相変《あいか》わらずね。でも、大したことにならないで、ようございましたわ。」

彼女は、次郎と自分との間に二、三尺《じゃく》の距離《きょり》があるのがもどかしそうであった。次郎は、しかし、お客にでも行ったように行儀《ぎょうぎ》よくすわって、固くなっていた。彼のこの時の気持ちは実に変てこだった。彼の前にすわって物を言っているのは、なるほど三年前に別れた乳母《ばあ》やにはちがいない。しかし、同時にまったく別人のような気もする。それはちょうど、着なれた着物を一度しまいこんで、久方《ひさかた》ぶりにまた取り出して着る時のような感じである。

お浜は、たてつづけに、いろんなことを彼にたずねた。彼は、しかし、ただ「うん」とか「ううん」とかいう簡単な返事をするだけであった。その簡単な返事ですら、いっ

ものように自然には出なかった。時とすると、はじめての人に対するような、ていねいな返事をしそうになることさえあった。

「お民も待ちかねているようだから、では、ちょいと顔を見せておいてくれ。次郎、お前乳母やを母《かあ》さんのところへつれておいで。」

お祖父さんは、ひととおり二人の問答がすんだところで、言った。二人はすぐ立ちあがった。

病室に行く途中《とちゅう》、お浜は次郎の肩《かた》を抱《だ》くようにして歩いた。

「ずいぶんお背《せ》が伸《の》びましたわね。」

次郎は、急に以前の気持ちがしみ出て来るような気がした。そして、自分のほうからも何か口をきいてみたいと思ったが、急にはうまい言葉が見つからなかった。

病室にはいると、お浜はお祖母《ばあ》さんにはあいさつもしないで、いきなり病人の枕元にすわった。やはり次郎の肩に手をかけたままだったので、次郎がいっしょにすわらなければならなかった。彼女はすわったきりうつむいてしまって一言《ひとこと》も言わなかった。次郎は彼女の膝にぽたぽたと涙《なみだ》が落ちるのを見た。

「まあ、よく来てくれたね。」

お祖母さんのほうからそうあいさつされて、お浜は、急いで涙をはらいながら、笑顔《えがお》

を作った。そして、

「ほんとに申しわけもないごぶさたをいたしまして。……ご病気のことなど、ちっとも存じませんものですから。」

二人の間には、それからしばらくいろいろのことが話された。お民もちょいちょいそれに口を出した。話は大ていお互《たが》いのその後のことについてであった。次郎はそれによって、弥作爺《やさくじい》さんが死んだこと、お兼《かね》がもう奉公《ほうこう》に出て、いくらかのお金を貢《みつ》ぐこと、お鶴《つる》が学校で優等賞をもらったことなどを知った。次郎は、古い校舎の片隅《かたすみ》の校番室の様子を思い出しながら、それをきいた。本田の引っ越しの理由や、次郎とお民が正木に来ているいきさつなどは、ごくあいまいにしか話されなかった。お祖母《ばあ》さんは、

「子供がだんだん大きくなって、中学にはいるようになると、何かにつけ町に住むほうが都合《つごう》がよさそうだよ。」

とか、

「次郎は、お前の手をはなれてから、半分はここで育ったようなものだから、お祖父《じい》さんが手放そうとはなさらないのでね。」

とか、

「お民の病気には、何といっても田舎《いなか》の空気がいいのだよ。」とか言って、すべてをぼ

かしてしまっていた。しかしお浜には何もかも推察《すいさつ》がついたらしく、彼女はおりおりため息をついて、次郎の顔を見た。次郎はそのたびに、何かしら窮屈《きゅうくつ》な感じがした。

双方《そうほう》の話が一段落ついたころに、お民はふとお浜のほうに顔をむけ、しみじみとした調子で言った。

「お浜や、わたしお前に会えて、すっかり安心したよ。」

「まあもったいない――」と、お浜はもうあとの言葉が出なかった。お民はしばらくしてから、

「次郎も大きくなったでしょう。」

「ええ、ええ。さっきもびっくりしたところでございます。」

「あたし、この子にも、お前にも、ほんとうにすまなかったと思うの。」

「まあ、何をおっしゃいます。」

「子供って、ただかわいがってやりさえすればいいのね。」

お浜には、お民の言っている深い意味がわからなかった。しかし気持ちだけはよく通じた。

「あたし、それがこのごろやっとわかって来たような気がするの。だけど、それがわかったころには、もう別れなければならないでしょう。」

「まあ、奥様《おくさま》――」

「あたし、死ぬのはもうこわくも何ともないの。だけど、この子にいやな思いばかりさせて、このままになるのかと思うと……」

「そんなことあるものでございますか。」

「あたし、このごろ、いつもこの子に心の中であやまっているのよ。」

「まあ、――まあ、――」

次郎は、もうその時には、うつむいて涙をぽたぽた落としていた。

「でもね、この子もどうやらあたしの気持ちがわかってくれているようだわ。あたし、何となくそんな気がするの。それでいくらかあたしも安心ができそうだわ。……でも、お前にも一度あやまっておかないと、気がすまなかったものだからね。」

「まあ、とんでもない。」と、お浜は袖口《そでぐち》を眼にあてて、

「坊《ぼっ》ちゃん……まあ何て坊ちゃんはおしあわせでしょう。お母《かあ》さんにあんなに思っていただくんですもの。ほかに坊ちゃんをかわいがっていただく人が、だあれもいなくても、もうこれからはだいじょうぶですわね。……たった一人ぽっちになっても、きっと、きっと坊ちゃんはだれよりも正直《しょうじき》な、お偉《えら》い人になれるでしょう。」

次郎はだしぬけにお浜の膝《ひざ》にしがみついて、顔をおしあてた。惑乱《わくらん》と寂寥《せきりょう》とが、同時

に彼の心をとらえていた。「ひとりぽっち」という言葉が異様に彼の胸に響《ひび》いたのである。

お民の眼からも涙が流れていた。

お浜は、次郎の背をなでながら、

「でも、一人ぽっちになんか、なりっこありませんわね。お父《とう》さんがいらっしゃるし、こちらのお祖父《じい》さんやお祖母《ばあ》さんもいらっしゃるんですから。それにあたしだって、遠くからいつも坊ちゃんのこと神様にお祈《いの》りしていますわ。」

「次郎や、――」と、お民はぬれた眼をしばだたいて、じっと何かを見つめながら、「あたしは、乳母《ばあ》やよりもっと遠いところから、きっと次郎を見ててあげるわよ。だから、……だから、……腹がたったり、……悲しかったりしても、……」

そのさきは息がはずんで、だれにも聞きとれなかった。お祖母さんは、さっきから鼻をつまらせて二人の話をきいていたが、

「今日《きょう》はもう話すの、およしよ。そう一《いっ》ぺんに話して疲《つか》れるといけないから。」

「ええ、よしますわ。……ああ、あたし、これでせいせいしました。」

そう言ってお民は眼をとじた。

その晩は、むろん次郎とお浜とは同じ蚊帳《かや》の中に寝《ね》た。お浜は、暑いのに、夜どおし

次郎の肩に自分の手をかけては、引きよせた。次郎は、自分の手先がお浜のたるんだ乳《ち》房《ぶさ》にさわるごとに、はっとして寝がえりをうった。彼はよく眠《ねむ》れなかった。それはお浜に引きよせられるからばかりではなかった。このごろ彼の胸にはっきり映《うつ》りだした母の澄《す》みとおった愛と、ひさびさでよみがえった乳母《うば》の芳醇《ほうじゅん》な愛とが、彼の夢《ゆめ》の中で激《はげ》しく溶《と》けあっていたからである。

三九　母の臨終《りんじゅう》

お浜《はま》に会ってからのお民《たみ》は、不思議なほど静かに眠《ねむ》った。それは、興奮《こうふん》のあとの疲労《ひろう》というよりは、すべてを処理し終わったあとの安心から来る落ちつきであった。しかし、それと同時に、冷たい死は刻々《こっこく》に彼女《かのじょ》に近づきつつあったのである。

翌日は、医者の注意で、電報や使いがほうぼうに飛ばされた。昼すぎには、本田から俊亮《しゅんすけ》が恭一《きょういち》と俊三《しゅんぞう》とをつれてやって来た。その日は、しかし、幸《さいわ》いにして何事《なにごと》もなかった。お民は、眼《め》をさましては周囲を見まわし、三人の子供が並《なら》んですわっているのを見ては安心するらしかった。口はほとんどきかなかった。ただ俊亮に対して、

「こんなにたびたび店をおあけになっては、あとでおこまりではありません?」と言った。それをきくと俊亮は、周囲の静かな空気に不似合いな声で、大きく笑った。それはだれの耳にもわざとらしく響《ひび》いた。しかし、お民はそれに対しても、寂《さび》しく笑ったきりだった。

その後二日間は同じような容態《ようだい》がつづいた。そのうちに遠方《えんぽう》の親類も来るものはたいてい来た。広い正木の家も、さすがに、病室以外はそれらの人たちでごったがえしだった。謙蔵《けんぞう》はふだんの無口《むくち》にも似ず、ほとんど自分一人で、食事や夜具《やぐ》のことなどを、てきぱきとさしずしていた。次郎は食事のたびごとにその様子《ようす》を見て、いつもの謙蔵とはちがった人のように感じた。彼《かれ》にとって、謙蔵はもう決して不愉快《ふゆかい》な存在ではなかった。相変《あいか》わらず無愛想《ぶあいそう》ではあったが、無愛想なままに次郎には何となく頼《たの》もしく思えた。

母の枕元《まくらもと》にすわって、その死を予想する次郎の気持ちには、恭一や俊三とは比較にならないほど深刻なものがあった。しかし一方では、彼は不思議なほど落ちついていた。それはながらく母の病床《びょうしょう》に付《つ》き添《そ》って、そうした気持ちを毎日くりかえして来たせいもあったが、もっと大きな理由は、彼が母の心をしっかり握《にぎ》りしめているような感じがしたからであった。母に別れるのはたまらなく悲しい。ことに、懺悔《ざんげ》に似た心で彼に最後の愛を示してくれてからの母は、彼自身の魂《たましい》そのものにすらなっている。それはもはや彼から引き放せないまでに固く結ばれているという感じそのものが、彼にある深い安心と落ちつきとを与《あた》えたのである。

それに、彼の周囲に対する気持ちは、この二、三日急角度に転回をはじめていた。彼はこれまで、お浜をのぞいては、ほとんどすべての人に対して、多少とも警戒《けいかい》して来た。俊亮や正木老夫婦《ろうふうふ》に対してすら、彼は心からすなおにはなり得《え》なかったのである。こうして彼は、自分を愛する者に対しても、愛しない者に対しても、常に何らかの技巧《ぎこう》を用いた。技巧はいわば彼の本能ともいうべきものになってしまっていたのである。ところがこの数日、彼はまったく技巧を忘れたかのようになっている。彼はもはや何人《なんぴと》に対しても警戒していない。謙蔵に対してすらも、彼は何のこだわりもなく話しかけることができるのである。すべての人が、今や彼と彼の母にとって親しみ深い人のように思える。それはみんなの眼が母の寝顔《ねがお》に集中して、そのかすかな一つの動きにも一喜一憂《いっきいちゆう》しているからばかりではない。彼はかれ自身で知らない間に、彼自身の心から長い間の猜疑心《さいぎしん》をとりのぞいていたのである。そしてその奇蹟《きせき》が、彼の生命の根である母の、真実のこもった、わずかの涙《なみだ》と言葉との結果でなかったとだれが言い得よう。

お民の臨終《りんじゅう》は、俊亮たちが来てから四日目の午前九時ごろだった。それはきわめてしずかな臨終だった。だれもさほどはげしい動揺《どうよう》を見せなかった。かすかなため息と、すすり泣きと、念仏《ねんぶつ》の声とが、あるかなきかに吹《ふ》き入《い》って来る初秋の風の中に、しずかに漂《ただよ》った。

臨終の少し前に、次郎たち兄弟《きょうだい》は年の順に死《し》に水《みず》をとってやった。次郎は鳥の羽根を母の唇《くちびる》にあてながら、母がかすかにうなずくのを見るような気がした。彼は不思議に涙が出なかった。左右に、恭一と俊三とが、しきりに鼻をすすっている音を耳にしながら、彼はただ一心《いっしん》に母の顔を見つめていた。彼は母のすべてを深く心に刻《きざ》みつけておこうとするかのようであった。彼の両腕《りょううで》は棒のように彼のひざの上につっぱっていた。

いよいよ臨終が宣言されて、周囲がざわめきだしても、彼はやはり石のようにすわっていた。恭一と俊三とが両方から彼の顔をのぞいて立ちあがったのにも、彼は気がつかなかったらしい。

「次郎――」

正木のお祖父《じい》さんが、うしろから、そっと彼の肩《かた》をたたいた。彼はやっと自分にかえって、眼を母の顔から放した。そして、その時はじめてすべてを了解《りょうかい》したかのように、彼の眼に涙がこみあげて来た。彼はいきなり畳《たたみ》の上につっ伏《ぷ》して声をあげた。

「次……次郎――」

お祖父さんのふるえを帯びた声が、頭の上にきこえた。その手が再び彼の肩にさわった。

「坊《ぼっ》ちゃん――。」

悲鳴に似たお浜の声がつづいてきこえた。そしてその瞬間《しゅんかん》に、彼の顔はお浜の膝《ひざ》に、お浜の顔は彼の背中《せなか》に、ふるえながらつっ伏していた。

周囲から嗚咽《おえつ》の声がくずれるようにきこえだした。その声の中を、次郎はお浜に抱《だ》かれるようにして部屋《へや》を出た。

死体はまもなく座敷《ざしき》にうつされた。次郎は、お浜や俊亮や、正木の老夫婦に慰《なぐさ》められて、やっと涙がとまると、むせるように線香《せんこう》の匂《にお》いのする母の枕元《まくらもと》に、黙々《もくもく》としてすわりこんだ。そして帷子《かたびら》の紋付《もんつ》きをさかさにかけられた母の死体を、一人でじっと見つめていた。彼には、ともするとそれがかすかに息をしているかのように見えた。しかし、弔問客《ちょうもんきゃく》が来て、その顔の覆《おお》いが取りのけられるごとに、彼の眼にまざまざとうつるものは、まぎれもなく、氷のような死に顔であった。

本田のお祖母《ばあ》さんは、やっと午後になってやって来た。そして死人の前にすわるなり、いかにも絶え入るような声で、いろいろとくどきたてた。臨終の間《ま》にあわなかった詫《わ》びが、まず最初だった。それから、

「何という美しい仏様《ほとけさま》におなりだろう。」とか、

「子供を三人もこの老人に投げかけて、一人で先に行ったのがうらめしい。」

とか、

「どうして世の中には、こうさかさま事《ごと》が多いのだろう。」とかいったようなことを、次第《しだい》に芝居《しばい》じみてわめきたてた。俊亮は、それを聞きながら、眼のやり場に困っていたが、とうとうたまりかねて、

「お母《かあ》さん、――お母さん――」と声をかけた。それでもまだ彼女が死人のそばを離《はな》れそうにないので、彼はいきなり立ちあがって、彼女の肩をゆすぶり、叱《しか》るように言った。

「そんなに泣かれては、仏が迷います。それより念仏でも唱《とな》えてやってください。」

するとお祖母さんは、

「ほんとうに、まあ、老人甲斐《がい》もなく、取りみだして申しわけもない。なむあみだぶ、なむあみだぶ。」と、けろりとした顔をして死人のそばを離れた。そしてそれからは、「なむあみだぶ」の連発だった。

次郎はむろんお祖母さんのちんにゅうによって、ひどく気分をみだされた。しかし彼はもう、彼がこれまで彼女からうけていたような強い圧迫《あっぱく》を感じなかった。「意地《いじ》の悪い敵」としての彼女が、いつのまにか「みじめな、一人ぼっちの老婆《ろうば》」に変わりかけて

いたのである。

少し落ちついたころ、葬式《そうしき》をどこで出すかが問題になったが、町のほうにはまだ大して近づきもないし、それに、本田の墓地《ぼち》がこちらにあるのに、わざわざ死体を町に運ぶまでもあるまいということになった。しかし、正木の家から葬式を出すのも変だというので、この近在では例のないことだったが、途中《とちゅう》葬列を廃《はい》して、寺で告別式だけを行なうことになった。この事についても、本田のお祖母《ばあ》さんは、しきりに世間体《せけんてい》を気にしていたが、寺での告別式なら正木から葬式を出したことにはならないし、正木の家はただの病院だったと思えば何でもない、と言いきかされると、彼女はそれでやっと納得《なっとく》がいった、といったような顔をした。

まだ暑い季節だったため、入棺《にゅうかん》はその晩のうちにすまされた。子供たちは、代《か》わる代《が》わる石で棺《ひつぎ》のふたを打ちつけたが、次郎は、力をこめてそれを打ちおろす気には、どうしてもなれなかった。釘《くぎ》の頭に石がふれた瞬間、彼は全身がはじきかえされるような気がした。

入棺が終わると、彼は、何もかも最後だという気がして、急に力がぬけた。彼はもう何も見たくなくなった。まっ暗なところに一人でいたいような気がした。で、そっと座を立って庭におりた。木立《こだ》ちをくぐって築山《つきやま》のうしろまで行くと、そこから星空が広々と仰《あお》がれた。彼は、かつてお祖父《じい》さんに教《おそ》わった北極星、——「いつまでも動かない星」——をその中に見いだした。彼は一心にそれを見つめた。見つめているうちに、その光は次第にうるんだ母の眼の輝《かがや》きに似て来た。そして母の顔全体が、いつのまにかその周囲にはっきりとあらわれた。お浜の顔がおりおりそれにかさなった。同時に、彼の頭の中には、校番室以来の彼の記憶《きおく》が、つぎつぎに絵巻物のように繰《く》りひろげられはじめた。

だが、この時彼の心を支配したものは、悲しみでも憤《いきどお》りでもなかった。彼の心はふしぎに静かだった。

彼は、「運命」によって影《かげ》を与えられ、「愛」によって不死の水を注《そそ》がれ、そして「永遠」に向かって流れて行く人生のすがたを、彼の幼《おさな》い知恵の中に、そろそろと刻みはじめていたのである。

「次郎物語」はひとまずここで終わる。しかし、次郎の一生がそれと同時に終わりを告げたわけではむろんない。彼のほんとうの生活は、実はこれから始まるであろう。彼の家庭生活や学校生活はどう変わって行くか。異性との交渉《こうしょう》はどうなるか。そして、結局この大きな社会と彼はどう取っくみあって行くか。これらを詳《くわ》しく物語りたいのは、筆者の心からの願いである。しかし、次郎は今母に死別したばかりである。彼のこれからの生活を知っているものは神様だけしかない。で、もし何年か、何十年かの後に、この物語を読んだだれかが、幸いにして次郎と相識《あいし》る機会を得、そして彼の生活に興味を覚えるとしたら、おそらくその人がこの物語のつづきを書いてくれるであろう。

「次郎物語 第一部」あとがき

私は、これまでに、何冊かの本を書いたが、もし、一生のうちに一冊だけしか本が書けないものだとしたら、私は恐《おそ》らくその一冊にこの「次郎物語」を選んだであろう。それほど私はこの本が書いてみたかったし、書いておかなければならないような気がしていたのである。

なぜか、とむきになってたずねられると、答えに困る。困るというのは、答えられないからではない。答えたくないからである。答えはこの物語の中に書いてあることだけでもう十分だし、それ以上に何か言えば、それは理窟《りくつ》になって、私の気持ちからは、かなり遠いものになってしまうからである。

ただ次のことだけは言っておいてもいいように思う。それは、もし私が、子供をもった親たちを集めて、何か話をしなければならない場合があるとしたら、私は話をする代《か》わりに、黙《だま》ってこの物語を差し出したい気になるだろう、ということである。

ところで、この物語が、まだ原稿《げんこう》のままだった頃《ころ》、幾人《いくにん》かの知人にそれを読んでもらったら、その一人は、読んで行くうちに、「これは愉快《ゆかい》だ。」と言って、しばしば哄笑《こうしょう》した。私は淋《さび》しかった。他の一人は「これは君《きみ》の自叙伝《じじょでん》なのか。」と、根掘《ねほ》り葉掘《はほ》り、詮《せん》議《ぎ》しはじめた。私は苦笑するよりほかなかった。更《さら》に他の一人は、「次郎は変質者だね。」と言った。これには私はかなり考えさせられた。そして、もし次郎が、その人の言うとおり、変質者として描《えが》かれているならば、彼《かれ》を広く一般《いっぱん》の親たちに引きあわせるのは、大して意味のないことだと思いはじめたのである。

で、その後、私は何回となく原稿を読みかえしてみた。しかし、私自身には、次郎が変質者であるとは、どうしても思えなかった。次郎は、誰《だれ》が何と言おうと、他の多くの子供たちと同様に、食物をほしがり、大人の愛をほしがる子供に過ぎないのである。ただ、他の子供たちにくらべて、いくぶん勝気《かちき》な点があるかも知れないが、それとても病的だというほどではない。もし彼に、何かそうした病的な点が発見されるとすれば、それは、すべての子供が、否《いな》、すべての人間が、本能的に求めている最も大切なものを、拒《こば》んではならない人によって拒まれているからだ、というの外ない。世の中には、どんな健全な人間をでも、一見変質者らしく振舞《ふるま》わせる二つの大きな原因があるが、その一つは食物の飢餓《きが》であり、もう一つは愛の飢餓である。――そう私は私自身で次郎を弁護《べんご》したい。そして、彼を多くの親たちに引きあわせることは、やはり決して無駄《むだ》ではないと思うのである。

*

この物語の原稿を見た知人の中には「君は、その年になって小説を書きはじめたのか。」と、私の顔を穴《あな》のあくほど見つめながらたずねた人がある。私には、それが驚歎《きょうたん》の言葉のように聞こえたし、また非難の言葉のようにも聞こえた。

若いころ、ちょっぴり詩や歌をひねり、その後二十年間も地方をまわって学校教育に没頭《ぼっとう》し、五十近くになってから東京にまい戻《もど》って、爾来《じらい》十年間、社会教育方面の仕事のために、南船北馬《なんせんほくば》している私である。その私が、今更《いまさら》小説に野心を持ち出したとしたら、なるほど驚歎にも値《あたい》するだろうし、また無論《むろん》非難されるのが当然であろう。ところで、実をいうと、私自身としては、小説を書く気でこの本を書いたのではないのである。万《まん》一《いち》にも、この物語の形式が、小説というものの規準に合しているとすれば、なるほど私は小説を書いたことになるだろう。しかし、私にとっては、それが小説になっているか否《いな》かはまったく問題ではない。私は、ただ、私の書きたいことをそれにふさわしい形式で表現してみたいと思っただけなのである。それに、元来《がんらい》私は、何かの規準を設けて、小説と小説でないものとを区別しようとする考えを、まったく無用だとさえ思っている。

だから、私が小説に野心があるとか、ないとか、或《ある》いは、私の書いたものが小説になっているとか、いないとかいう理由で、私をほめたり、くさしたりする人があっても、それは私にとってまったくかかわりのないことなのである。

私の願いは、私の書いたものを、一人でも多く読んでもらいたいということだけである。私は、この本を世の親たちに読んでもらいたいばかりでなく、また児童相手の教育者や、児童心理の研究者にも読んでもらいたい。そして、もし文芸作家、ないし文芸批評家に読んでもらって、私の表現技術が、この物語の内容に適当であるか否かについて教えてもらうことが出来れば、それこそ望外の仕合《しあ》わせである。

昭和十六年二月十日

著者

〔編集付記〕

一、本書の編集にあたっては、『次郎物語 第一部～第五部』(新小山文庫、一九五〇)、『定本 次郎物語』(池田書店、一九五八)、角川文庫版(一九七一)、『下村湖人全集』(国土社、一九七五)の1～3巻、新潮文庫版(一九八七)などの既刊の諸本を校合のうえ本文を決定した。

二、漢字、仮名づかいは、新字体・新仮名づかいに統一した。

三、今日ではその表現に配慮する必要のある語句もあるが、作品が発表された年代の状況に鑑み、原文通りとした。

(岩波文庫編集部)

次郎《じろう》 物語《ものがたり》（一）〔全5冊〕

2020年4月16日　第1刷発行

作　者　下村湖人《しもむらこじん》

発行者　岡本　厚

発行所　株式会社　岩波書店
〒101-8002　東京都千代田区一ツ橋2-5-5
案内 03-5210-4000　営業部 03-5210-4111
文庫編集部 03-5210-4051
https://www.iwanami.co.jp/

印刷・三陽社　カバー・精興社　製本・中永製本

ISBN 978-4-00-312251-8　　Printed in Japan

読書子に寄す

――岩波文庫発刊に際して――

岩波茂雄

真理は万人によって求められることを自ら欲し、芸術は万人によって愛されることを自ら望む。かつては民を愚昧ならしめるために学芸が最も狭き堂宇に閉鎖されたことがあった。今や知識と美とを特権階級の独占より奪い返すことはつねに進取的なる民衆の切実なる要求である。岩波文庫はこの要求に応じそれに励まされて生まれた。それは生命ある不朽の書を少数者の書斎と研究室とより解放して街頭にくまなく立たしめ民衆に伍せしめるであろう。近時大量生産予約出版の流行を見る。その広告宣伝の狂態はしばらくおくも、後代にのこすと誇称する全集がその編集に万全の用意をなしたるか。千古の典籍の翻訳企図に敬虔の態度を欠かざりしか。さらに分売を許さず読者を繫縛して数十冊を強うるがごとき、はたしてその揚言する学芸解放のゆえんなりや。吾人は天下の名士の声に和してこれを推挙するに躊躇するものである。このときにあたって、岩波書店は自己の責務のいよいよ重大なるを思い、従来の方針の徹底を期するため、すでに十数年以前より志して来た計画を慎重審議この際断然実行することにした。吾人は範をかのレクラム文庫にとり、古今東西にわたって文芸・哲学・社会科学・自然科学等種類のいかんを問わず、いやしくも万人の必読すべき真に古典的価値ある書をきわめて簡易なる形式において逐次刊行し、あらゆる人間に須要なる生活向上の資料、生活批判の原理を提供せんと欲する。この文庫は予約出版の方法を排したるがゆえに、読者は自己の欲する時に自己の欲する書物を各個に自由に選択することができる。携帯に便にして価格の低きを最主とするがゆえに、外観を顧みざるも内容に至っては厳選最も力を尽くし、従来の岩波出版物の特色をますます発揮せしめようとする。この計画たるや世間の一時の投機的なるものと異なり、永遠の事業として吾人は微力を傾倒し、あらゆる犠牲を忍んで今後永久に継続発展せしめ、もって文庫の使命を遺憾なく果たさしめることを期する。芸術を愛し知識を求むる士の自ら進んでこの挙に参加し、希望と忠言とを寄せられることは吾人の熱望するところである。その性質上経済的には最も困難多きこの事業にあえて当たらんとする吾人の志を諒として、その達成のため世の読書子とのうるわしき共同を期待する。

昭和二年七月

《日本文学(現代)》〔緑〕

怪談 牡丹燈籠	三遊亭円朝
真景累ヶ淵	三遊亭円朝
塩原多助一代記	三遊亭円朝
小説神髄	坪内逍遥
当世書生気質	坪内逍遥
役の行者	坪内逍遥
ウィタ・セクスアリス	森鷗外
青年	森鷗外
山椒大夫・高瀬舟 他四篇	森鷗外
渋江抽斎	森鷗外
妄想 他三篇	森鷗外
舞姫・うたかたの記 他三篇	森鷗外
ファウスト 全二冊	森林太郎訳
みれん	シュニッツラー 森鷗外訳
森鷗外 椋鳥通信 全三冊	池内紀編注
浮雲	二葉亭四迷 十川信介校注

其面影	二葉亭四迷
今戸心中 他二篇	広津柳浪
河内屋・黒蜴蜓 他一篇	広津柳浪
野菊の墓 他四篇	伊藤左千夫
漱石文芸論集	磯田光一編
吾輩は猫である	夏目漱石
坊っちゃん	夏目漱石
草枕	夏目漱石
虞美人草	夏目漱石
三四郎	夏目漱石
それから	夏目漱石
門	夏目漱石
彼岸過迄	夏目漱石
行人	夏目漱石
こころ	夏目漱石
硝子戸の中	夏目漱石
道草	夏目漱石

明暗	夏目漱石
思い出す事など 他七篇	夏目漱石
文学評論 全二冊	夏目漱石
夢十夜 他二篇	夏目漱石
漱石文明論集	三好行雄編
倫敦塔・幻影の盾 他五篇	夏目漱石
漱石日記	平岡敏夫編
漱石書簡集	三好行雄編
漱石俳句集	坪内稔典編
漱石・子規往復書簡集	和田茂樹編
文学論 全二冊	夏目漱石
坑夫	夏目漱石
漱石紀行文集	藤井淑禎編
二百十日・野分	夏目漱石
五重塔	幸田露伴
運命 他一篇	幸田露伴
努力論	幸田露伴

一房の葡萄 他四篇	有島武郎
ホイットマン詩集 草の葉	有島武郎選訳
寺田寅彦随筆集 全五冊	小宮豊隆編
柿の種	寺田寅彦
与謝野晶子歌集	与謝野晶子自選
与謝野晶子評論集	鹿野政直 香内信子編
私の生い立ち	与謝野晶子
入江のほとり 他一篇	正宗白鳥
つゆのあとさき	永井荷風
濹東綺譚	永井荷風
荷風随筆集 全二冊	野口冨士男編
おかめ笹	永井荷風
摘録 断腸亭日乗 全二冊	永井荷風 磯田光一編
すみだ川・新橋夜話 他一篇	永井荷風
あめりか物語	永井荷風
江戸芸術論	永井荷風
ふらんす物語	永井荷風
煤煙	森田草平
斎藤茂吉歌集	山口茂吉 柴生田稔 佐藤佐太郎編
桑の実	鈴木三重吉
小鳥の巣	鈴木三重吉
千鳥 他四篇	鈴木三重吉
鈴木三重吉童話集	勝尾金弥編
小僧の神様 他十篇	志賀直哉
万暦赤絵 他二十二篇	志賀直哉
暗夜行路 全二冊	志賀直哉
志賀直哉随筆集	高橋英夫編
高村光太郎詩集	高村光太郎
白秋愛唱歌集	藤田圭雄編
北原白秋歌集	高野公彦編
北原白秋詩集 全二冊	安藤元雄編
フレップ・トリップ	北原白秋
野上弥生子随筆集	竹西寛子編
お目出たき人・世間知らず	武者小路実篤
友情	武者小路実篤
釈迦	武者小路実篤
銀の匙	中勘助
犬 他一篇	中勘助
中勘助詩集	谷川俊太郎編
若山牧水歌集	伊藤一彦編
新編 みなかみ紀行	若山牧水 池内紀編
新編 啄木歌集	久保田正文編
時代閉塞の現状・食うべき詩 他十篇	石川啄木
蓼喰う虫	谷崎潤一郎 小出楢重画
春琴抄・盲目物語	谷崎潤一郎
吉野葛・蘆刈	谷崎潤一郎
卍(まんじ)	谷崎潤一郎
幼少時代	谷崎潤一郎
谷崎潤一郎随筆集	篠田一士編
多情仏心 全二冊	里見弴
道元禅師の話	里見弴

岩波文庫の最新刊

ネルヴァル作／野崎 歓訳

火の娘たち

珠玉の短篇「シルヴィ」ほか、小説・戯曲・翻案・詩を一つに編み上げた作品集。過去と現在、夢とうつつが交錯する、幻想の作家ネルヴァルの代表作を爽やかな訳文で。

〔赤五七五-二〕 本体一二六〇円

J・S・ミル著／関口正司訳

自由論

大衆の世論やエリートの専制によって個人が圧殺される事態を憂慮したミルは、自由に対する干渉を限界づける原理を示す。自由を論じた名著の明快かつ確かな新訳。

〔白一一六-六〕 本体八四〇円

安部公房作

けものたちは故郷をめざす

敗戦後、満州国崩壊の混乱の中、少年はまだ見ぬ故郷・日本をめざす。人間の自由とは何かを問い掛ける安部文学の初期代表作。（解説＝リービ英雄）

〔緑二一四-一〕 本体七四〇円

……今月の重版再開……

酒本雅之訳

エマソン論文集（上）（下）

〔赤三〇三-一・二〕 本体各九七〇円

朱牟田夏雄訳

ミル自伝

〔白一一六-八〕 本体九〇〇円

カルヴィーノ作／和田忠彦訳

パロマー

〔赤七〇九-四〕 本体五八〇円

定価は表示価格に消費税が加算されます　2020.3